L'héritier des Jarrod

La belle mystérieuse

HEIDI BETTS

L'héritier des Jarrod

Passions

éditions HARLEQUIN

Collection : PASSIONS

Titre original : INHERITING HIS SECRET CHRISTMAS BABY

Traduction française de ROSA BACHIR

HARLEQUIN®
est une marque déposée par le Groupe Harlequin

PASSIONS®
est une marque déposée par Harlequin S.A.

Photos de couverture

Père & fils : © GRAPHICOBSESSION/IMAGE SOURCE/ROYALTY FREE
Fond : © LILY/ROYALTY FREE/FOTOLIA

Réalisation graphique couverture : M. GOUAZE

83-85, boulevard Vincent-Auriol, 75646 PARIS CEDEX 13.

Service Lectrices — Tél. : 01 45 82 47 47
www.harlequin.fr

ISBN **978-2-2802-4442-8** — ISSN 1950-2761

- 1 -

Devant l'entrée privée du *Jarrod Manor*, un hôtel de grand luxe, Trevor Jarrod tapota ses lourdes bottes de ski, s'assura que la neige en était bien tombée, puis emprunta le long couloir qui menait à son bureau et à ceux de ses frères.

D'épais tapis persans recouvraient le parquet de bois brillant et étouffaient le bruit de ses pas. Certaines portes étaient ouvertes, d'autres fermées, des bribes de conversation, bruits de clavier et sonneries de téléphone s'en échappaient.

Des tables étroites couraient le long des murs gris pâle. En été, les vases bleu cobalt qui y trônaient seraient emplis de roses fraîches, d'hortensias et autres fleurs de saison, mais, en ce moment, ils débordaient d'étoiles de Noël rouge vif. Les vacances de fin d'année approchaient.

Dans cette aile du manoir, des touches de pierre et de bois rappelaient que le Jarrod Ridge Resort était né là, plus de cent ans auparavant. Depuis, le complexe touristique s'était développé de manière impressionnante. Au bâtiment originel s'étaient ajoutés de luxueux chalets individuels, des boutiques, et bien d'autres services, si bien qu'aujourd'hui l'endroit, niché au creux des montagnes du Colorado, ressemblait à un véritable petit village, pittoresque et charmant.

Les bureaux de la famille étaient toujours installés dans l'hôtel principal, et leurs quartiers privés — pour ceux qui avaient choisi de vivre sur place — étaient situés au dernier étage. Les Jarrod étaient donc presque constamment en contact. Que cela leur plaise ou non, d'ailleurs.

En arrivant à l'accueil de ses bureaux, Trevor salua Diana, sa très efficace assistante, avant de ranger sa paire de skis dans le vaste placard situé derrière elle.

— Comment étaient les pentes ce matin ? demanda-t-elle en inclinant la tête, ses longs cheveux noirs tombant sur son épaule.

— J'ai déjà été en meilleure forme.

Il retira ses bottes et sa combinaison de ski bleu marine pour enfiler une paire de chaussures Timberland, qui se mariaient parfaitement avec son jean et son pull irlandais couleur crème.

Il trouvait parfaitement normal de porter une tenue décontractée au bureau, et de venir travailler juste après avoir dévalé les pistes. Après tout, Jarrod Ridge était situé dans une station de ski — c'était aussi une résidence d'été prisée, qui accueillait un des événements annuels les plus importants du Colorado, le gala Food and Wine. Selon lui, il était bon pour les affaires que les clients voient les propriétaires et les employés profiter de toutes les activités et équipements que Jarrod Ridge avait à offrir.

— Je crois que je perds la main, dit-il, morose.

— Mais non, vous n'avez pas eu autant de temps que d'habitude pour vous amuser… je veux dire, vous entraîner, rectifia-t-elle avec un clin d'œil.

Diana avait tout à fait raison. Depuis le décès de son père, cinq mois plus tôt, il jonglait entre deux emplois à plein temps. Le testament de Donald Jarrod avait forcé ses six enfants à revenir à Jarrod Ridge pour diriger conjointement le complexe. En cas de refus, ils perdaient leurs parts de l'héritage familial.

Mais pour Trevor, prendre la tête du département marketing de Jarrod Ridge n'avait pas été une corvée, loin de là. Il avait déjà fondé avec succès sa propre société de marketing sur les lieux mêmes, à Aspen, et sa nouvelle fonction lui avait paru aussi naturelle que de respirer.

Malheureusement, cela ne lui laissait guère de temps pour ce qu'il aimait le plus — les sports de plein air, et la plupart des activités que la station proposait. En été, il passait quasiment l'intégralité de son temps libre à faire des randonnées, de l'escalade du kayak, ou du vélo tout-terrain. En hiver, il adorait dévaler les pistes, la plupart du temps sur une paire de skis, parfois en snowboard.

La nature était magnifique, et il l'appréciait comme tout un chacun. Mais ce qui primait pour lui, c'était le goût de l'aventure. L'amour de la vitesse. Rien n'était plus excitant que de filer à toute allure sur un flanc de montagne enneigé, en évitant les rochers et les arbres, en sentant le vent vous piquer le visage. Ou de sauter d'un avion à treize milles pieds d'altitude, avec un simple parachute pour amortir la descente.

Oui, il fallait qu'il s'organise pour trouver un équilibre entre ses deux postes. Il voulait revenir à des heures de travail normales, et passer plus de temps dehors. Mais tant qu'il n'aurait pas trouvé la personne de confiance pour diriger sa société, Jarrod Promotion and Marketing, il lui faudrait s'accommoder de la situation.

— Des messages ? demanda-t-il à Diana en passant énergiquement la main dans ses cheveux bruns pour finir de les sécher.

Elle se leva et lui tendit une pile de papiers. C'était plus qu'il n'avait envie d'en traiter pour le moment.

— Avant que vous n'entriez dans votre bureau…, dit-elle en se mordillant nerveusement la lèvre.

— Oui ?

Elle prit une inspiration puis le regarda dans les yeux.

— Une jeune femme vous attend. Elle a appelé plusieurs fois, et insiste pour vous voir en personne. Je voulais la renvoyer, mais je n'ai pas eu le cœur de le faire, car… enfin, j'ai pensé que vous devriez voir cela avec elle.

Il fronça les sourcils. Diana était petite et menue, mais il l'avait déjà vue se transformer en cerbère très dissuasif. La femme qui attendait dans son bureau devait être courageuse pour avoir réussi à passer le barrage. Courageuse, ou très convaincante.

— Qui est-ce ? demanda-t-il. Une commerciale qui veut placer ses produits, ou une cliente potentielle qui n'a pas pu me joindre chez JPM ?

Diana haussa les épaules.

— Vous devriez le lui demander vous-même. Elle n'a rien dit, elle avait juste l'air… très déterminé.

Avec un soupir, il fourra ses messages dans la poche de son pantalon.

— Bien. Je m'en charge.

Il poussa une des lourdes portes de chêne de son bureau, et marqua un temps sur le seuil de la vaste pièce. L'épais tapis oriental. La cheminée en galets de rivière. Et, au centre, son bureau de bois massif sculpté, couvert de piles de documents, et son fauteuil, tourné vers la baie vitrée.

Mais il n'y avait aucune trace de la visiteuse sur les sièges installés de l'autre côté du bureau.

Il ferma les portes derrière lui et s'avança. A sa grande surprise, il vit alors son fauteuil de cuir noir se relever légèrement et pivoter pour révéler une charmante jeune femme aux cheveux blond miel et aux yeux couleur de bleuet. Sur ses genoux, un bébé mâchouillait son poing.

La femme n'était pas une surprise, Diana l'avait prévenu. Mais son assistante d'habitude si efficace avait oublié de mentionner qu'elle avait un enfant avec elle.

Quel genre de femme se rendait à un rendez-vous d'affaires avec un bébé ? Même un rendez-vous imprévu qui — à en juger par la façon dont celui-ci commençait — pourrait ne pas durer très longtemps.

— Ma secrétaire m'a dit que vous aviez besoin de me parler.

Il contourna son bureau, avec la ferme intention de reprendre sa place et de reléguer la jeune femme sur une chaise.

Mais, loin de se lever d'un bond pour rejoindre d'un pas précipité l'autre bout du bureau, elle resta assise dans son fauteuil de directeur. Celui qu'il avait commandé spécialement et attendu presque un mois, qu'il avait mis un autre mois à roder, et qui épousait à présent son corps comme un gant durant ses longues heures de travail au manoir. L'intruse y était à présent occupée à faire rebondir l'enfant sur ses genoux.

— Je suis Trevor Jarrod, dit-il comme elle ne semblait pas décidée à briser le silence glacial qui avait envahi la pièce.

— Je sais qui vous êtes. Cela fait deux mois que j'essaie de vous joindre.

Elle avait dit cela d'une voix neutre, avec juste un soupçon d'irritation. Une voix par ailleurs légère et très féminine.

Elle remit une mèche blonde derrière son oreille, révélant le rubis assorti au pull en col en V qu'elle portait avec un pantalon de ville noir.

Quant au bébé sur ses genoux, il était habillé d'une salopette en jean. Un train était brodé sur la poche avant, et sa chemise était parsemée de dizaines d'autres petits trains. C'était donc probablement un garçon, une fille aurait eu une robe couverte de papillons roses ou quelque chose de ce genre.

Comme s'il avait senti son regard sur lui, le bébé battit des jambes et lui adressa un sourire en gazouillant.

Reportant son attention sur la femme qui avait tant bataillé pour avoir un rendez-vous avec lui mais qui semblait soudain à court de mots, il croisa les bras et haussa un sourcil.

— Et vous êtes ?…

Aussitôt, elle se leva et cala l'enfant sur sa hanche.

Comment les femmes réussissaient-elles à faire cela ? Savaient-elles de manière innée comment porter les bébés, changer des couches, identifier un cri parmi dix-huit autres ?

Des six enfants Jarrod, Melissa et Erica étaient les seules qui soient plus jeunes que lui. Il n'avait donc pas eu beaucoup d'expérience avec les bébés, dans sa jeunesse. Etre près d'un très jeune enfant, même avec sa mère juste là, prête à répondre à tous ses besoins, le mettait toujours légèrement mal à l'aise.

Il s'éclaircit la gorge pour masquer qu'il avait presque reculé devant la femme et son enfant, et patienta. Elle ne s'était toujours pas présentée, pas plus qu'elle ne lui avait donné la raison de sa présence, or il avait beaucoup de travail.

— Je m'appelle Haylie Smith.

Il cligna des yeux, attendant qu'elle développe. Mais elle rejeta la tête en arrière, et le toisa du regard. On aurait dit qu'elle venait de prononcer une formule choc, mais il ne saisissait pas la plaisanterie.

— Haylie Smith, dit-elle de nouveau, plus fermement cette fois, en prenant soin d'articuler chaque syllabe. De Denver.

— Je vous ai entendue, dit-il en réprimant un sourire.

On ne lui parlait pas souvent comme s'il était un peu lent. Très peu de gens auraient osé car, s'il était connu pour sa décontraction et son goût pour les distractions, voire pour son côté séducteur avec les femmes, il n'en restait pas moins un Jarrod. Il était un des héritiers de la fortune de Donald Jarrod, mais aussi un homme d'affaires avisé, qui avait réussi sa carrière seul.

Il était riche, et puissant. Et même s'il en fallait beaucoup pour le faire sortir de ses gonds, il n'était pas le genre d'homme que les gens se risquaient à contrarier.

Que cette jeune personne — une femme, en plus — semble n'avoir aucun mal à lui tenir tête l'amusait plus qu'il n'était raisonnable.

Certes, elle était séduisante. Elle mesurait à vue de nez un mètre soixante-cinq, et lui un mètre quatre-vingt-cinq. Elle n'était ni trop petite ni trop grande. Elle était également loin d'être filiforme, sans pour autant être ronde. Ses courbes étaient voluptueuses, et très bien placées.

Ses longs cheveux étaient si raides et lumineux qu'on aurait dit des rayons de soleil, ils encadraient son visage triangulaire, mélange fascinant d'innocence et de sensualité. Il étudia l'arc bien dessiné de sa bouche rose, le bleu cristal de ses yeux, la façon dont elle portait son bébé, avec un air à la fois assuré et protecteur…

Rien de tout cela n'aurait dû l'exciter, puisqu'il allait la chasser de son bureau dans moins de trois secondes, et pourtant, il commençait déjà à ressentir une chaleur familière monter dans ses veines.

Malheureusement — ou peut-être heureusement —, son interlocutrice ne semblait pas en proie à la même réaction physique.

— Cela fait deux mois que j'essaie désespérément de vous joindre, dit-elle, accusatrice, d'un ton impatient. Je vous ai laissé nombre de messages auxquels, apparemment, vous n'avez pas pris la peine de répondre.

Avec un hochement de tête, il passa devant elle et reprit sa place derrière son bureau.

— Ma secrétaire m'en a parlé. Mais quelque chose m'échappe. Vous prétendez que c'est important, pourtant vous avez refusé de préciser la raison de vos appels.

L'air encore plus contrarié, elle revint vers lui, sans pour autant s'asseoir. Elle oscillait d'avant en arrière, probablement pour calmer le bébé.

— Il y a des choses qu'il vaut mieux dire en personne. Et vous n'auriez pas apprécié que votre secrétaire soit au courant de vos affaires personnelles, n'est-ce pas ?

Il fronça les sourcils et leva les yeux du dossier qu'il avait ouvert.

— Je suis navré, mais je ne vous ai jamais vue, et je n'ai jamais entendu parler de vous. Quel genre d'affaires personnelles pourrait-il y avoir entre vous et moi ? dit-il d'un ton presque moqueur.

Cette femme était-elle légèrement déséquilibrée ? Peut-être s'était-elle convaincue qu'elle était, comme sa jeune sœur Erica, une héritière cachée. Ou bien elle avait vu trop de photos de lui dans les journaux à scandale, et s'était persuadée qu'elle était une de ses nombreuses conquêtes.

Alors qu'il se demandait s'il devait ouvrir les portes du bureau, voire appeler la sécurité, elle passa le bébé sur son autre hanche et avança de nouveau vers son bureau, d'un pas lent et décidé.

— Vous avez raison, vous ne me connaissez pas. Nous ne nous sommes jamais rencontrés. Mais il y a un an, vous avez rencontré ma sœur, et, d'après ce que je sais, vous avez passé un très bon moment ensemble.

Elle s'arrêta devant lui, le regardant d'un air menaçant qu'il n'appréciait *pas du tout*... Il recula dans son fauteuil, prêt à se lever et à la défier du regard à son tour, si nécessaire.

Mais ce qu'elle lui annonça le cloua sur place.

— Et si vous aviez répondu à mes appels, je n'aurais pas mis deux mois à vous retrouver pour vous présenter votre fils.

Sur ce, elle lui déposa le bébé sur les genoux, croisa les bras, et le regarda avec un air qu'il ne pouvait qualifier que de satisfait.

- 2 -

Haylie n'aurait pas dû prendre autant de plaisir à voir la réaction de Trevor Jarrod après son annonce, mais c'était plus fort qu'elle. C'était si drôle de le voir les yeux écarquillés, la bouche bée, les mains de chaque côté du petit corps potelé de Bradley comme s'il tenait une bombe à retardement plutôt qu'un enfant de quatre mois.

Elle devait lui accorder une chose, cependant. Dès qu'elle avait posé Bradley sur ses genoux, il avait eu le réflexe de le tenir pour l'empêcher de tomber.

Après quelques secondes d'un silence mortel, il sembla reprendre un peu ses esprits. Il referma la bouche, passa la langue sur ses lèvres et se leva, tenant toujours Bradley à distance. Sentant manifestement sa gêne et sa nervosité, le petit garçon battit des jambes, puis son visage se crispa et devint rouge.

Elle s'avança aussitôt et le lui reprit. Son pseudo-instinct maternel se réveillait toujours au premier signe de détresse de Bradley. Elle le prit contre elle, lui tapota le dos, et le berça doucement. En quelques secondes, il retrouva son calme.

Elle ne pouvait en dire autant de Trevor. Son visage était à présent fermé et empreint de colère.

— J'ignore à quel jeu vous pensez jouer, dit-il

d'un ton aussi froid que son regard brun, mais ça ne m'amuse pas. Je vais vous demander de partir, ou je me trouverai dans l'obligation d'appeler la sécurité.

Il se dirigeait déjà vers les portes, aussi ne la vit-il pas rouler des yeux devant son ton tellement théâtral.

Il n'aurait certainement pas besoin de vigiles pour la faire sortir, elle était plus qu'heureuse de quitter les lieux de son propre gré.

En fait, si elle n'avait pas été si convaincue qu'un homme méritait de savoir qu'il était père, et un enfant de connaître son seul parent en vie, jamais elle ne serait venue jusqu'à Aspen. Elle serait restée chez elle, à Denver, et se serait occupée de sa société en faisant de son mieux pour élever son neveu.

Pour la énième fois, elle maudit la nature insouciante et irresponsable de sa sœur. C'était Heather qui aurait dû contacter Trevor après leur aventure d'un soir, pour l'informer qu'elle était enceinte. Ou, au moins, elle aurait pu lui annoncer qu'il avait un fils, après la naissance de Bradley.

Mais, bien sûr, elle n'en avait rien fait. Une décision aussi responsable, mature et juste aurait été un signe qu'elle devenait enfin adulte et qu'elle était prête à élever un enfant.

En toute franchise, elle ne savait pas ce qui était passé par la tête d'Heather, durant ces longs mois de grossesse. La plupart du temps, elle semblait n'avoir pas réellement pris conscience qu'elle allait devenir mère. Elle avait presque continué à vivre comme si rien dans sa vie n'avait changé, hormis son tour de taille.

Certes, elle avait arrêté de boire et de fumer, et mis un terme à ses sorties nocturnes une fois que son ventre arrondi lui avait gâché le plaisir, mais, hormis cela, elle avait traversé ces neuf mois la tête dans les nuages.

La réalité s'était brutalement rappelée à elle. Haylie n'avait jamais vu de femme aussi surprise que sa sœur quand le travail avait commencé. Et durant les premières semaines de vie de Bradley, Haylie avait vraiment cru qu'Heather avait enfin mûri. Qu'elle allait prendre ses responsabilités, et être une mère aimante, et *fiable*.

Mais, comme toujours, son accès de maturité avait été aussi fugace qu'un orage d'été. Avant que Bradley ait un mois, elle était retombée dans ses travers prévisibles et égoïstes. Elle sortait toute la nuit, puis dormait jusqu'en début d'après-midi… Elle ne payait pas ses factures et, pire, négligeait Bradley.

Malgré ses nombreux défauts, Haylie adorait sa sœur, mais son attitude envers son fils était à la limite de l'impardonnable.

Haylie en avait bien conscience, Bradley n'était pas son fils à elle, mais, dès l'instant où il était venu au monde, elle l'avait aimé avec une force qui lui faisait comprendre l'instinct de protection féroce des ourses avec leurs petits. Elle n'arrivait pas à concevoir que sa sœur — la mère biologique de Bradley — ne ressente pas pour son propre fils les mêmes sentiments profonds et puissants qu'elle.

Mais tout cela n'avait plus d'importance. C'était à présent à elle de protéger et d'élever Bradley.

Si elle n'avait pas aimé ce petit garçon si fort, et pensé qu'il méritait le meilleur, qu'il avait le droit de connaître son père — et que son père avait le droit de le connaître —, elle n'aurait pas été à Jarrod Ridge à cet instant. Après tout, elle défiait, dans son propre bureau, Trevor Jarrod, un homme qui non seulement pouvait la chasser de l'hôtel de sa famille, mais aussi la faire bannir de tout l'État du Colorado.

— Vous pouvez appeler qui vous voulez, dit-elle d'un ton froid et posé qui ne reflétait en rien son état émotionnel, mais cela ne changera pas la raison de ma présence ici.

Elle posa Bradley sur une chaise et, de sa main libre, chercha dans son sac un petit paquet de documents. Puis elle se dirigea vers Trevor, qui avait toujours la main sur la poignée de la porte. Elle lui tendit une photographie.

— Voici ma sœur, Heather, dit-elle d'une voix blanche.

Elle dut déglutir car sa gorge s'était nouée d'émotion.

Au moins, il regardait la photo et étudiait les traits de sa sœur, au lieu de la rejeter d'emblée. Mais quand il leva la tête et que leurs regards se rencontrèrent, elle sut qu'il n'avait pas le moindre souvenir de sa nuit avec elle.

Déçue, elle humecta ses lèvres soudain sèches avant de poursuivre :

— Apparemment, vous l'avez rencontrée dans un club pendant que vous séjourniez à Denver pour affaires. Heather était une belle jeune femme, qui adorait faire la fête. Et elle n'aimait pas rentrer seule.

Quelque chose passa dans les profondeurs de ses yeux bruns.

— *Etait ?*

Le cœur serré, elle répondit par un hochement de tête tremblant, et lui tendit la coupure de presse qu'elle avait apportée avec elle.

— Elle a été tuée dans un accident de voiture, il y a deux mois.

Sa poitrine se serra plus encore quand une sympathie sincère se peignit sur les traits de Trevor. Il ne se souvenait peut-être pas d'Heather, et il la soupçonnait peut-être de lui rendre visite avec des arrière-pensées peu louables, mais il ne semblait pas complètement froid et sans cœur.

— Vous pensez sans doute que j'essaie de vous tendre un piège. Ou que j'espère vous soutirer un peu de votre fortune. Mais je vous assure, ce n'est pas le cas.

Bradley commença à s'agiter, et elle le déplaça sur sa hanche droite.

— Je ne suis ici que parce qu'Heather m'a dit que vous étiez le père de Bradley. Elle ne s'est jamais résolue à vous contacter elle-même, mais il était de mon devoir de vous faire savoir qu'elle était décédée, et que vous aviez un enfant. Plus important, je pense qu'il — elle souleva Bradley — mérite de connaître son père et ses racines paternelles.

Comme Trevor ne réagissait pas, elle reprit la photo et la coupure de presse qu'il tenait d'une main flottante.

— Alors, vérifiez qui je suis, si vous le devez. Faites rédiger tous les documents légaux que vous pensez nécessaires et qui protégeront votre fortune et vos intérêts. Mais ne punissez pas votre fils pour les erreurs de sa mère.

Trevor, la main crispée sur la poignée de porte, étudiait la jeune femme devant lui. Il avait rencontré au cours de sa vie bon nombre de jeunes femmes cupides, attirées uniquement par les millions des Jarrod, et il était devenu expert dans l'art de s'en débarrasser.

Mais l'instinct qui lui permettait de détecter les croqueuses de diamants à cent mètres ne s'était pas réveillé avec Haylie Smith. Même si elle avait tort sur la paternité du bébé, il était clair qu'elle *croyait* à ce qu'elle disait — ou du moins, à ce que sa sœur lui avait dit avant sa mort.

Regardant la photo qu'elle gardait serrée dans ses doigts blancs, il se creusa de nouveau l'esprit, en quête d'un souvenir de la femme avec qui il avait soi-disant passé une nuit mémorable. Oui, il se souvenait d'avoir effectué un voyage à Denver. Il se rappelait même s'être arrêté dans un des night-clubs les plus populaires de la ville, pour prendre un verre après qu'un projet de société potentiellement lucrative était tombé à l'eau. Frustré et contrarié, il avait eu envie de décompresser.

Dans le night-club, la musique tonitruante lui avait rapidement donné mal à la tête, mais il était resté suffisamment longtemps pour avaler quelques verres. Et il se souvenait d'avoir vu des femmes… beaucoup de femmes, en minijupes et stilettos, sur la piste et sur les banquettes bleu ciel. Plusieurs d'entre elles l'avaient accosté, mais il n'avait pas été d'humeur.

Ou peut-être, après quelques verres, l'avait-il été ?

Il n'en avait aucun souvenir, en tout cas. La seule chose qui lui semblait familière chez la jeune femme de la photo était la ressemblance avec celle qui se tenait devant lui. Elles avaient les mêmes yeux bleus et les mêmes cheveux blonds, la même bouche bien dessinée, les mêmes longs cils épais. Mais la ressemblance s'arrêtait là.

Alors qu'Heather arborait une coiffure à hérissée audacieuse, agrémentée d'une mèche rouge vif sur un côté, les cheveux d'Haylie tombaient naturellement autour de son visage et étaient autrement plus attirants.

Heather avait les lèvres peintes dans un rose plus que vif, tandis qu'Haylie ne portait qu'une couche de gloss transparent.

Et si le regard d'Heather semblait dur et blasé, celui d'Haylie était empreint de chaleur et d'honnêteté.

Comment deux femmes — deux sœurs — avec des traits aussi identiques pouvaient-elles sembler si différentes ?

Et comment l'une d'elles pouvait-elle passer plus de neuf mois sans faire un seul effort pour informer un homme qu'il allait être père, alors que l'autre avait passé deux mois à essayer de le joindre, tant elle était persuadée qu'il était de son devoir de l'informer de sa paternité — *supposée,* encore une fois ? Elle avait fait quatre heures de route depuis

Denver, avec un bébé, rien que pour lui annoncer la nouvelle.

Il ne savait pas ce qu'il ressentait face à une possible paternité ; l'idée même lui nouait l'estomac et lui comprimait la poitrine. Et ce n'était pas un sentiment paternel inné qui était en cause. Non, ce qu'il ressentait avait bien plus à voir avec de la terreur ou de la panique.

A vingt-sept ans à peine, jamais il n'avait songé à se marier ni à fonder une famille. Ni à l'éventualité qu'un jour, un enfant lui tombe du ciel.

Jusqu'ici, il avait été trop occupé à profiter des plaisirs du célibat et à travailler dur pour faire prospérer sa société de marketing. Avec les récents événements, qui avaient fait de lui le directeur marketing de Jarrod Ridge, il avait à peine le temps de partir en randonnée, de skier, de *respirer*, alors avoir un enfant…

Cependant, il était inutile de s'inquiéter ou de se projeter dans le futur tant qu'il n'était pas certain d'être le père.

Il retourna à son bureau, s'installa dans son fauteuil et prit le téléphone. Il fit signe à Haylie de s'asseoir.

— Diana, dit-il dès que sa secrétaire eut décroché, appelez-moi le Dr Lazlo, s'il vous plaît.

Il raccrocha et posa les mains sur le bureau. Il regarda le bébé assis sur les genoux d'Haylie, cherchant des ressemblances avec lui. Mais tout ce qu'il voyait, c'était… un bébé.

Il ne voyait pas ses propres yeux, ses cheveux ou

son sourire, pas plus que les traits communs aux Jarrod, sur son visage poupin.

Cela ne voulait-il pas dire que l'enfant… Bradley, il s'appelait Bradley. Cela ne voulait-il pas dire que Bradley n'était pas son fils ?

Mais la filiation d'un enfant de quatre mois pouvait-elle vraiment être déterminée d'un simple regard ?

— Nous allons faire faire un test de paternité sur-le-champ, dit-il. Et gare à vous si votre histoire est un tissu de mensonges.

Il ne savait pas exactement ce qu'il ferait, mais à l'idée qu'elle essaie de le duper, il sentit sa mâchoire se serrer et sa température augmenter.

Si toute cette histoire s'avérait une invention pour tenter de lui soutirer de l'argent ou de salir son nom — et celui de sa famille —, il serait furieux, à tout le moins. Les Jarrod avaient pour avocat de longue date Christian, le fiancé de sa sœur Erica, et une flopée d'autres as du barreau en réserve. Ils n'auraient aucun mal à imaginer des façons créatives de faire regretter à Haylie Smith d'être venue à Jarrod Ridge.

Après sa menace voilée, il s'était au moins attendu à ce qu'elle cligne des yeux. Qu'elle décide peut-être que toute cette comédie n'était pas une si bonne idée.

Mais, une fois encore, il l'avait sous-estimée. Non seulement elle ne cilla pas, mais son expression demeura ferme et déterminée.

— Si Bradley n'est pas votre fils, dit-elle doucement, ce ne sera pas mon mensonge, mais celui de ma sœur.

***

Tandis que les minutes passaient, et que Trevor Jarrod la toisait comme il aurait toisé un adversaire sur un ring, le silence dans le luxueux bureau s'épaissit. Il n'y avait pas de feu qui crépitait dans la cheminée derrière lui, aucun bruit ne filtrait de l'autre côté des portes. Seuls le tic-tac de l'horloge, les gazouillis et les bruits de succion de Bradley qui mordillait son petit poing l'empêchaient d'entendre son propre cœur cogner dans sa poitrine.

Elle pouvait certainement comprendre sa colère et ses doutes. A sa place, elle aurait réagi exactement de la même manière.

Néanmoins, ce n'était pas elle la méchante, dans cette histoire. En fait, elle s'était montrée excessivement gentille en amenant Bradley à Jarrod Ridge. Elle aurait très bien pu rester à Denver et élever l'enfant de sa sœur comme le sien, sans rien dire à personne.

Trevor n'en aurait rien su. Elle doutait sincèrement qu'un jour, frappé par un soudain accès de conscience, il soit revenu à Denver vérifier s'il n'avait pas laissé derrière lui une progéniture égarée, résultat d'une de ses nombreuses aventures sans lendemain.

Et Heather ne lui avait pas fait promettre sur son lit de mort de faire ce qu'il fallait, pour Bradley et Trevor. Elle avait même affirmé plusieurs fois qu'elle avait essayé de contacter Trevor… alors que, manifestement, elle n'en avait rien fait … Haylie ne faisait que suivre son code moral à elle, beaucoup plus strict, selon lequel un homme avait le droit de savoir qu'il avait engendré un enfant.

Qu'il accepte ou non la responsabilité de cet enfant était une autre histoire. Néanmoins, il avait le droit d'être au courant, et elle n'aurait pas eu la conscience tranquille si elle lui avait caché l'existence de son fils.

S'il s'avérait qu'il n'était pas le père de Bradley… Eh bien, elle ne pouvait guère remonter le temps et étrangler sa sœur, mais ce ne serait pas l'envie qui lui manquerait. Le mieux qu'elle pourrait faire serait de présenter ses excuses pour le malentendu et tous les tracas qu'elle avait générés, et de rentrer à Denver faire ce qu'elle avait prévu depuis le début — élever Bradley toute seule.

Avant que l'un d'eux ne brise le silence pesant et chargé d'animosité, le téléphone sonna. Trevor saisit le combiné dès la première sonnerie.

— Merci, dit-il d'une voix sans relief, sans doute à son assistante.

Et un instant plus tard :

— Dr Lazlo, Trevor Jarrod. J'ai un problème qui requiert la plus grande discrétion… Combien de temps faut-il pour avoir les résultats d'un test de paternité ?

Il fronça légèrement les sourcils, et Haylie le regarda, perplexe. Apparemment, une seule réponse aurait convenu à M. Jarrod : « immédiatement ».

— Très bien, mais s'il y a un moyen d'accélérer les choses tout en garantissant l'exactitude des résultats…

Un autre silence s'ensuivit. Le médecin parlait trop bas pour qu'elle l'entende.

— Nous pouvons être dans votre cabinet dans une demi-heure.

Avec un hochement de tête, il remercia le médecin et raccrocha avant de reporter son regard sombre sur elle… et sur le bébé qu'elle tenait dans les bras.

— Nous allons en ville faire faire des tests sanguins, dit-il comme si elle n'avait rien entendu de la conversation.

Le ton de sa voix ne laissait guère de place à la contradiction.

— Maintenant, ajouta-t-il.

Il s'avança vers elle, s'attendant sans doute à ce qu'elle le suive comme un chiot bien dressé. Alors, elle se leva avec une lenteur délibérée et alla allonger Bradley sur un des canapés de cuir.

— Qu'est-ce que vous faites ? demanda-t-il d'un ton agacé.

Du coin de l'œil, elle le vit croiser les bras et taper du pied.

— Je change la couche de Bradley avant de lui remettre sa combinaison pilote, dit-elle calmement.

Elle commença à déboutonner les jambes de sa salopette.

— A moins que vous ne préfériez rouler jusque chez le médecin avec les vitres ouvertes ?

Les lèvres serrées, il baissa les bras et fourra les mains dans les poches de son jean.

— Non, allez-y.

Ravalant un rire de triomphe, elle reporta son attention sur Bradley et changea rapidement sa couche, puis lui enfila son épaisse combinaison bleu layette. Lorsqu'elle referma la capuche bordée de fausse fourrure autour de son visage, il sourit et battit ses petites jambes, et elle ne put résister à l'envie de se pencher pour frotter son adorable petit nez.

Puis, se souvenant que Trevor était toujours dans la pièce, à les observer d'un air méfiant, elle s'éclaircit la gorge et se redressa, gênée.

— Presque prêts, dit-elle en enfilant sa parka vert sauge.

Elle installa Bradley sur sa hanche, puis saisit la bretelle de son sac à langer.

Il fut soudain à côté d'elle, et prit le sac.

— Je m'en charge, dit-il.

Sous l'effet de sa proximité et de son regard intense, elle se sentit rougir, et son ventre se noua.

— Merci, dit-elle, articulant avec difficulté.

Pourtant, elle le suivit tranquillement quand il se dirigea vers la porte.

L'assistante leva les yeux quand son patron approcha, et les observa, Bradley et elle. Il y avait peu de chances qu'elle ait entendu quoi que ce soit derrière les portes closes du bureau, et elle était manifestement curieuse de savoir qui elle était, et pourquoi elle avait amené un bébé de quatre mois avec elle. Mais, comme toutes les bonnes assistantes, elle fit preuve de discrétion et resta muette, en attendant que son employeur lui donne ses consignes.

— Diana, je serai absent un moment.

Haylie remarqua qu'il ne prenait même pas la peine de la présenter.

— Probablement pour le reste de la journée. Déplacez les rendez-vous qui peuvent l'être, et annulez le reste, s'il vous plaît.

— Bien, monsieur, répondit-elle en écrivant sur son sous-main de papier, avant de tapoter sur son clavier.

Dans un placard caché derrière son bureau, il prit son manteau et l'enfila.

— J'aurai mon téléphone portable sur moi si vous avez besoin de me joindre, mais…

— … essayez de ne pas avoir besoin de moi, conclut-elle pour lui.

Il afficha un demi-sourire.

— C'est ça.

Il lança un regard à Haylie.

— Prête ?

Elle opina, et passa devant la réception pour, une fois de plus, le suivre. Mais au lieu de passer devant, cette fois, il lui tint la porte et la laissa passer. C'était un geste galant qui, pour une raison indéterminée, lui fit tenir son neveu plus fort et lui rappela que, contrairement à sa sœur, elle ne couchait pas avec tous les beaux garçons qu'elle rencontrait. Tant qu'elle serait en présence de Trevor Jarrod, elle devait être encore plus attentive à garder la tête froide et à maîtriser ses pulsions.

Car elle ne pouvait plus vraiment reprocher à sa sœur d'avoir eu une aventure d'un soir avec cet homme. Si elle-même avait été un peu plus extravertie, un peu moins timide avec le sexe opposé, et qu'elle avait eu un peu plus de temps devant elle, elle aurait volontiers eu une liaison d'un soir avec lui, elle aussi.

- 3 -

Le trajet jusqu'au cabinet du Dr Lazlo serait sans doute plus près des quarante-cinq minutes que de la demi-heure, songea Trevor. Il n'avait jamais côtoyé d'enfant, et n'avait aucune idée de l'attirail dont ils avaient besoin, ne serait-ce que pour se rendre d'un point à un autre.

Ils étaient passés par une porte de service pour rejoindre son Hummer rouge flamboyant, garé sur sa place réservée dans le parking du personnel. Mais une fois devant le 4 × 4, Haylie avait décrété qu'elle ne monterait pas tant qu'ils n'auraient pas récupéré le siège de Bradley, resté dans son véhicule à elle.

Alors, ils étaient retournés au manoir, car, bien sûr, elle avait refusé qu'ils se rendent jusqu'à sa voiture avec son Hummer. Ils empruntaient maintenant le couloir central de l'hôtel pour rejoindre une des entrées les plus fréquentées, située près du parking réservé aux clients.

Il aurait préféré contourner l'immense bâtiment, l'air frais et la neige légère qui tombait lui auraient fait du bien. Mais durant le court laps de temps où ils avaient été dehors, les joues d'Haylie et de Bradley étaient devenues toutes roses, et il ne voulait pas risquer qu'ils tombent malades. Aussi avait-il décidé de traverser l'hôtel, devant Dieu savait combien de regards inquisiteurs.

Comme s'il ne suffisait pas qu'une inconnue surgisse dans son bureau avec un bébé dont elle prétendait qu'il était le père, quelqu'un pourrait découvrir ce coup du sort. Se retrouver en une de tous les journaux à scandale de la région lui donnerait à n'en pas douter un ulcère *et* de l'hypertension. Mais tout ce qu'il pouvait faire, c'était espérer que les gens qu'ils croisaient étaient de simples touristes, et non de méprisables paparazzi déguisés en clients, à l'affût du moindre ragot concernant sa famille.

Atteindre le parking sans être harponné par quelqu'un qui s'interrogerait sur l'identité d'Haylie, il n'en demandait pas plus.

Au moins, ils ne semblaient pas être ensemble. Elle marchait deux pas derrière lui, et ils ne faisaient rien de suspect, ils ne se tenaient pas par la main par exemple. Les gens pourraicnt penser qu'il guidait personnellement une cliente VIP à son chalet, tout simplement.

Cependant, il devait l'avouer, l'envie de lui prendre la main était bien là.

Pas parce qu'elle l'attirait, non.

Mais parce qu'elle ne portait pas exactement les bottes les plus adéquates pour la neige. Or le sol était glissant.

D'ailleurs, le sol de l'hôtel, en dehors des parties recouvertes de tapis ou de moquette, pouvait être glissant lui aussi, lorsqu'il était mouillé.

Lorsqu'ils furent à mi-chemin du hall, il crut qu'ils arriveraient à sortir sans être importunés.

Il jura dans sa barbe quand il vit son frère Guy se diriger vers eux.

Guy était le jumeau de leur frère Blake, et le cuisinier de la famille. Le complexe disposait de quatre restaurants et de six bars, et Guy les supervisait tous.

Mais comme c'était Trevor qui était en charge du marketing de tout le domaine, l'essentiel de la publicité liée aux restaurants passait par lui. Et même si le plus grand événement annuel de Jarrod Ridge, le gala Food and Wine, venait de s'achever, ils travaillaient régulièrement ensemble sur d'autres projets.

En ce moment, ils essayaient d'organiser une sorte de « tour du monde » culinaire dans les différents établissements de Jarrod Ridge. Le Chagall's donnerait un aperçu des saveurs de France, Emilio's mettrait l'Italie à l'honneur, le Golden Palace ferait la promotion de la Chine, et ainsi de suite.

Guy aurait pu choisir un meilleur moment pour l'ennuyer avec ça, cependant.

S'arrêtant net, il se prépara à l'inévitable rencontre et pria pour qu'Haylie ait la présence d'esprit de ne rien dire.

— Hé, le salua son frère.

De trois ans plus âgé et à peine moins grand que lui, Guy était vêtu d'un pantalon noir et d'une chemise blanche à col américain. Une tenue décontractée, mais pas autant que son propre accoutrement d'après-ski.

Ses cheveux bruns, qu'il laissait d'habitude négligemment envahir sa nuque, étaient coupés court et disciplinés. L'œuvre d'Avery, sans nul doute.

Comme ses nouveaux vêtements, et l'étincelle qui semblait ne jamais quitter ses yeux ces derniers temps. Trevor appréciait la fiancée de Guy. Et le fait qu'elle ait une influence si positive sur lui dans tous les domaines ne faisait qu'augmenter le respect qu'il avait pour elle.

— Salut, répondit-il.

Et comme il s'y était attendu, Guy déroula la liasse de grandes feuilles qu'il portait sous le bras.

— J'ai jeté un œil aux maquettes d'affiches, et il y a quelques changements que j'aimerais apporter. Surtout en ce qui concerne les menus.

Il sourit et fit un clin d'œil.

— Tu sais comment je suis quand il s'agit de nourriture. Tu as une minute pour en discuter ?

— En fait, ce n'est pas le bon moment, répondit-il avec franchise. Est-ce que je peux te voir plus tard ?

Il était presque toujours débordé quand il était au manoir, et Guy ne sembla pas se formaliser outre mesure, mais il reporta son attention sur Haylie et Bradley. Impossible de nier qu'elle était avec lui, puisqu'elle attendait patiemment qu'il finisse sa conversation.

— Oh ! oui, dit Guy, manifestement ailleurs. Pas de problème.

D'après l'expression de son visage, il mourait d'envie de l'interroger sur l'identité de cette jolie femme et de son bébé. Heureusement, il eut le bon sens de garder le silence. Du moins pour l'instant. Il s'empresserait sans doute d'informer toute la famille de l'existence de cette mystérieuse jeune femme dès qu'ils se seraient éloignés.

Malheureusement, Guy se tourna vers Haylie et lui tendit la main.

— Guy Jarrod. Je suis le frère aîné de Trevor. Plus âgé, plus brillant, et plus beau, cela va de soi, dit-il avec un clin d'œil.

Elle accepta la main de Guy et la serra poliment.

— Haylie Smith.

Pas un mot de plus, pas un de moins. Heureusement. Haylie était parfaitement courtoise, mais elle ne semblait pas le moins du monde impressionnée par le numéro de charme de son frère. Et bizarrement, cela lui fit plaisir. Non pas que cela compte d'une façon ou d'une autre. Guy était très heureusement et très fermement fiancé, et lui-même n'était intéressé que par les femmes sans aucune attache.

Ce qui n'était pas du tout le cas d'Haylie.

— Ecoute, dit Trevor à son frère en faisant de son mieux pour contenir son impatience grandissante, nous sommes un peu pressés. On se voit plus tard, d'accord ?

Il fit un signe de tête à Haylie pour lui signifier de passer devant lui.

— D'accord. Comme tu veux. Plus tard, dit Guy.

Tandis qu'ils s'éloignaient, Trevor sentit le regard interrogatif de son frère dans son dos. C'était exactement ce dont il avait besoin, que l'on prête attention à la présence d'Haylie et au fait qu'il se comporte bizarrement !

Pourtant, dès qu'ils sortirent dans l'air vif de décembre, il céda malgré lui à la voix dans sa tête qui lui intimait de la toucher.

Il ne la prit pas par la main, c'était un geste trop

intime, qui aurait paru déplacé. Mais il la prit par le coude — et uniquement pour l'aider à garder l'équilibre et lui éviter de glisser pendant qu'ils se dirigeaient vers sa voiture.

Elle ne sembla pas surprise par son geste, et lui adressa même un petit sourire par-dessus la tête encapuchonnée de Bradley.

— Votre frère a l'air sympathique, dit-elle, et il sut qu'elle essayait simplement de faire la conversation.

— Oui, répondit-il, laconique.

Guy était en effet quelqu'un de sympathique. Et de curieux.

Sa voiture s'avéra une nouvelle source d'inquiétude. Elle semblait avoir plusieurs années au compteur et le modèle avait sans doute déjà été retiré du marché, mais elle paraissait en assez bon état. Excepté les pneus.

Comment pouvait-on vivre dans le Colorado et ne pas s'équiper de pneus neige en hiver ? Ou alors, si c'étaient des pneus neige, la gomme était si usée qu'ils ressemblaient à des chambres à air.

Ce n'était pas son problème, se dit-il pendant qu'elle cherchait ses clés dans son sac. Sauf, bien sûr, si Bradley *était* son fils. Si tel était le cas, *c'était* son problème, et il veillerait à ce que les quatre pneus soient remplacés immédiatement. Ou, mieux, il remplacerait la voiture entière, et achèterait un véhicule bien plus sûr et plus adapté aux mois d'hiver. Un Hummer, comme le sien. Ou un tank peut-être.

Jonglant entre son sac, ses clés et le bébé, Haylie bataillait pour ouvrir la portière côté conducteur.

— Attendez, laissez-moi faire, dit-il en lui prenant les clés des mains.

Une fois qu'il eut déverrouillé le véhicule, elle ouvrit la portière arrière puis se tourna vers lui.

— Pourriez-vous le porter un instant ? demanda-t-elle.

Sans attendre sa réponse, elle colla Bradley contre son torse. Heureusement, il eut le réflexe d'attraper le bébé. Mais il le gardait à bout de bras, comme si c'était un sac de serpents venimeux.

Elle avait le visage tourné dans la direction opposée, et tentait de libérer le siège auto des ceintures qui le maintenaient en place, aussi ne vit-elle pas son expression de pure terreur.

Il ne savait rien sur les bébés. Il ignorait comment les porter, les nourrir, comment changer une couche. Et si Bradley se mettait à pleurer ? Les bébés n'avaient-ils pas des fuites ? Des larmes, des régurgitations, et des choses pires encore que, Dieu merci, une couche absorberait.

Mais Bradley n'avait pas de fuites. Mieux, il semblait tout à fait ravi d'être porté par une nouvelle personne. Il avait le regard brillant, il battait ses petites jambes comme s'il dansait au rythme d'une musique qu'il était le seul à entendre et, si Trevor ne se trompait pas, il lui souriait.

Les bébés souriaient-ils à cet âge-là, ou avait-il juste des gaz ? Bradley donna un coup de pied plus vif et rit. De manière intentionnée. Cela n'avait donc rien à voir avec un problème intestinal.

Son angoisse s'atténuant, Trevor ramena Bradley contre lui.

C'était un beau garçon. Cela ne signifiait pas que c'était un Jarrod, mais il avait quand même ce charme irrésistible propre aux bébés de la famille. Trevor en avait souvent entendu parler, surtout par des femmes très concernées par leur horloge biologique.

Une minute plus tard, quand elle sortit enfin de la voiture avec le siège enfant, Trevor faisait des grimaces à Bradley et le berçait comme il l'avait vue faire dans son bureau.

— Je peux le prendre maintenant, dit-elle.

— Non, ça va.

Ce n'était pas aussi difficile qu'il l'avait cru, et si le bébé n'était pas le sien, ce serait peut-être sa seule chance de jouer les jeunes papas avant un moment. Si Bradley était son fils… eh bien, autant commencer à s'entraîner dès maintenant.

Il jeta un regard vers le siège.

— Pouvez-vous le porter, ou voulez-vous que je m'en charge ?

— Je peux le porter, mais…

Elle semblait préoccupée.

— Etes-vous sûr que vous ne préféreriez pas échanger ?

— Non, tout va bien, dit-il en donnant à Bradley une autre petite secousse qui le fit rire. Vous avez tout ce dont vous avez besoin ?

Une demi-heure plus tard, il gara son Hummer devant le cabinet du médecin et coupa le moteur. Haylie était déjà descendue de la voiture et sortait Bradley de son siège quand il vint l'aider.

Contrairement à tout à l'heure, le nourrisson

plissait le nez et avait l'air mécontent. Il s'agitait et geignait, et la rougeur de ses joues n'était pas due au froid cette fois.

— Qu'est-ce qui ne va pas ? demanda-t-il, essayant de ne pas laisser l'inquiétude percer dans sa voix.

— Il est juste bougon, répondit-elle en le portant contre elle en même temps qu'elle empoignait le gros sac à langer orné d'une girafe jaune et d'un hippopotame mauve.

Trevor lui prit le sac des mains et ferma la portière, puis ils se dirigèrent vers le bâtiment de brique rouge.

— Pouvez-vous sortir un biberon du sac ? demanda-t-elle en désignant une poche latérale. Il a sans doute faim. Ensuite, il aura besoin d'une nouvelle couche, et d'une sieste. J'espère que cela ne durera pas trop longtemps, sinon nous devrons gérer un bébé très bruyant et très mécontent. A moins qu'il ne dorme pendant toute l'entrevue. Ce serait bien.

Un bébé bruyant et mécontent, Trevor n'avait pas envie de voir à quoi cela ressemblait. Malheureusement, les tests ADN impliquaient des aiguilles et des piqûres, ce qui n'améliorerait pas l'humeur de Bradley.

En entrant dans le cabinet, il laissa Haylie trouver un siège dans la salle d'attente pour donner son biberon à Bradley, pendant qu'il allait annoncer à la réceptionniste, à voix basse, son nom et la raison de sa venue.

Peu de temps après, une infirmière les conduisit à une salle d'examen, où le bébé termina son biberon.

Il battait des cils et ses paupières se faisaient de plus en plus lourdes. Quelques instants plus tard, le médecin arriva, salua Trevor et se présenta à Haylie. Après un bref examen de Bradley, à présent bien endormi dans les bras de Haylie, le médecin recula son tabouret et regarda les deux adultes.

— Si j'ai bien compris, vous aimeriez faire un test de paternité pour déterminer si l'enfant est…

Le Dr Lazlo ne termina pas sa phrase, et Haylie ajouta rapidement :

— … le sien, dit-elle en désignant Trevor d'un hochement de tête. Bradley est le fils de ma sœur. Heather est décédée il y a deux mois dans un accident de voiture, sans avoir informé M. Jarrod qu'il était père. M. Jarrod veut être sûr que je lui dis la vérité sur Bradley, et que je ne suis pas venue à Jarrod Ridge dans le but de m'enrichir grâce à un bébé et une histoire montée de toutes pièces.

Trevor lui lança un regard contrarié, et croisa les bras.

— C'est sans doute plus que le Docteur n'a besoin de savoir, dit-il.

Le médecin eut un rire amical.

— Ne vous inquiétez pas, j'ai procédé à des centaines de tests de ce type, et je peux vous assurer de ma discrétion. Je m'occuperai de vos échantillons et de vos résultats personnellement, et je les enverrai au laboratoire sous des noms fictifs.

Trevor eut un hochement de tête approbateur, même s'il était toujours contrarié. Il n'avait vraiment pas besoin qu'on lui rappelle la situation dans le détail, encore moins devant un tiers.

— Bon, dit le médecin en posant les mains sur ses genoux. Il y a deux types de tests de paternité. Tous deux ont de longs noms médicaux difficiles à prononcer, dont je suis sûr que vous n'avez que faire, mais, pour résumer, l'un, le PCR, implique de frotter l'intérieur de la joue, et l'autre, le RFLP, nécessite une prise de sang.

— Lequel est le plus précis ? demanda Trevor.

— Le RFLP, l'échantillon de sang. Nous pouvons faire les deux, si vous le souhaitez. Chaque test est assez précis, mais, en combinant les deux, il y aurait très peu de doute sur la paternité de l'enfant.

Trevor se tourna vers Haylie. Son visage ne trahissait rien.

— Cela vous poserait-il un problème si nous faisions les deux ? demanda-t-il. Pour être vraiment sûrs.

Elle resta silencieuse quelques secondes, puis haussa une épaule.

— Ça me va, mais le test sanguin réveillera Bradley et, je préfère vous prévenir, il percera quelques tympans.

— Nous commencerons avec le frottis de la joue, dit le médecin, et je serai aussi doux que possible.

Vingt minutes plus tard, Bradley dormait de nouveau à poings fermés, cette fois dans le Hummer, tandis qu'ils rentraient à Jarrod Ridge. La piqûre l'avait réveillé, et il avait hurlé à pleins poumons pendant trois bonnes minutes, comme elle l'avait prédit. Mais après cela, il s'était peu à peu calmé pour s'endormir de nouveau contre son épaule.

— Donc cela peut prendre des semaines, dit-il

pour briser le silence dans l'habitacle. Tout dépend si le laboratoire est débordé ou non.

Elle hocha la tête.

— Je pense que le médecin a raison de ne pas vouloir accélérer les choses. Cela ne ferait qu'éveiller les soupçons, or vous ne voulez pas ébruiter l'affaire tant que vous n'êtes pas certain que Bradley est votre fils.

— Je crois que le Dr Lazlo sera aussi discret que possible, dit-il, mais parfois les choses vous échappent, surtout quand les employés sont curieux et qu'ils commencent à fouiner dans votre vie.

— Ça ne me dérange pas d'attendre, si cela vous convient également. Et je vous promets d'être tout aussi discrète que le médecin. Personne chez moi ne vous connaît. Je doute même qu'ils soient particulièrement curieux de savoir qui est le père de Bradley.

Elle plissa les yeux.

— Heather avait ce genre de réputation. Personne n'a été surpris quand elle s'est retrouvée enceinte et qu'aucun homme n'était avec elle pour clamer sa paternité.

Dans sa voix perçaient un léger embarras et de la désapprobation. Mais elle semblait aussi… sur la défensive. Comme si elle n'avait pas approuvé le comportement de sa sœur, et qu'elle n'aurait choisi ce style de vie pour rien au monde, mais qu'elle resterait fidèle à sa sœur, quoi qu'il arrive. Encore plus maintenant qu'elle était partie.

Il ne pouvait guère lui en vouloir. Lui-même n'avait que récemment découvert qu'il avait une demi-sœur, Erica, mais cela ne l'empêchait pas de se sentir aussi protecteur envers elle qu'avec sa sœur de toujours, Melissa.

D'ailleurs, il était protecteur avec toute sa famille. Les Jarrod étaient un peu comme les Mousquetaires — un pour tous, tous pour un.

Ils avaient tous leurs défauts, mais il défendrait chacun d'eux jusqu'à la mort, s'il le fallait. Qu'Haylie ressente la même chose envers sa sœur — et l'enfant de sa sœur — ne le surprenait pas.

— Il y a autre chose dont nous devons discuter.

— Quoi donc ? demanda-t-elle, l'air dérouté.

— L'endroit où vous séjournerez jusqu'à ce que les résultats soient connus.

— Oh ! ce n'est pas un problème. Dès que nous serons dans votre bureau, je vous donnerai mon adresse et mon numéro de téléphone. Vous êtes le bienvenu pour voir Bradley quand vous voulez, si vous le souhaitez. Cependant, si vous préférez attendre d'être certain… je comprendrais, dit-elle calmement.

Elle comprendrait, mais elle n'approuverait pas forcément, songea-t-il, amusé.

Mais cela n'avait pas d'importance.

— Ce n'est pas ce que je voulais dire.

— Je suis désolée, que vouliez-vous dire alors ?

— J'ai réfléchi. Jusqu'à ce que nous soyons fixés sur la paternité de Bradley, j'aimerais que vous emménagiez tous les deux chez moi.

- 4 -

Durant de longues minutes, Haylie fut trop sonnée pour répondre quoi que ce soit. Elle resta là, sur le siège passager du véhicule de Trevor, bouche bée. Elle n'aurait pas été plus surprise s'il avait annoncé qu'il voulait renoncer à son héritage pour aller travailler de nuit dans un fast-food.

Elle se tourna pour lui faire face, et baissa la fermeture de son épaisse parka pour respirer un peu plus facilement. La climatisation était en marche, mais elle doutait que ce soit pour cela qu'elle avait chaud, tout à coup.

Non, c'était sans doute le choc, mêlé à une bonne dose d'appréhension.

Elle avait presque envie de se pincer pour être sûre d'avoir bien entendu.

— Je vous demande pardon ? dit-elle d'une voix étranglée.

Sans quitter la route des yeux, il répondit :

— Je pense que c'est mieux pour toutes les personnes concernées.

A présent, elle voulait *vraiment* se pincer, car rien de ce qu'il disait ne semblait avoir de sens. Elle s'éclaircit la gorge et demanda :

— Comment cela ?

— Eh bien, dit-il avec un haussement d'épaules, si Bradley est mon fils, alors j'ai du temps à rattraper. Je préférerais qu'il soit près de moi, pour commencer à le connaître… et m'habituer à être père.

Sa voix s'était serrée sur les derniers mots, comme si l'idée qu'il puisse réellement être le père d'un petit garçon dont il ne savait rien encore quelques heures plus tôt l'effrayait encore.

Pourtant, ledit petit garçon était bien là, endormi dans son siège. Et elle était prête à parier que les tests ADN seraient positifs.

— Je peux le comprendre, dit-elle, conciliante, mais obtenir les résultats des tests ne prendra pas si longtemps. De plus, Bradley a déjà quatre mois — quelques semaines de plus, cela ne fera pas une grande différence. Et puis, j'ai une vie à Denver. Une société à faire tourner. Je ne peux pas disparaître comme ça, du jour au lendemain.

— Alors, laissez le petit avec moi. Vous avez eu quatre mois avec lui, et moi j'ai à peine eu une journée. J'ai beaucoup d'espace chez moi, et les moyens d'engager une nounou à plein temps.

Elle ouvrit de grands yeux. Elle ne s'était jamais considérée comme une personne violente, pourtant, à cette seconde, elle était extrêmement tentée de gifler l'homme assis à côté d'elle. Il y avait tant de choses choquantes dans ce qu'il venait de dire qu'elle ne savait pas par où commencer.

Le petit ? Une nounou ?

Laisser Bradley avec lui ?

— C'est hors de question.

La tension dans sa voix n'était pas due à la nervosité, mais à la colère. D'ailleurs, elle était en train de dépasser le stade de la simple colère pour atteindre celui de la fureur noire.

— Je ne suis peut-être pas la mère biologique de Bradley, mais je suis la seule mère qu'il ait connue ces deux derniers mois — et même avant, à dire vrai. Il est absolument hors de question que je le laisse *où que ce soit*, avec *qui que ce soit*.

Le tissu imperméable de sa veste bruissa quand elle croisa les bras.

— Je me fiche que vous soyez son père, dit-elle entre ses dents sans prendre la peine de masquer son animosité.

Que disait le dicton, déjà… Aucune bonne action ne restait impunie ? Eh bien, elle venait d'en avoir une démonstration cinglante.

Dire qu'elle avait seulement voulu faire ce qui lui paraissait juste ! Annoncer à un homme qu'il avait conçu un enfant avec une femme qui ne le lui aurait jamais annoncé elle-même, un enfant qu'il n'aurait jamais connu autrement.

Elle avait voulu faire le bon choix, pour Bradley. C'était un Jarrod, après tout. Et même si elle n'avait pas besoin des millions de sa famille paternelle, et qu'elle ne pensait pas qu'un enfant ait besoin d'argent pour être heureux et choyé, il méritait quand même de savoir d'où il venait, et qui étaient ses ancêtres.

Mais *aucune bonne action*… Et voilà le résultat. Quelques heures à peine après sa BA, elle la payait déjà.

Durant plusieurs secondes, Trevor ne répondit pas. Mais ce qu'il dit ensuite la figea net.

— Je pourrais vous le prendre, vous savez.

Ce n'était pas le premier argument que Trevor avait prévu d'avancer pour convaincre Haylie de s'installer chez lui. Mais la façon dont elle s'était braquée lorsqu'il avait lancé l'idée de garder Bradley l'avait mis sur la défensive.

D'un côté, il appréciait qu'elle soit si protectrice avec cet enfant. Si ce bébé était vraiment le sien, il allait sans doute lui être très reconnaissant d'avoir pris soin de son fils comme elle l'avait fait.

Bien sûr, Bradley était le neveu d'Haylie, et un lien très fort les unissait. Mais d'après ce qu'il avait compris, la mère de Bradley — cette Heather à présent décédée dont il n'avait aucun souvenir — avait eu une vie assez mouvementée. Elle avait causé son lot d'ennuis.

Il aurait été facile pour Haylie de cesser de jouer les sauveuses, et de couper les ponts avec sa sœur. Personne ne l'en aurait blâmée.

Mais elle ne l'avait pas fait. Non seulement elle était restée à ses côtés malgré ses frasques, mais encore elle avait endossé le rôle de mère d'adoption pour Bradley après la mort brutale d'Heather.

Et pour cela, elle méritait qu'on lui décerne une flopée de médailles. S'il était le père de Bradley, elle aurait sa gratitude éternelle.

— Je me battrai pour lui, dit-elle, mâchoires serrées, interrompant ses pensées.

Elle semblait absolument hors d'elle, comme prête à le frapper. L'opinion qu'il avait d'elle ne fit que s'améliorer encore.

Elle n'avait aucune chance contre lui, c'était évident. Elle pourrait s'opposer à lui jusqu'à la fin des temps, mais, s'il voulait réclamer la garde du petit garçon endormi à l'arrière de sa voiture, il avait à la fois les avocats et les ressources financières pour y parvenir. Même avant que les résultats ADN n'arrivent, il pourrait arguer que c'était elle qui était venue à lui en prétendant qu'il était le père. Etant donné que la mère de l'enfant lui avait caché à la fois sa grossesse et la naissance de l'enfant… eh bien, il imaginait que les juges seraient trop heureux de rectifier les torts et de rendre justice en sa faveur.

Toutefois, ce n'était pas la voie qu'il voulait prendre, et il regrettait déjà ses paroles. Il préférait généralement contourner les conflits. D'habitude, il était doué pour cela.

A sa décharge, cela ne faisait que quelques heures que la bombe « bébé » lui avait été lancée. Il n'était pas encore remis de l'instant où les mots « votre fils » étaient sortis de la bouche d'Haylie, et encore moins de toutes les pensées qui s'étaient bousculées dans son esprit depuis.

Quoi qu'il en soit, il avait besoin d'elle, même si ce n'était pas facile pour lui de l'admettre, mais il ne connaissait strictement rien aux enfants, qu'ils soient bébés ou plus âgés.

Si Bradley était sa chair et son sang, alors il aurait besoin qu'elle lui apprenne tout ce qu'il avait besoin de savoir sur son fils, et cela même s'il engageait une nounou. Une assistante maternelle pourrait changer les couches et chauffer les biberons, mais elle ne connaîtrait pas la marque des petits pots préférée de Bradley, ne saurait pas s'il était chatouilleux, ne pourrait pas lui dire ce qui le faisait rire ou pleurer.

Elle, en revanche, savait tout cela. Elle avait passé ces derniers mois à apprendre tout ce qu'il y avait à savoir sur son fils.

Son fils hypothétique.

Il ne servait à rien de s'emballer, il devait attendre les résultats des tests.

Les Jarrod étaient très famille, ce qui signifiait que même s'il se retrouvait en droit de réclamer la garde du bébé, jamais il n'envisagerait de rayer Haylie de la vie de Bradley. Celui-ci aurait besoin de sa tante maternelle autant que d'un père et de ses oncles et tantes paternels.

Par conséquent, il devait veiller à faire d'Haylie son alliée, plutôt que son ennemie. Et mieux valait commencer dès maintenant.

— Essayons d'éviter les menaces et de parler bataille juridique, d'accord ? Du moins, pour l'instant. Si vous réfléchissez un instant à ma proposition, vous vous rendrez compte que c'est le mieux à faire pour tout le monde.

Il lui lança un regard et constata qu'elle le dévisageait, le sourcil haussé.

— Vraiment ? demanda-t-elle, ironique. Et comment êtes-vous parvenu à cette conclusion ?

Avec un haussement d'épaules, il reporta son attention sur la route.

— Comme je l'ai dit, ce n'est que pour quelques

semaines, et cela nous donnera l'occasion, à Bradley et à moi, de mieux nous connaître.

Non, ce n'était pas exactement cela. Quel meilleur mot pour exprimer le rapprochement avec sa possible progéniture ?

— De créer un lien.

Du coin de l'œil, il vit ses lèvres s'affiner, ce qu'il interpréta comme une approbation réticente. Il avait marqué un point… mais contrarié Haylie au passage.

— Et moi ? dit-elle en regardant droit devant elle.

— Vous ? Je vous ai déjà dit que Bradley et vous pouviez emménager chez moi. J'ai beaucoup d'espace, si c'est ce qui vous inquiète. Vous pourrez bénéficier de votre propre chambre, et avoir la maison pour vous durant la journée, pendant que je suis au bureau.

— Et ma vie à Denver ? J'ai un travail moi aussi, vous savez. Une société, des employés à diriger, des engagements à tenir.

Il secoua la tête, et réajusta ses mains sur le volant.

— Je suis navré, dit-il, en s'excusant. Quel est votre travail ?

Comment ne s'était-il pas posé la question avant ? Il fallait sans doute mettre cela sur le compte de son état de choc, après qu'on lui avait planté un bébé de quatre mois dans les bras. Littéralement.

Maintenant qu'ils abordaient le sujet, il se rendit compte qu'une vérification du profil d'Haylie serait sage. Dès qu'il retournerait au bureau, il demanderait à un détective d'effectuer quelques recherches très discrètes sur sa vie, à la fois privée et professionnelle.

Tant qu'il y était, il ferait mener une enquête sur sa sœur, aussi. Elle était peut-être décédée, mais un enquêteur habile devrait au moins pouvoir déterminer si elle avait bien été à Denver en même temps que lui. Si elle avait fréquenté régulièrement le club où Haylie prétendait qu'ils s'étaient rencontrés, et s'il y avait d'autres candidats à la paternité tapis dans l'ombre.

Et avant même que le Dr Lazlo l'appelle avec les résultats, une petite recherche lui donnerait une idée de la situation financière d'Haylie. Pour savoir s'il était plus ou moins probable qu'elle se serve de l'enfant de sa défunte sœur comme un moyen de lui soutirer quelques millions.

— Je suis organisatrice d'événements, dit-elle sans se douter des pensées et des plans qui se tramaient en silence dans son esprit.

— Et vous possédez votre propre société ?

— Oui. Je n'ai que quelques employés, mais les vacances de fin d'année sont une période chargée pour nous. Je peux à peine me permettre de m'absenter une nuit, alors une semaine ou deux…

Il décida d'ignorer la dernière partie de sa déclaration — temporairement, du moins.

— Quel est le nom de votre société ? demanda-t-il, soucieux de montrer son intérêt.

Apparemment, il se montrait trop gentil trop vite, car elle lui lança un regard soupçonneux.

— It's Your Party.

— Joli, dit-il tandis qu'une idée germait dans son esprit.

— Merci.

— Etes-vous spécialisée dans un domaine particulier ?

— Pas vraiment. Ou du moins, pas encore. Nous n'avons ouvert nos portes qu'il y a trois ans, nous cherchons encore notre équilibre, et travaillons à bâtir notre réputation à Denver.

— J'imagine que vous avez beaucoup de fêtes de Noël à préparer ?

— Absolument. Novembre et décembre sont de très bons mois pour nous, heureusement.

Lorsqu'il la vit sourire, une douce chaleur l'envahit.

Pas de doute, Haylie Smith était une femme diablement séduisante. S'ils s'étaient rencontrés en d'autres circonstances, il aurait déjà tenté une approche, à coup sûr. Il lui aurait proposé de prendre un verre. Lui aurait décoché son sourire charmeur… celui qui dévoilait ses fossettes et ses dents blanches dignes d'une publicité pour dentifrice.

Mais il ne pouvait pas séduire Haylie, n'est-ce pas ? Non seulement à cause de la nouvelle qu'elle lui avait annoncée, avec le tact d'un boxeur poids lourd soit dit en passant, mais aussi parce qu'il avait la nette impression qu'elle n'était pas le genre de femme à se laisser aisément charmer.

Contrairement à sa sœur. Ce qui le ramenait à l'obstacle de sa possible paternité.

— Vous avez déjà organisé un mariage ? demanda-t-il, revenant à l'idée qui avait précédemment germé dans son esprit.

Elle sembla déroutée, mais répondit assez volontiers :

— Quelques-uns. J'en ai organisé de petits, toute seule, surtout à mes débuts dans le métier.

Et quelques autres plus importants, lorsque j'ai embauché du personnel.

Il mit son clignotant et tourna à gauche, pour emprunter une route qui les éloignerait de Jarrod Ridge. Il espérait qu'elle serait trop distraite pour le remarquer.

— Il y a beaucoup de travail, j'imagine.

Elle rit.

— Oh ! oui. Surtout quand on traite avec une mariée tendue ou des membres de la famille qui veulent absolument mettre leur grain de sel.

— Mais vous aimez ça ? Ça ne vous dérangerait pas d'en organiser un autre ?

Elle sembla de plus en plus désarçonnée, et son regard étonné se fixa sur lui.

— Bien sûr que non. C'est mon métier, et j'adore ça.

Pendant une seconde, elle le fixa les yeux plissés.

— Pourquoi posez-vous autant de questions sur mon activité ?

— Je ne peux pas être simplement curieux ? dit-il en s'écartant de la route principale pour rejoindre un chemin beaucoup plus étroit et privé.

Elle était si prise dans leur conversation qu'elle ne sembla pas remarquer l'absence totale de circulation et la rudesse du terrain, mélange de neige, de poussière et de pierres.

— En fait, dit-elle, je doute que vous soyez jamais « simplement curieux ».

Il sourit. Ils s'étaient rencontrés depuis quelques heures à peine, et elle le connaissait déjà bien.

— Vous avez sans doute raison. La vérité, c'est que j'ai une sœur sur le point de se marier. Demi-sœur, pour être précis. Son fiancé et elle envisageaient de se marier à Noël, mais ils ont passé tant de temps à tergiverser que je doute qu'ils sachent ce qu'ils veulent à présent.

Le véhicule tout-terrain montait à présent une côte difficile.

— Où sommes-nous ? demanda-t-elle, se rendant enfin compte qu'il ne les avait pas reconduits au manoir, comme promis.

— Donc, je me disais que vous pourriez parler avec Erica, poursuivit-il, éludant délibérément sa question. Peut-être pourriez-vous lui donner quelques tuyaux, et l'aider à apaiser sa nervosité de future mariée.

— J'en serais ravie. Elle peut m'appeler quand elle le souhaite, mais…

Elle s'agita sur son siège quand la maison apparut dans leur champ de vision.

— Ce n'est pas Jarrod Ridge. Je me trompe ? Où sommes-nous ?

Il garda le silence jusqu'à ce qu'ils atteignent le vaste garage de deux voitures, situé à quelques mètres de la maison. Les deux bâtiments étaient de bois teinté de noir qui se mariait merveilleusement avec le décor montagneux alentour.

Elle avait tort en disant qu'ils n'étaient pas à Jarrod Ridge. La maison n'était pas reliée au complexe, mais la petite parcelle de terre sur laquelle elle était bâtie faisait partie du domaine des Jarrod.

Il appuya sur une télécommande pour ouvrir une des vastes portes de garage.

— Nous sommes chez moi, dit-il. Je me suis dit que j'allais vous faire visiter la maison, pour que vous puissiez vous faire votre propre opinion avant de refuser tout net mon invitation.

Il devinait, à ses lèvres pincées et à ses narines frémissantes, qu'elle était à deux doigts de bondir. Sa seule chance d'éviter une explosion totale était qu'elle ne veuille pas réveiller Bradley, endormi à l'arrière, en se lançant dans une diatribe enflammée.

Il vit sa mâchoire se tendre, comme si elle serrait les dents pour s'empêcher de crier.

— Une invitation, répéta-t-elle d'un ton acide. Vous vouliez dire, une *sommation* ?

- 5 -

— Donc, c'est bien ce que je pensais. Vous nous *ordonnez* de séjourner ici.

Dans le salon, les bûches crépitaient dans la cheminée, et le soleil d'après-midi projetait une belle lumière rosée sur les arbres aux cimes enneigées et les pentes montagneuses immaculées. La baie vitrée orientée à l'ouest permettait d'apprécier le spectacle à sa juste valeur.

Après avoir sorti Bradley de son siège, Trevor avait fait visiter le rez-de-chaussée à Haylie, qui continuait à fulminer. Le bébé était à présent installé sur une couverture, à même le sol. Sa couche était changée, son biberon avalé. Il jouait tour à tour avec son petit pied et avec un hochet en plastique qu'Haylie avait sorti de son sac à malices.

Elle était de l'autre côté de la pièce, en train de bouillir, apparemment. Elle avait les bras croisés sur sa taille et tapait littéralement du pied.

— Ce n'est pas un ordre, dit-il, faisant de son mieux pour la calmer.

Certes, il pouvait la forcer à faire ce qu'il voulait, mais il préférait qu'elle reste avec lui de son plein gré. Ou du moins, qu'elle ne se comporte pas en adversaire.

Il se dirigea vers la cuisine américaine, prit deux verres à vin sur un rail au-dessus de l'îlot central et sortit une bouteille de son merlot préféré.

— Je vous *demande* de rester ici pendant quelque temps, dit-il, d'une voix douce et, espérait-il, convaincante sans être condescendante. Pour que je puisse être plus près de Bradley. Pour apprendre à le connaître à travers vous, pour vous connaître aussi, et en apprendre davantage sur votre sœur.

Et pour garder un œil sur eux, accessoirement. S'ils étaient sous son toit, il pourrait s'assurer qu'elle ne fasse rien de stupide, comme aller voir la presse pour avoir son quart d'heure de gloire, ou demander une somme conséquente en échange de son silence.

Il remplit les verres et les porta dans le salon. Il en tendit un à Haylie, et fut surpris qu'elle l'accepte sans broncher — ou qu'elle ne le lui jette pas au visage.

— Si Bradley est vraiment mon fils, alors je serai content d'avoir passé ce temps avec lui. Des moments en privé, avant que le reste du monde n'apprenne que je l'ai conçu avec une femme dont je n'ai aucun souvenir. Et que je n'ai découvert son existence que deux mois *après* la mort de sa mère.

Elle se rembrunit, et il regretta aussitôt ses paroles brutales. Indépendamment de ce qu'il ressentait envers la femme qui lui avait caché l'existence de son fils durant quatre mois… ou plutôt treize, si l'on y ajoutait les neuf mois de grossesse, il devait garder à l'esprit qu'elle était la sœur d'Haylie, et que celle-ci l'aimait.

Il avala une gorgée de vin, et fut content qu'elle en fasse autant.

— Vous savez, reprit-il d'une voix plus douce, vous n'avez pas idée à quel point les médias peuvent être indélicats envers une famille comme la mienne. Nous sommes dans le viseur de leur téléobjectif vingt-quatre heures sur vingt-quatre, sept jours sur sept. Ils ne nous laissent que très peu d'intimité, et transforment le moindre événement en une véritable campagne de publicité — pour leur bénéfice, et non le nôtre. Ils sont particulièrement doués pour inventer des scandales à partir de petits riens.

Passant les mains dans ses cheveux, il poussa un soupir exaspéré.

— Si les gens apprenaient pourquoi vous êtes ici, avant même que nous n'ayons des nouvelles du médecin, les gros titres de tous les torchons du pays feraient de moi un père indigne, et de votre sœur une femme vénale qui a fait en sorte de tomber enceinte d'un riche héritier.

Elle sembla réfléchir, faisant tourner son verre dans sa main. Les flammes de la cheminée se reflétaient dans le liquide bordeaux, et jetaient des ombres sur sa silhouette élancée, tandis que le soleil couchant qui filtrait par la fenêtre soulignait les nuances d'or et de cuivre de ses cheveux.

Il eut soudain envie de les toucher, pour voir s'ils étaient aussi doux qu'ils en avaient l'air.

— Le fait que je séjourne chez vous, que je vive sous votre toit, cela ne provoquera-t-il pas une frénésie médiatique tout aussi folle que si je rentrais à Denver et que quelqu'un découvrait par hasard la filiation de Bradley ?

Elle marquait un point.

— Nous serons aussi discrets que possible, mais si l'on vous pose la question, vous êtes une amie de la famille. Une amie de la famille et son fils, qui vivent chez moi plutôt qu'à l'hôtel. Nous pouvons même faire comme si vous étiez une cliente, et je pourrais vivre dans mes quartiers au manoir pour que vous puissiez avoir toute la maison pour vous.

Elle semblait sceptique, aussi décida-t-il de ne pas s'attarder sur ce point pour passer à une autre de ses préoccupations.

— Concernant votre société, je ne sais pas durant combien de temps vous vous êtes absentée après la mort de votre sœur, mais je pense que les gens comprendraient si vous aviez besoin d'une période de deuil un peu plus longue. Comme je vous l'ai dit, Erica est vraiment en train de préparer son mariage. Je suis certain qu'elle adorerait avoir l'aide d'une professionnelle, et nous pourrions nous arranger pour que votre séjour ici se transforme en voyage d'affaires.

Elle regarda son verre avant de lever les yeux vers lui.

— Etes-vous sûr que votre sœur n'a pas engagé quelqu'un, déjà ? Je veux dire, c'est une Jarrod, après tout, et elle peut s'offrir les meilleurs. A mon avis, elle a dû commencer par recruter une professionnelle.

— Je ne peux pas vous le garantir à cent pour

cent, mais je n'ai pas entendu dire qu'elle avait embauché quelqu'un, en tout cas.

Avec un haussement d'épaules, il termina son verre et le posa sur la table basse.

— Si cela peut vous rassurer, je vais l'appeler tout de suite.

Elle ouvrit la bouche pour protester, mais il ne lui en laissa pas le temps. Il se dirigeait déjà vers le téléphone sans fil posé sur le comptoir de la cuisine.

En toute franchise, il n'avait pas prévu de mentionner à qui que ce soit la soudaine apparition d'Haylie, encore moins ses affirmations perturbantes, mais sa famille découvrirait sa présence tôt ou tard, de toute façon. Ce n'était pas comme s'il pouvait prendre quelques jours de congé ou l'amener au manoir sans que ses frères et sœurs le bombardent de questions. Parfois, ils étaient pires que la presse.

Il appela Erica. Sa sœur décrocha au bout de trois sonneries.

— Salut, petite sœur, c'est Trevor, dit-il d'un ton enjoué. J'ai une question à te poser. Tu as choisi une organisatrice, pour ton mariage ?

Une seconde plus tard, il levait les pouces avec enthousiasme à l'intention d'Haylie.

— Alors, qu'est-ce que tu dirais d'en engager une ? Je considérerais cela comme une faveur personnelle, à vrai dire.

— S'il te plaît, dis-moi que tu ne me demandes pas d'engager une de tes bimbos d'un soir pour organiser mon mariage ! répondit Erica.

Il ne sut pas s'il devait rire ou être offensé par la

piètre opinion que sa sœur avait de ses conquêtes habituelles. Sans doute méritait-il sa réputation.

Mais, alors que son côté séducteur ne l'avait jamais dérangé auparavant, il se surprit à éprouver un pincement au cœur. Etait-ce de la culpabilité ? de l'embarras ? Il n'aurait su le dire. En tout cas, il n'appréciait pas du tout cette sensation.

En regardant les cheveux lisses et blonds d'Haylie, son pull et son pantalon de ville, ses chaussures élégantes et néanmoins confortables, il eut la certitude qu'Erica ne la prendrait jamais pour une bimbo. Ni pour une de ses distractions temporaires.

— Non, répondit-il fermement. C'est une professionnelle très talentueuse, et j'ai besoin de lui donner une excellente raison de rester à Jarrod Ridge pendant quelques semaines.

— Pourquoi ? demanda sa sœur du tac au tac.

— C'est une longue histoire, dit-il en fixant le sol. Je t'expliquerai plus tard. Alors, tu es intéressée ? Acceptes-tu au moins de lui parler ?

— Bien sûr. Franchement, ce serait un soulagement d'avoir quelqu'un qui s'inquiète des détails à ma place, pour une fois. Et quelqu'un d'autre que Christian avec qui je pourrais parler du mariage. Au point où il en est, je crois qu'il m'épouserait dans les îles Galápagos si je le lui demandais, rien que pour être enfin marié.

— Génial, répondit-il, soulagé. Toutes les deux, vous pourrez convenir d'un rendez-vous plus tard, mais, pour l'instant, est-ce que tu veux bien lui annoncer la nouvelle toi-même ?

Il tendit le téléphone à Haylie. L'air réticent, elle prit le combiné.

Il ne pouvait entendre l'autre partie de la conversation, mais il y eut beaucoup de sons affirmatifs et de hochements de tête.

— D'accord, dit Haylie au bout de quelques instants. J'en serais ravie, merci.

Elle coupa la communication, et lui rendit l'appareil. Il savait que l'échange s'était bien passé, pourtant elle arborait un air curieusement neutre.

— Alors ? demanda-t-il en haussant un sourcil.

— Apparemment, je déjeune avec votre sœur demain, pour discuter de l'organisation de son mariage.

— Excellent.

Elle le regarda remettre le téléphone sur sa base, puis prendre la bouteille de vin pour se resservir. Son verre à elle était encore plein.

Excellent, avait-il dit ? Pour lui, peut-être. Pour elle, ce n'était pas si sûr. Elle était venue à Aspen en quête d'un père pour son neveu, pas d'une nouvelle mission.

Devait-elle aider Erica Jarrod à préparer son mariage, ou annuler le déjeuner imprévu qu'elle venait d'accepter à l'instant ? Elle pourrait tout à fait plaider la folie temporaire, car non seulement sa journée, mais sa vie entière prenaient une tournure irréelle et semblaient lui échapper totalement.

D'un autre côté, il s'agissait du mariage d'une Jarrod. Rien de moins.

Les organisateurs d'événements supplieraient, voleraient, tueraient pour prendre en charge un mariage de célébrité, et on venait de lui en offrir un sur un plateau d'argent. Même si les Jarrod ne la payaient pas un cent, ajouter ce mariage à son CV pourrait donner un énorme coup de pouce à sa société. En plus des goûters d'anniversaire et des bar-mitsva, elle pourrait prétendre à l'organisation de garden-parties, d'anniversaires haut de gamme, et même d'autres mariages de personnes en vue.

L'idée était si enivrante que, pendant une seconde, elle ne put respirer, et des étoiles explosèrent devant ses yeux.

Elle se força à respirer avant de faire quelque chose de vraiment embarrassant, comme s'évanouir alors que Trevor était à moins d'un mètre, en train de siroter son merlot. Elle tirait des plans sur la comète, et donnait une importance tout à fait démesurée à la situation. Pour le moment, il ne s'agissait que d'un simple déjeuner avec la sœur de Trevor… si toutefois elle décidait d'y aller. Il fallait qu'elle fasse son choix.

Elle redressa les épaules, puis fixa Trevor.

— Je vais passer la nuit ici, et rencontrer votre sœur demain, mais je ne vous promets rien de plus.

— Ça me paraît bien, dit-il avec un haussement nonchalant d'épaules. Cela dit, je pense qu'une fois que vous aurez discuté avec Erica, vous vous direz que rester à Jarrod Ridge pour quelques semaines n'est pas la plus mauvaise idée du monde. Et au cas où vous seriez inquiète de perdre de l'argent pendant que vous êtes loin de Denver, soyez assurée que nous vous rémunérerons pour vos services. Généreusement, ajouta-t-il avec un clin d'œil.

*
* *

Accepter de passer la nuit dans la maison de Trevor Jarrod et le faire étaient deux choses entièrement différentes, Haylie le constata très vite.

Pour commencer, elle avait prévu des bagages pour un voyage d'une journée, pas plus. Elle n'avait assez de biberons et de couches que pour tenir quelques heures. Et encore.

Ensuite, elle n'avait rien pris pour elle. Ni chemise de nuit, ni brosse à dents, ni démaquillant. Et comme elle n'avait pas de tenue de rechange, cela signifiait qu'elle devrait remettre les vêtements qu'elle avait sur le dos pour son déjeuner avec Erica, le lendemain.

Cela suffisait à lui faire reconsidérer sa décision.

— Ce n'était peut-être pas une si bonne idée, dit-elle devant la chambre d'amis que Trevor leur avait attribuée.

Bradley y était paisiblement endormi. Il s'était assoupi en finissant son biberon, et ne s'était pas agité pendant qu'elle avait changé sa couche. Evidemment, Trevor n'avait pas de berceau ni rien qui ressemble même de loin au nécessaire pour un bébé, et ils avaient dû improviser.

Une couverture douce sur le sol dans un angle de la pièce, entourée d'oreillers et de quelques coussins provenant du luxueux canapé de Trevor, et Bradley serait en sécurité, même s'il se réveillait dans les heures suivantes, ce qui était hautement improbable.

— Ce n'est pas mal, non ? demanda Trevor derrière elle. Je veux dire, ça ne ressemble pas à grand-chose, mais il est suffisamment en sécurité ?

Elle se tourna vers lui.

— Oui, dit-elle en hochant la tête, ça ira. Il ne bouge pas beaucoup quand il dort. L'important est de faire en sorte qu'il ne roule pas et qu'aucun objet ne le blesse s'il se réveille.

En la reconduisant au rez-de-chaussée de son élégant chalet, il demanda :

— Alors pourquoi pensez-vous que ce n'était pas une bonne idée ?

— Je ne parlais pas du sommeil de Bradley, mais du fait de rester ici. Je n'avais pas prévu de passer la nuit ailleurs que chez moi. Je ne suis préparée à dormir *nulle part*, encore moins avec vous.

Elle sentit ses joues s'empourprer quand elle se rendit du double sens de ses paroles, et se hâta de poursuivre, espérant qu'il n'avait rien remarqué :

— Bradley n'a presque plus de couches et de biberons, je n'ai pas de vêtements de rechange …

Elle fourra les mains dans ses poches, et regarda sa tenue.

— Même si arrivons au bout de la nuit sans encombre, que je dors dans mes vêtements et que je ne me démaquille pas, je vais avoir l'air d'une sans-abri quand je rencontrerai votre sœur.

Il esquissa un sourire.

— Vous oubliez à qui vous parlez.

Il lui passa un bloc-notes et un stylo par-dessus le comptoir de la cuisine.

— Notez tout ce dont vous avez besoin. Soyez aussi précise que possible — les marques, les quantités, la taille de vos vêtements et votre pointure. Tout sera livré ce soir, ainsi que votre voiture.

— Ma voiture ?

Elle leva la tête, et fixa ses yeux bruns et son visage aux traits harmonieux.

— Etes-vous sûr que vous voulez la faire amener ici ? N'avez-vous pas peur que je m'enfuie au milieu de la nuit avec Bradley ?

— Votre visite est peut-être liée à des circonstances particulières, mais vous êtes malgré tout une invitée, pas une prisonnière. D'ailleurs, vous m'avez promis de rester jusqu'à demain, et je vous fais confiance.

— Pourquoi ? Vous ne me connaissez même pas.

Elle pouvait très bien être une croqueuse de diamants, elle savait qu'il l'en soupçonnait.

Il haussa les épaules.

— A mon avis, une femme qui prend une journée de congé et fait quatre heures de route pour m'annoncer que j'ai un enfant dont je ne sais rien — en théorie, du moins —, uniquement parce qu'elle a le sentiment que c'est le mieux à faire, peut être crue sur parole.

Après une dernière gorgée de vin, il reposa son verre et ajouta :

— Et vous savez ce qu'on dit : « Sois proche de tes amis, et plus encore de tes ennemis. »

- 6 -

Le lendemain matin, Bradley avait tiré Haylie de son lit à une heure matinale, mais ce n'était pas lui qui l'avait réveillée. Elle n'avait quasiment pas dormi, à la vérité. Après avoir tourné et viré pendant la moitié de la nuit, elle avait cessé de chercher le sommeil et était restée simplement allongée, laissant ses pensées et ses angoisses l'envahir.

A présent, fraîchement douchée, elle fixait la collection de vêtements et d'accessoires qui jonchaient le lit. Si c'était un exemple de la façon dont Trevor traitait ses ennemis, elle songeait sincèrement à devenir son amie la plus chère et la plus proche.

Comme promis, la veille au soir, un employé de Jarrod Ridge avait apporté tout ce qui figurait sur sa liste, et bien plus encore.

Il avait livré un dîner pour deux provenant d'un des restaurants les plus sélects de Jarrod Ridge, une multitude de sacs de différentes boutiques, et garé sa vieille voiture dans l'allée. Trevor avait remercié l'employé avec un hochement de tête et ce qui ressemblait à un pourboire de cinquante dollars, détail qu'elle avait fait semblant de ne pas remarquer.

Evidemment, elle savait, comme tout le monde,

que les Jarrod étaient fortunés. C'était un peu comme dire qu'il y avait du sable dans le Sahara.

Et si elle avait été ignorante de leur richesse avant d'arriver à Aspen, la vue de Jarrod Ridge Resort lui aurait mis la puce à l'oreille. Que Trevor se comporte comme un prince et qu'il ait une maison splendide était simplement la cerise sur le gâteau.

Et même si elle se considérait comme une personne généreuse, et qu'elle laissait toujours des pourboires dans les hôtels et les restaurants, elle n'avait pas de billet de cinquante dollars dans son portefeuille pour les urgences. Et encore moins un billet en plus pour remercier un parfait étranger de lui avoir rendu service.

Trevor n'avait pas non plus été avare envers Bradley et elle. Le vanity dans la salle de bains était plein, et les comptoirs de la cuisine ressemblaient à un magasin bien fourni. Quand aux vêtements étalés sur le lit, on aurait dit la garde-robe d'une femme essayant de trouver la parfaite tenue pour une soirée retrouvailles de lycée.

Un nouveau pull et un pantalon de rechange auraient amplement suffi, mais il avait apparemment demandé un exemplaire de chaque vêtement, dans chaque boutique du complexe. Il y avait des robes, des jupes, des pantalons, des chemises, des pulls et des T-shirts à manches courtes et à manches longues. Et même des chaussures et des sous-vêtements.

Elle ne savait pas si elle devait être impressionnée ou intimidée par le pouvoir dont il disposait manifestement ; il claquait des doigts, et les gens accouraient. Il disait « sautez », et les gens répondaient « depuis quelle hauteur ? ».

Si les tests sanguins démontraient que Bradley était son fils — et elle n'avait pas de doute là-dessus, à moins qu'Heather lui ait menti pendant toute la dernière année de sa vie — et qu'il décidait de se battre pour obtenir sa garde, elle n'aurait aucune chance.

Son cœur se serra à cette pensée, et ses mains tremblaient littéralement pendant qu'elle s'habillait à la hâte. Elle n'avait peut-être ni son pouvoir, ni sa fortune, ni même ses droits biologiques, mais elle ferait tout ce qu'elle pourrait pour garder Bradley dans sa vie.

Elle n'avait pas beaucoup réfléchi avant de faire ce voyage jusqu'à Aspen, et elle commençait à le regretter. Elle se rendait compte seulement maintenant qu'il ne lui serait pas possible d'exiger la garde exclusive de Bradley, quand les résultats ADN arriveraient. Cette idée ne fit rien pour calmer l'angoisse sourde qui montait en elle. Elle ferait n'importe quoi, en tout cas, pour voir le bébé et passer du temps avec lui de façon régulière.

Trevor lui accorderait certainement un droit de visite. C'était peut-être un Jarrod, habitué à obtenir ce qu'il voulait et à diriger les gens comme des pions sur un échiquier, mais il n'était pas cruel, n'est-ce pas ? Il n'invoquerait pas ses droits parentaux pour l'exclure de la vie de Bradley. Du moins, elle l'espérait.

Elle ne connaissait pas précisément les symptômes d'une crise de panique, mais si la respiration courte, les mains moites et le bourdonnement dans les oreilles étaient des signes, elle était peut-être sur le point d'en faire une.

Il fallait qu'elle se calme. Les résultats n'arriveraient pas avant des semaines, et ce n'était pas comme si Trevor allait lui prendre Bradley et fuir avec lui. Etant donné qu'il n'avait même pas encore porté l'enfant — volontairement, du moins —, il espérait sans doute que les résultats soient négatifs, pour se laver les mains de toute cette affaire et retourner sans regret à sa vie si divertissante de play-boy.

En attendant, elle avait un déjeuner d'affaires. Un déjeuner qui la rendait inexplicablement nerveuse. Cela l'angoissait presque autant que l'idée de sortir enfin de la chambre et de tomber nez à nez avec son hôte.

Il lui avait fallu jusqu'à sa dernière once de sang-froid pour aller au bout de la soirée, la veille. Surtout après qu'ils eurent déballé les sacs provenant de Jarrod Ridge, et qu'il eut apporté les assiettes dans la salle à manger pour dîner avec elle.

Ce qu'elle avait vraiment eu envie de faire, c'était de courir à l'étage et de s'enfermer dans sa chambre avec Bradley. Enfoncer la tête sous le couvre-lit de satin, et ne pas ressortir jusqu'au lendemain.

Faire l'autruche lui semblait une vraie bonne idée, comparée au fait d'être en sa présence. Elle devait bien l'admettre, il l'intimidait. Non seulement il était très fortuné, mais il était aussi grand, musclé, et aussi séduisant qu'un acteur de cinéma.

Oh ! elle n'avait pas été le moins du monde intimidée à l'idée d'affronter l'homme qui avait involontairement mis sa sœur enceinte et laissé un enfant sans père.

Pas plus qu'elle ne s'était sentie nerveuse devant sa secrétaire surprotectrice, ou en s'asseyant dans son bureau en attendant son arrivée, pour lui annoncer sans détour sa paternité.

Elle ne s'était même pas inquiétée quand il avait insisté pour qu'ils passent des tests sanguins sur-le-champ, même si cela impliquait de monter dans la voiture d'un quasi-étranger, pour une destination inconnue, sans témoins.

Ce n'était pas ce qu'elle avait fait de plus intelligent, d'ailleurs.

Et puis, quelque part en route, la situation s'était renversée. Ce n'était plus elle qui contrôlait les choses, mais lui. A présent, elle était totalement hors de son élément, et il la manipulait aussi facilement qu'une marionnette.

Elle se sentait à sa merci. Pas seulement parce qu'elle résidait sous son toit, mais parce qu'elle savait à quel point il lui serait facile de lui prendre Bradley, s'il le voulait.

Ce qui l'amenait à s'interroger. Ce déjeuner avec sa sœur était-il une bonne chose… ou une erreur monumentale ?

Avec un soupir, elle jeta un dernier regard à la pièce pour s'assurer de n'avoir rien oublié, puis elle prit ses affaires et mit Bradley dans ses bras. Sans bruit, elle descendit l'escalier pour rejoindre le salon.

Trevor était déjà dans la cuisine, prêt à commencer

sa journée. Mais il n'y avait rien d'étonnant à cela, puisqu'il était 10 heures passées. La veille, il lui avait dit de prendre son temps pour se préparer ; ils iraient tous les deux au manoir juste avant qu'elle aille voir Erica.

Mais, aujourd'hui, il portait une tenue de travail plus classique. Au lieu d'un pull chaud et épais, d'un jean confortable et de chaussures de randonnée, il portait un costume bleu sombre qui tirait vers le noir, une chemise rouge vif, et des chaussures vernies.

Elle n'en savait pas suffisamment sur la haute couture pour reconnaître les marques à l'œil nu, mais elle était prête à parier qu'aucun de ses vêtements ne provenait d'un magasin ordinaire. Chacun d'eux portait sans doute un nom chic comme Gucci, Valentino ou Armani.

Son propre ensemble, fourni par une des boutiques de luxe du complexe, était tout aussi élégant. Même si elle n'était pas familière de la marque, elle devinait qu'il était très onéreux. Le simple fait de le porter l'intimidait, et la rendait nerveuse. Ce n'était pas le genre de vêtements que l'on avait envie de salir ou d'abîmer, or, quand on avait un bébé de quatre mois dont le passe-temps favori était de mâcher sa manche ou de cracher sur son épaule, le risque était grand pour que cela se produise.

— Bonjour, dit Trevor d'une voix profonde.

Lorsqu'il avança vers elle, une tasse de café dans la main, elle huma une soudaine bouffée de son eau de toilette. C'était un parfum frais et boisé, qui lui rappelait exactement l'endroit où ils se trouvaient — un magnifique flanc de montagne parsemé de sapins et couvert d'une neige étincelante.

Jamais elle n'aurait imaginé que l'odeur des arbres pouvait être sexy, pourtant la fragrance de forêt d'hiver qu'il portait la faisait chanceler. Et ses cheveux ondulés, son visage rasé de frais et son allure de professionnel dynamique ne faisaient qu'accroître son trouble.

Elle déglutit, et resserra son étreinte sur le bébé, tandis que son ventre se nouait d'excitation et de… oh, mauvais signe… désir.

— Café ? proposa-t-il.

Heureusement, il ne pouvait pas se douter de la guerre qui faisait rage entre son esprit raisonnable et son traître de corps.

Elle déglutit de nouveau, humectant ses lèvres sèches avant de répondre :

— Non, merci.

Elle était déjà assez nerveuse comme ça, elle n'avait pas besoin de caféine en plus.

Il finit sa tasse puis se dirigea vers la porte d'entrée. Lorsqu'elle passa devant lui, il lui retira ses deux sacs de l'épaule, et les porta jusqu'au garage.

Quand ils arrivèrent devant le bureau de Trevor, Diana, son assistante, était en compagnie d'une charmante jeune femme aux formes pulpeuses, perchée sur le bord du bureau. Elle portait une chemise de soie émeraude avec un pantalon beige, et ses cheveux bruns coupés en dégradé effleuraient ses épaules. Dès qu'elle vit Haylie, elle descendit du bureau et sourit.

— Bonjour, dit-elle, les saluant tous les deux.

Puis, passant devant Trevor, elle tendit la main à Haylie.

— Vous devez être l'organisatrice de mariage.

— Haylie Smith. Je suis ravie de vous rencontrer, mademoiselle Jarrod.

— En fait, c'est Prentice. Je n'ai découvert que j'étais une Jarrod que récemment, mais ma famille m'adore quand même. Pas vrai ? dit-elle en lançant un regard amusé à Trevor.

— Est-ce que nous avons le choix ? dit-il.

Son beau visage viril demeurait impassible, mais son regard noisette brilla d'une affection sincère.

Loin d'être offensée, sa sœur sourit.

— Non.

Elle se retourna vers Haylie.

— Mais peu importe mon nom, parce que vous allez m'appeler Erica. Et qui est cet adorable petit garçon ? demanda-t-elle en fixant Bradley.

Perché sur la hanche d'Haylie, Bradley battit des jambes quand Erica chatouilla une de ses joues roses et rebondies.

En s'éclaircissant la gorge, Trevor avança et posa une main au bas du dos d'Haylie. Le contact innocent n'aurait pas dû provoquer des courants d'électricité le long de son dos, mais ce fut pourtant le cas.

— Allons dans mon bureau une minute, vous voulez bien ? murmura-t-il à voix basse, en lançant à sa sœur un regard entendu.

Même si elle avait tout à coup du mal à respirer

et que ses jambes semblaient en plomb, Haylie parvint à les suivre.

Trevor s'installa à son bureau, et Erica sur une chaise face à lui. Haylie décida d'allonger Bradley sur un canapé pour lui ôter sa combinaison.

Calé dans son fauteuil, Trevor tapota ses doigts contre ses lèvres, songeant à la meilleure manière d'aborder le sujet.

— En temps normal, dit-il, je préférerais passer cela sous silence, mais puisque le sujet arrivera forcément sur le tapis durant votre déjeuner, et que je ne veux pas qu'Haylie s'inquiète de vendre la mèche sans le vouloir, je pense qu'il vaut mieux que nous te mettions dans la confidence.

Erica haussa un sourcil, regardant Trevor, puis Haylie, puis encore Trevor.

— D'accord, répondit-elle prudemment.

— Et puisque tu es ma sœur — une Jarrod, à présent —, j'attends de toi que cela reste entre nous trois. Nous ne pouvons pas prendre le risque d'avoir des fuites. Les conséquences seraient astronomiques.

Sa sœur fit la moue.

— Tu commences à m'inquiéter. Viens-en au fait.

— Il y a une chance pour que…

Il regarda brièvement Haylie, qui portait le bébé sur ses genoux, puis prit une grande inspiration avant de poursuivre :

— Il y a une chance pour que Bradley soit mon fils.

Voilà, il venait de prononcer à voix haute les mots qu'il ne s'était même pas autorisé à envisager jusqu'à maintenant.

Pendant une seconde, sa sœur ne répondit pas. Puis elle cligna des yeux et les observa de nouveau tour à tour, Haylie et lui. Ou peut-être était-ce l'enfant qu'elle avait regardé.

— Oh ! bonté divine, dit-elle en posant une main sur son cœur.

— Oui, je sais, dit-il en grimaçant.

— Tu es mon frère, et je t'aime, alors pardonne-moi de te dire ça, mais…

Elle secoua la tête.

— Il fallait bien que tu paies un jour tes frasques de tombeur.

— Je ne suis pas un tombeur, fit-il en grommelant.

Elle ouvrit de grands yeux et pencha la tête sur le côté.

— Non, tu es simplement amateur de la gent féminine, et tu aimes essayer une nouvelle saveur chaque semaine.

Ce qui n'était qu'une façon créative de le traiter de cavaleur, songea-t-il, vexé. Mais avant qu'il puisse discuter ce point plus avant, Erica se leva pour se diriger droit vers le bébé.

— Cela veut dire que cet enfant pourrait être mon neveu ? Eh bien, il est vraiment très mignon. Puis-je ?

Haylie hocha la tête et mit le bébé entre les bras d'Erica.

— Il s'appelle Bradley.

— Bonjour, Bradley, dit Erica d'une voix aiguë et enfantine. Je suis ta tante Erica. Peut-être.

Trevor s'avança vers elle.

— C'est pour ça que je voulais que tu saches

ce qui se passe, dit-il. Il ne faut surtout pas que quelqu'un t'entende parler de lui comme de ton neveu. Tu ne peux pas le lier à moi ou au reste de la famille, en aucune manière, tant que nous ne sommes pas sûrs qu'il est mon fils.

Erica hocha la tête, un geste qui pouvait être interprété comme une approbation, mais elle était surtout occupée à roucouler et à faire des sourires à Bradley. Avait-elle écouté un traître mot de ce qu'il avait dit ?

— C'est important, Erica, dit-il d'une voix ferme.

Il commença à faire les cent pas.

— Nous avons déjà passé des tests, mais les résultats prendront au moins deux semaines.

Son instinct lui dictait d'accélérer les choses avec de l'argent. Signer un chèque généreux ou participer à la construction d'une nouvelle aile à l'hôpital local lui permettrait d'avoir les résultats plus vite, mais cela ne ferait qu'attirer l'attention sur une situation qu'il tenait à garder strictement confidentielle.

— J'ai invité Haylie à rester chez moi jusqu'à ce que nous soyons fixés.

Il cessa de marcher et fourra les mains dans ses poches.

— Mais elle s'inquiète d'être loin de son travail pendant une période aussi longue. Comme tu le sais, elle est organisatrice d'événements, elle a sa propre société à Denver. C'est là que tu entres en jeu.

Il s'arrêta devant sa sœur, et attendit qu'elle le regarde, pour être sûr d'avoir toute son attention.

— Je me suis dit que si nous pouvions l'engager

pour organiser un événement sur place, cela la gênerait moins de rester ici.

Ce fut au tour d'Haylie de croiser les bras.

— Je suis dans la pièce, vous savez, dit-elle. Et cessez de faire pression sur elle. Je refuse que votre sœur, ou quiconque d'ailleurs, m'engage pour un travail alors que l'on n'a pas besoin de moi. Vous voulez seulement me garder sous surveillance en attendant les résultats des tests.

Il ouvrit la bouche pour répondre, sans savoir s'il comptait s'excuser ou au contraire affirmer sa position, mais Erica intervint :

— En fait, je suis contente que vous soyez là, Haylie. J'ai vraiment un mariage à organiser, et le seul fait d'y penser me rend terriblement nerveuse. Allons déjeuner pour pouvoir en discuter en détail. Et si je décide au final de vous engager, ce sera parce que je le veux et que j'ai besoin de votre aide, soyez-en sûre, et pas parce que Trevor me l'a demandé. Ça vous va ?

Haylie réfléchit une seconde. Puis elle sembla se détendre, et laissa retomber ses mains. Elle regarda brièvement Trevor avant de reporter son attention sur Erica et Bradley.

— D'accord, dit-elle doucement.

- 7 -

Elle qui avait été si nerveuse à l'idée de déjeuner avec la sœur de Trevor ne pouvait pas croire que le temps ait passé si vite. Elles avaient parlé de la météo, de leur enfance, et de tas d'autres sujets.

Pendant qu'elles picoraient dans leurs salades, Erica, avec un regard énamouré, lui avait raconté comment elle avait rencontré son futur époux, Christian Hanford.

En tant qu'avocat de la famille, c'était à lui qu'était revenue la tâche de lui annoncer la vérité sur sa filiation, après la mort de Donald Jarrod. Haylie ne pouvait imaginer quel choc cela avait dû être, d'apprendre une information de cette importance si brusquement. Passer toute sa vie en pensant qu'un homme était son père, et se voir annoncer du jour au lendemain que c'était un autre homme, à présent décédé, qui l'était, cela devait être vraiment terrible.

Cela ressemblait un peu au choc d'apprendre par quelqu'un qui s'est introduit dans votre bureau que vous avez un enfant dont vous ne saviez rien, songea-t-elle avec une pointe de culpabilité.

Et même si elle n'avait pas prévu le moins du monde de parler d'elle-même, elle s'était mise sans s'en rendre compte à raconter à Erica sa relation chaotique avec sa sœur. Cela remontait à leur enfance, quand Heather avait été la plus jolie des deux, et Haylie la plus intelligente et qu'elles avaient semblé en constante compétition — pour gagner l'affection et l'attention de leurs parents, de leurs amis, puis de leurs petits amis.

Elle raconta ensuite l'aventure d'un soir entre Heather et Trevor, et les mois qui avaient suivi, jusqu'à la naissance de Bradley et la mort tragique d'Heather. Elle parla aussi de son besoin presque maladif de réparer les fautes de sa sœur.

Quand elle eut fini, presque une heure avait passé, et elle fut mortifiée d'avoir parlé autant. De s'être montrée si ouverte et spontanée. A sa décharge, elle s'était sentie extrêmement à l'aise avec Erica. C'était comme si elles se connaissaient depuis toujours.

Toutefois, si elle appréciait réellement Erica, elle ne pouvait pas se rapprocher trop de la jeune femme. D'abord, Erica était la sœur de Trevor, or elle n'était pas sûre de devenir amie avec lui, indépendamment de ses liens biologiques avec Bradley.

Ensuite, Erica allait devenir une cliente, et ce n'était jamais bon d'être trop à l'aise avec ses clientes. Surtout avec les futures mariées, car elles avaient tendance à être charmantes une minute et exécrables l'instant d'après.

Quand elles commencèrent enfin à parler mariage, elles sirotaient un café fort en attendant leur dessert.

Même si elle n'avait pas séjourné assez longtemps à Jarrod Ridge pour essayer les autres restaurants, elle trouvait que le Sky Lounge était un excellent choix pour un déjeuner de travail. Le bar-grill aux luxueux sièges de cuir était situé au sommet du manoir, et offrait une vue imprenable sur le complexe et sur les montagnes enneigées qui l'entouraient. Le panorama devait être magnifique le soir, quand le ciel était étoilé et que les lumières de la ville scintillaient.

Et si cet établissement était un simple bar avec un menu limité, alors les autres restaurants du complexe devaient vraiment valoir le détour. Bien sûr, déjeuner avec une Jarrod avait sans doute influencé la qualité du service et la grande discrétion dont elles avaient bénéficié.

Pendant le dessert, elle acheva de cerner les envies d'Erica et lui proposa quelques idées pour le grand jour. Enfin, elles retournèrent ensemble au bureau de Trevor, Erica ayant proposé de la raccompagner pour qu'elles puissent continuer à discuter.

En chemin, elles allèrent chercher Bradley à la crèche aux couleurs vives située dans l'hôtel.

Elle avait rechigné à laisser le bébé à des inconnues, surtout pendant qu'elle était techniquement en territoire ennemi. Mais Erica lui avait assuré que le complexe employait les meilleures puéricultrices de l'État. Quand elle eut vu les équipements et rencontré quelques-unes des employées en charge des enfants de tous âges, elle avait finalement décidé que leur confier Bradley pour quelques heures, pendant qu'elle avait une conversation d'adulte avec la sœur de Trevor, n'était pas une si mauvaise idée.

Enfin, les deux femmes arrivèrent au bureau de Trevor. A la réception, Diana les accueillit par un sourire.

— Vous pouvez entrer. Il vous attend.

Devant les doubles portes de chêne, Erica leur donna une rapide accolade, à elle ainsi qu'à Bradley.

— Merci infiniment pour vos précieux conseils. Je suis impatiente de dire à Christian qu'à partir de maintenant, je ne serai plus hystérique quand nous aborderons le sujet de notre mariage. Il vous sera extrêmement reconnaissant, croyez-moi. Peut-être même vous enverra-t-il des fleurs, dit-elle avec un petit rire.

— Heureuse de pouvoir vous aider.

— Vous avez tous mes numéros, n'est-ce pas ? Et mon e-mail ? Et l'e-mail de Christian, au cas où ?

— Absolument, dit-elle en tapotant son sac à main. Tout est enregistré dans mon téléphone. Je vous contacte bientôt.

— Excellent.

Avec un large sourire, Erica lui donna une autre accolade avant de s'éloigner d'un pas léger.

Dès qu'elle fut partie, Haylie frappa à la porte de Trevor pour s'annoncer, puis entra. Il se détourna de son ordinateur et joignit les mains sur son bureau.

— Comment s'est passé votre rendez-vous ?

Etait-il inquiet, ou simplement curieux ?

— Bien. Très bien, même, dit-elle en s'asseyant et en installant Bradley sur ses genoux.

— Où avez-vous déjeuné ?

— Au Sky Lounge. Un endroit charmant.

— Bon choix. C'est un peu moins bondé la journée, surtout à cette époque de l'année.

— Excepté quelques personnes au bar, nous étions seules.

Pendant de longues minutes, ils restèrent tous deux silencieux. Enfin, il se leva.

— Si nous rentrions à la maison ?

Elle ouvrit de grands yeux, surprise.

— Vous pouvez faire ça ? Je veux dire, il n'est que 3 heures de l'après-midi. Ne devez-vous pas rester jusqu'à la fin de la journée ?

Elle ne savait pas exactement comment elle avait prévu de passer le reste de l'après-midi, à présent que son déjeuner avec Erica était fini, mais elle n'avait certainement pas prévu qu'il laisse tout tomber pour lui tenir compagnie.

Il lui adressa un sourire satisfait, et elle sentit son ventre se nouer.

— Je peux faire ce que je veux, je suis le patron. Du moins, un des patrons. Et pendant que vous étiez avec ma sœur, j'ai pris des dispositions pour pouvoir m'absenter du bureau pendant quelque temps.

Il rangea des documents dans un luxueux attaché-case de cuir.

— Je peux abattre une bonne partie du travail depuis chez moi. Ainsi, mon emploi du temps sera plus souple et me permettra de passer du temps avec vous et Bradley.

Pendant un instant, elle ne dit rien. Elle se passa la pointe de la langue sur les lèvres, essayant de contrôler son pouls affolé.

Sa proposition la mettait mal à l'aise, mais elle n'aurait pas vraiment su dire pourquoi. Etait-ce parce qu'elle se rendait compte qu'elle le trouvait attirant, et pas seulement sur le plan physique ? Ou parce qu'elle allait passer beaucoup plus de temps avec lui qu'elle ne l'avait prévu initialement ?

— Vous n'aviez pas besoin de faire ça, dit-elle calmement.

Il haussa les épaules, contourna son bureau et s'arrêta à côté d'elle.

— Tout est arrangé. A présent, allons-y. Vous pourrez me raconter les détails de votre déjeuner avec Erica pendant que je prépare le dîner.

Une fois de plus, elle le regarda avec de grands yeux.

— Vous cuisinez ?

— Je suis plein de surprises aujourd'hui, n'est-ce pas ?

Il lui adressa un autre sourire satisfait avant de prendre son sac et le sac à langer, en plus de son attaché-case. D'un geste de la main, il lui fit signe de le suivre.

— En fait, je ne cuisine pas souvent, mais je sais me débrouiller avec une casserole d'eau bouillante et une spatule.

Lorsqu'ils furent à la porte, il se tourna vers elle.

— Avant que nous ne partions, j'aimerais savoir une chose, dit-il à voix basse.

Sa poitrine se serra devant l'intensité de ses yeux sombres, et sa gorge se noua, l'empêchant de parler. En guise de réponse, elle hocha brièvement la tête.

— Est-ce que vous allez rester ici aider Erica pour son mariage, ou dois-je préparer une valise et vous suivre à Denver ?

Elle devinait, à son expression, qu'il trouvait la dernière option aussi séduisante qu'une épilation intégrale à la cire — mais qu'il le ferait s'il le fallait, pour la surveiller ainsi que Bradley, jusqu'à ce que les résultats des tests ADN lui parviennent.

Elle n'était toujours pas sûre que ce soit la meilleure option, mais elle avait pris sa décision pendant le déjeuner. Ou peut-être avait-elle simplement cessé de lutter contre l'obstination et la détermination qui semblaient être innées dans la famille Jarrod.

— Erica veut un petit mariage intime la veille de Noël, ici à Jarrod Ridge, ce qui ne nous laisse que quelques semaines pour tout organiser.

— Alors, vous allez rester ?

Seigneur, faites que je ne le regrette pas, songea-t-elle, tandis que dans sa tête une toute petite voix dressait la liste de ses réserves et de ses doutes.

— Je reste.

Quelques heures plus tard, alors qu'Haylie était toujours en haut, Trevor apportait deux assiettes de pâtes dans le salon. Plutôt que de se placer à une extrémité de la longue table et Haylie à l'autre, il avait installé les sets dans un coin, pour être plus près d'elle. Elle ne lui avait pas encore donné les détails de son déjeuner avec Erica, et il ne voulait pas en perdre une miette. Mais était-ce bien toute la vérité ?

La vérité était qu'Haylie sentait vraiment bon. Une base d'agrumes, avec une note de fleurs des champs. Il l'avait remarqué quand elle était descendue le matin même, et qu'il s'était penché pour prendre ses sacs. Le parfum l'avait suivi tout le trajet jusqu'au manoir, et semblait avoir flotté dans son bureau longtemps après qu'Haylie et Erica étaient parties déjeuner.

Oui, il voulait savoir de quoi sa sœur et elle avaient parlé, et s'assurer qu'elle resterait vraiment jusqu'à l'arrivée des résultats. Mais il se surprenait à vouloir simplement être près d'elle. Près de son parfum fleuri et acidulé… de ses cheveux blonds soyeux qui tombaient dans son dos ou effleuraient la courbe de ses seins… de ses yeux bleus étincelants, de ses lèvres rose pâle.

Il retourna dans la cuisine pour aller chercher une bouteille de vin, laissant son regard dériver vers l'escalier. Haylie était à l'étage, en train de donner son bain à Bradley.

Dès qu'ils étaient rentrés, il avait quitté son costume pour passer un jean et un pull léger, avec l'intention d'impressionner Haylie par ses talents culinaires. Soit, ils étaient limités, mais il avait découvert que même un simple plat de pâtes et un bocal de sauce marinara pouvaient impressionner une femme, si c'était préparé avec style.

Malheureusement, au lieu de se percher sur un tabouret pour le regarder cuisiner, comme le faisaient habituellement ses invitées féminines, elle avait décidé de passer son temps avec Bradley, pour le nourrir, le changer et, à présent, le coucher.

Il soupçonnait qu'elle évitait de se retrouver seule avec lui. Si elle ne descendait pas dans les trente prochaines secondes, il avait la ferme intention d'aller la chercher — et de la prendre par la main pour qu'elle vienne dîner, s'il le fallait.

Il versait le vin, en espérant qu'elle arrive avant que les assiettes ne soient froides, quand il entendit ses pas feutrés dans l'escalier. Lorsqu'il leva la tête et la regarda descendre les dernières marches, un étrange sentiment envahit sa poitrine.

Elle avait troqué sa chemise et son pantalon contre une paire de leggings noirs et un haut à manches courtes moulant, orné sur le devant d'un motif floral et parsemé de minuscules strass scintillants. Elle portait des ballerines roses assorties, et avait attaché ses cheveux en queue-de-cheval.

— Vous arrivez à point, dit-il quand elle s'avança en frottant nerveusement ses paumes contre ses cuisses.

Il lui recula une chaise et attendit qu'elle s'installe avant de faire de même.

— Bradley s'est endormi sans problème ?

Elle hocha la tête, et prit une gorgée de son verre de barbaresco.

— Avoir vu tous ces enfants à la crèche l'a épuisé, je crois.

— Est-ce une bonne ou une mauvaise chose ?

— Chaque fois qu'un enfant de quatre mois est heureux ou endormi, c'est une bonne chose, indépendamment de ce qui l'a conduit à cet état.

— Je m'en souviendrai, dit-il en riant.

Il lui passa la salade et le parmesan fraîchement râpé.

Elle se servit puis s'agita sur sa chaise, et commença à jouer avec les longues pâtes dans son assiette. Elle cherchait manifestement à éviter son regard.

— Vous n'aviez pas besoin d'acheter un berceau,

une table à langer et tout le reste, vous savez. Nous n'allons pas rester très longtemps, et nous aurions pu nous débrouiller avec un simple couffin, ou peut-être un lit-parapluie.

Pendant qu'ils étaient absents, il avait fait équiper et sécuriser toute la maison pour Bradley. Il ne savait pas exactement ce qui était nécessaire, mais heureusement, il y avait des professionnels pour ça.

— Mais non, voyons. Vous êtes une invitée, il est de mon devoir de tout faire pour que vous soyez à l'aise. D'ailleurs, un bébé ne devrait pas dormir sur une pile de couvertures à même le sol, et si Bradley est vraiment mon fils, alors j'aurai besoin de toutes ces choses, de toute façon.

Il lui faudrait un peu de temps pour s'habituer aux bloque-tiroirs en plastique et au parc au centre du salon. D'ailleurs, Bradley ne rampant pas encore, beaucoup des dispositifs de sécurité étaient inutiles. Mais, tout comme les meubles, si Bradley était son fils, ils finiraient par servir.

— Eh bien, dans ce cas, merci, dit-elle. Au fait, c'est délicieux.

— Je parie que votre déjeuner au Sky Lounge était bien meilleur, mais c'est correct. Et je vais vous dire un secret.

Il marqua une pause et sirota son verre de vin en attendant qu'elle lève les yeux vers lui.

— La sauce vient de chez Emilio's.

— Vraiment ?

— Oui. Si vous aimez la cuisine italienne, c'est l'endroit où il faut aller au Ridge — c'est même le meilleur restaurant italien de tout Aspen, à vrai dire. La nourriture y est bien plus succulente que tout ce que je pourrais faire, croyez-moi, dit-il avec un clin d'œil. Cependant, si vous aimez la cuisine française, je vous conseille vivement le Chagall's. Il faudra que je vous y emmène.

— Je croyais que personne ne devait être au courant de ma visite, tant que vous n'êtes pas fixé pour Bradley ? Surtout votre famille.

— Eh bien, vous avez déjà rencontré Guy. Et j'ai le sentiment qu'Erica s'assurera que le reste de la famille sache que vous êtes là et pourquoi. Elle leur fera promettre de garder le secret, et ils respecteront votre intimité, mais je ne serais pas surpris si plusieurs d'entre eux trouvaient une excuse pour passer ici, afin de vous voir, Bradley et vous.

— Je m'en rappellerai.

— En parlant d'Erica, dit-il entre deux bouchées, vous ne m'avez pas encore raconté de quoi vous avez parlé toutes les deux.

Lorsqu'elle pencha la tête, sa queue-de-cheval dansa dans son dos. Ses longs cils battirent quand elle baissa les yeux.

— C'était juste une conversation de filles. C'est souvent ennuyeux pour les autres. Pourquoi voulez-vous savoir ?

— Disons que je suis curieux. Je me sens un peu comme un entremetteur qui attend de savoir comment le rendez-vous qu'il a arrangé s'est déroulé. C'est moi qui vous ai rapprochées, alors je veux m'assurer que tout s'est bien passé.

Elle fixa ses yeux couleur bleuet sur lui.

— Je vous ai déjà dit que je resterais, si c'est ce qui vous inquiète, dit-elle d'une voix tendue.

— Je ne suis pas inquiet.

Sa fourchette buta dans son assiette quand il la reposa avec plus de force qu'il ne l'aurait voulu.

Il n'avait pas l'habitude de devoir batailler aussi dur pour obtenir des informations. Avec les femmes, en général, il suffisait qu'il sourie, ou qu'il effleure leur bras du bout des doigts pour qu'elles lui disent tout ce qu'il avait envie de savoir. Avec les hommes, un regard austère et un rappel subtil de son nom de famille étaient tout aussi efficaces.

Avec elle, c'était différent. C'était une femme, et il supposait qu'elle était naturellement attirée par lui ; elles l'étaient toutes. Mais elle était aussi obstinée et déterminée, ce qui signifiait qu'elle n'allait pas laisser ses hormones l'emporter sur son bon sens.

Et même si elle avait accepté de rester jusqu'à l'arrivée des résultats des tests ADN, il savait qu'elle n'était pas entièrement ravie d'être là. Il pouvait difficilement le lui reprocher. Après tout, lui n'avait qu'à rester chez lui, dans sa propre maison, dans son bureau. Elle, en revanche, devait s'adapter à un environnement nouveau, vivre avec un homme qu'elle venait à peine de rencontrer, en étant loin de son entreprise, de ses amis, et de tous ses repères.

Voilà pourquoi il tenait tant à rendre son séjour aussi agréable que possible.

Il porta son verre à ses lèvres.

— Je veux être sûr qu'Erica et vous êtes contentes des décisions que vous avez prises, quelles qu'elles soient. C'est ma sœur, et je l'adore. Je ne veux pas qu'elle se sente obligée de travailler avec vous si vous ne vous êtes pas bien entendues. Et même si je me rends compte qu'il y a sans doute une centaine d'autres choses que vous préféreriez faire plutôt que de rester ici avec moi…

— Un millier, rectifia-t-elle.

Il esquissa un sourire.

— Un millier, alors. Je veux être certain qu'au moins, vous serez relativement à l'aise durant votre visite.

Quelques secondes passèrent durant lesquelles elle sembla méditer ses paroles. Il savoura le vin, et la regarda enrouler les longues bandes de pâte autour de sa fourchette.

— J'aime beaucoup votre sœur, dit-elle enfin. Et je crois qu'elle a dû m'apprécier aussi, ainsi que mes idées pour son mariage, parce que…

Elle pencha la tête.

— Elle vous a engagée, conclut-il. Sinon, vous n'auriez pas accepté de rester.

— Oui. Elle m'a offert de me payer le double de mon tarif habituel.

Elle semblait gênée, même s'il avait du mal à comprendre pourquoi.

— Excellent, dit-il. Vous le valez, je n'en doute pas.

— Ça, vous ne pouvez pas le savoir. Et Erica non plus. Je pourrais être la pire organisatrice de mariages du monde, prête à lui conseiller une robe en taffetas orange pour elle et un smoking bleu pastel pour le marié.

Il rit.

— Ce serait vraiment drôle à voir.

Elle secoua la tête, laissa tomber sa fourchette et recula sur sa chaise en croisant les bras, l'air manifestement contrarié.

— Ce n'est pas drôle. Tous les deux, vous accordez une trop grande confiance à quelqu'un que vous ne connaissez même pas. C'est son mariage, tout de même ! Un des jours les plus importants de sa vie. Elle devrait engager quelqu'un qu'elle connaît. Quelqu'un qui lui a été recommandé par tous ses amis.

Posant ses couverts, il s'adossa à son tour à sa chaise.

— Primo, j'ai seulement demandé à Erica de vous rencontrer, je ne l'y ai pas forcée et je ne lui ai pas ordonné de vous engager — elle ne m'aurait pas écouté d'ailleurs. Et je fais confiance au jugement de ma sœur. Si vous ne l'aviez pas impressionnée par vos compétences et vos idées, elle ne vous aurait pas embauchée.

Il décroisa les bras et se pencha vers elle.

— Secundo, elle peut se permettre — et moi, et le reste de la famille — d'être généreuse avec vous. Erica pourrait se payer une armada de professionnels, si elle le souhaitait, mais je pense que la notion d'un petit mariage lui plaît, comme le fait d'avoir une équipe réduite pour l'aider à organiser cet événement.

Il s'approcha encore, pour s'assurer qu'elle comprenait l'importance de ses mots.

— Et tertio, je vous veux ici. Vous et Bradley. Si Erica ne vous avait pas embauchée, j'aurais trouvé une autre raison pour que vous restiez. Croyez-moi, Haylie, quand il s'agit de vous et du bébé, l'argent est le cadet de mes soucis. Je vous paierais le triple, et même le quadruple de votre tarif actuel, si c'était ce qu'il fallait pour vous garder ici jusqu'à ce que je sois certain d'être le père de Bradley.

- 8 -

Haylie était sonnée. Le silence qui emplissait la pièce, et la toute maison entière, était lourd, épais. Elle avait l'impression d'avoir été physiquement frappée par les paroles de Trevor.

Elle n'était peut-être pas à l'aise avec la situation, ni ravie de la façon dont il l'avait manipulée pour qu'elle emménage avec lui, mais s'il y avait une chose dont elle ne pouvait plus douter, c'était de sa détermination à aller jusqu'au bout.

Elle devait bien l'admettre, elle était impressionnée. La plupart des hommes auraient tout fait pour échapper à une paternité accidentelle, fruit d'une nuit sans lendemain, et sauté sur la première excuse pour ne *pas* effectuer de test de paternité.

Trevor, lui, non seulement avait insisté pour passer un test dès que possible, mais encore il voulait garder Bradley près de lui jusqu'à ce qu'il sache s'il était — ou non — son père.

Mieux, il avait été tout disposé à l'accueillir elle aussi, en tant que tante et mère d'adoption de Bradley. Il les avait reçus comme des rois, transformé son luxueux logement de célibataire en crèche miniature. Il lui avait même trouvé comme par magie un emploi, pour lui éviter de perdre de l'argent pendant qu'elle était loin de son entreprise.

Certes, elle n'avait besoin d'aucune de ces choses. Elle avait son propre appartement à Denver, et sa société marchait bien. Mais qu'il soit prêt à remuer ciel et terre pour s'assurer qu'ils restent améliorait l'opinion qu'elle avait de lui, indéniablement.

Elle devait se détendre. Elle laissa ses bras retomber sur ses genoux, et poussa un petit soupir. C'était un soupir de fatigue, espérait-elle, et non de capitulation, mais, à la vérité, une part d'elle avait décidé d'agiter le drapeau blanc de la reddition.

Elle était venue ici pour apprendre à Trevor l'existence de Bradley. Ce n'était pas sa faute si les choses s'étaient emballées. Mais puisqu'elle avait déjà accepté d'aider Erica à planifier son mariage, et de s'installer chez lui… y avait-il vraiment un intérêt à pinailler sur des détails, à présent ? Ne valait-il pas mieux se détendre, simplement, et laisser la marée inexorable qu'était Trevor la balayer ?

Non, tout de même pas. Elle était bien trop obstinée pour laisser qui que ce soit d'autre lui dicter ses actes ou sa vie.

Mais mettre un peu d'eau dans son vin ne lui ferait pas de mal. En fait, si elle offrait à la sœur de Trevor le mariage de ses rêves, cela pourrait même lui être bénéfique par la suite.

Avec cette idée en tête, elle reprit sa fourchette.

— Erica m'a dit qu'à l'origine ils avaient prévu un grand mariage en été. Mais ils ont été très occupés, les choses ont échappé à leur contrôle, alors maintenant, ils veulent juste s'unir, sans les tracas d'une grande réception.

Sa disposition à discuter sembla le détendre lui aussi. Il se cala sur sa chaise, et but une gorgée de vin.

— Je ne sais plus trop comment la date est arrivée dans la discussion, mais elle adore l'idée d'un mariage la veille de Noël. Quelque chose d'intime et de sobre, qui aurait lieu à Jarrod Ridge, même si nous n'avons pas décidé exactement à quel endroit.

Il prit une bouchée de pâtes avant de répondre :

— Elle n'aura que l'embarras du choix. Nous avons beaucoup de clients pendant les vacances, mais ce n'est pas la période la plus chargée. Ce ne devrait pas être difficile de réserver une salle de bal ou deux, et de cacher ce qui se passe au public jusqu'à ce que la fête soit passée.

— Erica pense comme vous. Mais mettre un tel événement sur pied en deux semaines ne sera pas facile. J'aurai besoin d'un endroit pour travailler. Avec un téléphone, un fax… Mon ordinateur portable et mon carnet d'adresses m'aideraient beaucoup, murmura-t-elle d'un air distrait tandis qu'une liste interminable de choses à faire commençait à se dérouler dans son esprit.

— Tout ce qu'il vous faudra. Vous pouvez utiliser mon bureau au rez-de-chaussée, ou nous pourrons aménager une autre pièce pour vous. Je vous emmènerai à Denver pour aller chercher vos affaires. Tant que vous me promettez de ne pas vous enfuir, dit-il avec un clin d'œil.

Ce petit geste anodin fit tressauter son cœur, et

lui fit oublier toutes ses pensées liées au travail. Les secondes passèrent, pendant que son esprit se vidait et que sa respiration s'accélérait.

De quoi parlaient-ils, déjà ? Ah, oui, d'un mariage. Le mariage d'Erica.

Il lui fallait quelque chose pour se calmer et, dans la mesure du possible, remettre son cerveau en marche. Elle termina son verre de vin, mais cela n'eut aucun effet. Ce dont elle avait besoin, c'était de l'eau. De l'eau glacée, de préférence dans un seau, pour sasperger le visage.

Mais déjà, il lui versait un autre verre de vin. Elle se retint de le boire, et garda sagement ses mains de chaque côté de son assiette.

Elle s'éclaircit la gorge en espérant que sa voix ne serait pas stridente quand elle tenterait de parler.

— Ça vous embêterait si je mettais Bradley à la crèche du complexe ? Pas tout le temps… Je n'aime pas être loin de lui pendant de trop longues périodes.

Même chez elle, à Denver, elle l'emmenait avec elle au travail, et ne le confiait à quelqu'un qu'en cas d'absolue nécessité.

— Mais je sais que je vais devoir faire quelques courses, et visiter des lieux pour la réception. Ce serait sans doute mieux que je le fasse garder pendant ce temps-là.

— Bien sûr, dit-il.

Il croisa les jambes et s'adossa à sa chaise, l'air tout à fait détendu.

— Sachez que vous avez carte blanche pendant que vous êtes ici, Haylie. Tout ce dont vous avez besoin, considérez-le comme acquis.

Il se leva et ramassa leurs assiettes vides. Elle prit les couverts et les verres, et le suivit dans la cuisine.

— Je veillerai à ce qu'on vous trouve un véhicule plus adapté à la montagne. Vous aurez un endroit pour travailler, ici et au manoir. Je peux même vous allouer autant d'assistants que vous le voulez, en faisant appel à l'agence d'intérim avec laquelle nous travaillons. Pour tout le reste, vous pouvez voir avec moi ou avec Diana.

Elle l'aida à remplir le lave-vaisselle, puis s'appuya contre le comptoir pour l'observer. Voir un homme comme lui effectuer des tâches aussi communes lui semblait étrange. Elle s'étonnait qu'il n'ait pas de cuisinier ni de femme de ménage

Il émanait de lui une telle aura de puissance, parfois. Surtout quand il portait un costume et semblait tout droit sorti d'un magazine de mode.

Oh ! oui. Trevor Jarrod était très beau, et très séduisant, et troublant. Mais c'était aussi un homme indépendant. Elle l'avait su à la minute où elle avait passé le seuil de sa maison.

Ce n'était ni un mausolée familial ni une immense demeure pleine de domestiques prêts à satisfaire le moindre de ses caprices. Et s'il était fort probable que quelqu'un vienne au moins une fois par semaine pour l'entretien de la maison, il attachait manifestement de l'importance à son intimité.

Sans doute parce qu'il aimait inviter des femmes chez lui, et que du personnel à demeure empiéterait sur son style de vie.

Cette pensée ne lui plaisait guère. D'ailleurs, cela ne la regardait pas, elle n'avait pas à savoir s'il recevait des filles chez lui et ce qu'il faisait avec elles une fois qu'elles étaient là.

Pourtant, elle détestait l'imaginer ici avec d'autres femmes. Dans cette maison, cette pièce … et dans sa chambre du bout du couloir.

Elle n'en avait eu qu'un aperçu, quand il lui avait fait visiter la maison, mais elle imaginait sans mal la sensation de ses draps soyeux sur sa peau nue. De son corps dur et musclé sur elle, étendue sur ce grand lit. De sa bouche, de ses mains et…

Une vague de désir la balaya, suivie par une bouffée de chaleur qui fit sans doute rougir sa peau. Elle déglutit et tentait de cacher son trouble quand il se tourna vers elle.

— Vous pourriez même me le confier parfois, dit-il.

Elle cligna des yeux, priant pour qu'il ne remarque pas la rougeur de ses joues ou sa respiration légèrement saccadée.

Sa réaction était stupide. Elle devait garder ses distances avec lui, plutôt que de rêver de lui et de son corps, qu'elle devinait splendide sous ses vêtements.

Secouant la tête, elle tenta d'éclaircir le brouillard de désir qui avait envahi son esprit et de se concentrer sur ses paroles.

— Je suis navrée, vous disiez ?

— Je disais que je pourrais peut-être garder Bradley de temps en temps, quand vous serez occupée. Cela nous donnera l'occasion de mieux nous connaître — et d'être entre hommes.

Son petit sourire en coin fit cogner son cœur.

— Etes-vous sûr que c'est une bonne idée ? Les bébés, c'est beaucoup de travail.

Sa remarque ne sembla pas le décourager. Au contraire, il parut encore plus décidé.

— Selon vous, Bradley est mon fils, alors je ferais bien d'apprendre mon rôle de père dès maintenant.

Le regard brûlant, il vint vers elle, effaçant la distance entre eux. Malgré elle, elle recula.

Il posa les mains sur le comptoir, de chaque côté de son corps, et se pencha vers elle. Elle réprima tant bien que mal son agitation, tandis que son souffle chaud caressait son visage et que son torse effleurait ses seins. Ils étaient peut-être habillés, mais elle ressentait son contact jusqu'au tréfonds de son être et, déjà, les pointes de ses seins se raidissaient de désir.

— Et je me disais que vous pourriez m'apprendre ce que j'ai besoin de savoir, murmura-t-il, le regard rivé à ses lèvres. Le soir, quand vous ne serez pas prise par le mariage d'Erica.

Elle aurait voulu lui répondre que, pour que tout soit prêt à temps pour Noël, elle travaillerait probablement du matin jusqu'au soir, et même jusque tard dans la nuit. Le sommeil serait un luxe, alors prendre le temps de lui donner des cours de puériculture…

Mais il était si près qu'elle pouvait distinguer les éclats d'or dans ses yeux noisette, et humer son parfum. Toute pensée rationnelle déserta son esprit.

— D'accord, dit-elle, s'entendant parler comme si quelqu'un d'autre le faisait à sa place.

Il hocha la tête, puis leva les yeux vers elle. La

chaleur et l'intensité de son regard lui donnèrent envie de fuir… mais elle en semblait incapable.

— Je vais vous embrasser, Haylie, dit-il d'une voix grave qui l'hypnotisa.

— Pourquoi ?

Il sourit.

— Parce que je n'ai pensé qu'à ça toute la nuit. Je veux sentir vos lèvres sous les miennes, pour découvrir quel goût elles ont.

Elle aurait dû dire non, et le repousser, mais son corps avait pris le dessus sur son esprit. Elle ouvrit les lèvres, et murmura le seul mot qu'elle pouvait prononcer à cet instant.

— D'accord.

Avoir l'approbation d'Haylie était agréable, songea Trevor, mais il n'en avait pas besoin. A cette seconde, même une horde de chevaux sauvages n'aurait pas pu l'empêcher de l'embrasser.

Pourtant, au moment même où il posa sa bouche sur la sienne, il sut que ce n'était pas raisonnable.

Elle était quasiment une étrangère. De plus, elle avait débarqué un beau jour dans son bureau, avec son neveu, un bébé dont elle prétendait qu'il était le père.

Et ce n'était que la partie émergée de l'iceberg. Si Bradley se révélait être son fils, il devrait s'occuper de la question de sa garde. Sa garde, et le fait qu'il n'était absolument pas préparé au rôle de père. Il n'y connaissait rien.

Quoi qu'il en soit, il ne pourrait jamais tourner le

dos à son propre fils. Ni dire « merci pour m'avoir informé de l'existence de l'enfant, mais ça ne m'intéresse pas d'être père » et se contenter d'envoyer un chèque tous les mois pour étouffer sa culpabilité.

Mais il savait, au plus profond de lui, que s'il mentionnait son désir de réclamer la garde de Bradley et d'être un vrai père pour lui, Haylie deviendrait son ennemie. Elle était liée à cet enfant comme jamais il n'avait vu une mère biologique liée à sa progéniture. Et d'après ce qu'elle lui avait raconté sur Heather, elle avait endossé son rôle de mère d'adoption dès la naissance de Bradley.

Il l'admirait énormément pour cela. Mais cela allait compliquer les choses si les tests étaient positifs et qu'il décidait d'affirmer ses droits parentaux.

Et pourtant, il l'embrassait. Doucement d'abord, puis plus fermement.

Ses lèvres avaient exactement la texture qu'il avait imaginée. Veloutée et douce comme des pétales de rose. Et leur saveur était encore plus délicieuse qu'il ne l'aurait cru. Elle lui évoquait le barbaresco qu'ils avaient bu pendant le dîner — épicée et âpre, mais avec une note très sucrée et unique.

Il se pencha plus encore, et laissa son corps reposer contre le sien. Une vague de chaleur monta entre eux — en lui, en tout cas.

Il prit son visage entre ses mains, et approfondit le baiser. Quand il passa la langue sur le tracé de ses lèvres, elle les entrouvrit. Alors, il se glissa dans sa bouche, et gémit quand une explosion de sensations le secoua.

Pourquoi ce baiser était-il si exquis ? Pourquoi lui paraissait-il si naturel ?

Elle n'était pas la première femme qu'il ait embrassée, tant s'en fallait. Il avait connu des dizaines de filles — oserait-il dire des centaines ?

De plus, elle n'était pas son type. Certes, il aimait les blondes, mais aussi les brunes, les rousses, et toutes les autres. Alors que d'habitude, il ne prêtait pas beaucoup d'attention aux cheveux d'une femme, il était fasciné par sa chevelure, lumineuse comme un soleil d'été et rehaussée de reflets miel.

Elle était légèrement plus petite que ses conquêtes habituelles. Mais le sommet de sa tête arrivait à son menton, ce qu'il trouvait très agréable. Il aimait le fait de devoir baisser les yeux pour la regarder, et son corps épousait le sien à la perfection.

Sa silhouette généreuse et voluptueuse était aussi plus excitante qu'il ne l'aurait cru, lui qui était habitué aux mannequins filiformes, perchés sur de hauts talons et moulés dans des robes aussi courtes que des ceintures.

Avant Haylie, c'était le seul type de femme qui l'avait attiré. Ou peut-être avait-il simplement cru que c'était le genre de filles qu'il était censé fréquenter — des noceuses très photogéniques qui aimaient faire la fête et s'afficher avec un célèbre héritier presque autant qu'elles appréciaient d'être avec lui pour sa personnalité.

Là était la différence : ses anciennes conquêtes étaient des filles, et Haylie était une vraie femme.

Elle ne possédait aucune des qualités qu'il recherchait d'habitude chez le sexe opposé, pourtant il adorait la sensation de ses douces courbes contre son corps. Il aimait son allure, son parfum et, surtout, il aimait qu'elle soit si réactive à son contact.

Il laissa dériver sa main sur sa gorge, sur la courbe de son sein, sur sa taille. Puis encore plus bas, jusqu'à l'ourlet de sa jupe, sous laquelle il glissa la main pour toucher sa peau douce et chaude. Un gémissement rauque monta dans sa gorge. Il revint vers ses lèvres et l'embrassa avec encore plus de fougue.

Ce n'était pas ce qu'il avait prévu de faire quand il avait décidé de goûter sa saveur. Il avait juste voulu un petit aperçu, quelque chose pour satisfaire sa curiosité, et peut-être la déstabiliser un peu.

Résultat, c'était comme si un feu de forêt s'était embrasé en lui.

A présent, il voulait la hisser sur le comptoir, et la posséder sur-le-champ. Puis la porter jusqu'à sa chambre, la poser sur les draps de satin, et la déshabiller lentement, pour explorer chaque centimètre de son corps si sensuel.

Que penserait-elle des images érotiques qui passaient soudain dans son esprit ? Elle n'avait pas reculé, en tout cas, lorsqu'il l'avait prévenue qu'il allait l'embrasser. Et puisqu'elle ne lui résistait toujours pas — mieux, elle lui rendait son baiser avec une ferveur qui provoqua un nouvel afflux de désir en lui —, il y avait une chance pour qu'elle accepte de concrétiser quelques-unes de ses pensées.

Un gémissement rocailleux lui parvint aux oreilles, et il se demanda s'il venait de lui ou d'elle. Mais quand le son se répéta, de façon plus persistante, depuis l'autre côté de la pièce, il sut qu'aucun d'eux n'était la source de ce bruit étrange. Il provenait d'ailleurs.

Quand elle releva la tête et recula, il fut satisfait de constater que ses yeux brillaient, et qu'elle respirait fort.

Avant qu'il ait vraiment eu le temps d'apprécier sa réaction, elle murmura le nom de Bradley et passa devant lui sans qu'il puisse réagir. Il la regarda s'éloigner dans un silence confus, jusqu'à ce qu'il comprenne enfin que le bruit qui avait interrompu un des meilleurs baisers de sa vie provenait du moniteur bébé, dans le salon.

Il ne pouvait pas dire qu'il était ravi de la tournure qu'avaient prise les événements, mais, étrangement, il était amusé. Qu'un bébé de quatre mois gâche un baiser parfait, possible prélude à une nuit de passion, était sa toute première expérience de parent. Et si Bradley était son fils, il devrait sans doute s'habituer à ce genre d'interruptions.

- 9 -

Les dix jours suivant le « Baiser », comme Haylie en était venue à le surnommer, furent chargés. En partie parce qu'elle avait réellement un million de choses à faire pour tenir les délais du mariage d'Erica, et en partie parce qu'elle évitait activement Trevor.

Malheureusement, éviter de songer à lui s'avérait bien plus ardu que l'éviter physiquement.

Pour une raison étrange, il semblait profondément ancré dans son esprit. Qu'elle soit au téléphone pour commander des fleurs et des nappes, ou en train de courir à droite et à gauche dans le complexe pour tout coordonner, il y avait toujours un moment où son visage, sa voix ou le souvenir de son parfum séducteur surgissaient dans son esprit.

Elle mettait cela sur le compte du « Baiser ». Auparavant, elle l'avait peut-être trouvé séduisant, mais il n'avait pas habité ses pensées à ce point.

Le « Baiser »… Rien ne lui avait jamais donné autant de plaisir.

Evidemment, elle avait été amadouée par le délicieux repas qu'il avait préparé pour elle, et par le vin exceptionnel qu'ils avaient partagé. Et elle avait été curieuse de goûter à ses lèvres, elle aussi.

Lorsqu'il lui avait annoncé avec cette voix grave et fascinante qu'il allait l'embrasser, la princesse de conte de fées en elle avait eu des palpitations, et avait aussitôt répondu « oui, s'il vous plaît ». Après tout, un petit baiser n'avait jamais fait de mal à personne.

Mais ce baiser avait été aussi loin du conte de fées que possible. Les contes de fées étaient sucrés, doux et romantiques, alors que ce qu'elle avait connu entre ses bras avait été plus proche d'une scène de film catastrophe. Des océans déchaînés, des volcans en éruption, des palmiers secoués par des vents tempétueux.

Dès l'instant où ses lèvres s'étaient posées sur les siennes, le monde tel qu'elle le connaissait avait cessé d'exister. Sans les gémissements ensommeillés du bébé qui avaient résonné dans le moniteur, et l'instinct maternel aiguisé qu'elle avait développé ces derniers mois et qui ne lui permettait pas d'ignorer ses besoins, elle serait encore appuyée contre le comptoir de la cuisine en train d'étreindre Trevor. De l'embrasser éperdument… et plus, bien plus.

Elle avait très peur que, si l'occasion se présentait de nouveau, ils ne s'arrêtent pas à un simple baiser. Voilà pourquoi elle était si décidée à garder ses distances.

Les matins, elle s'assurait d'être prête à partir et d'avoir Bradley dans les bras dès qu'elle sortait de sa chambre, car elle savait qu'il ne tenterait aucune approche tant qu'elle avait le bébé avec elle.

La journée, elle était très occupée, qu'elle soit dans le bureau de Trevor — qu'il lui avait généreusement laissé à disposition — ou qu'elle coure un peu partout dans les rues de la ville.

Le soir, cependant… c'était une autre histoire. Même si tout ce qu'elle voulait, c'était mettre Bradley au lit et se prélasser une bonne heure dans un bon bain moussant, ou encore se préparer un dîner pour une personne et se détendre devant la télévision, la plupart du temps, elle se retrouvait à manger dans sa chambre, et y restait tapie jusqu'à ce qu'elle soit sûre que Trevor soit couché.

La maison avait beau être vaste et spacieuse, il y avait trop de risques de tomber sur lui, trop de risques d'être plongée dans une lumière tamisée, et que son esprit endormi lui souffle que ce n'était pas une si mauvaise idée de l'embrasser, après tout. L'embrasser, le toucher, se laisser séduire.

Il fallait absolument qu'elle reste loin de Trevor Jarrod. Même si elle commençait à comprendre comment sa sœur était tombée si facilement sous son charme.

Elle ouvrit la porte d'entrée et la referma du pied, tenant tant bien que mal Bradley et ses sacs jusqu'à ce qu'elle puisse se décharger. Elle avait eu une grosse journée, mais grâce à la crèche de Jarrod Ridge, et à la Cadillac Escalade dernier cri — couleur champagne, quatre roues motrices — que Trevor lui avait fournie pour son travail, les choses se passaient très bien, en effet.

La première fois qu'elle s'était mise au volant, elle s'était sentie un peu ridicule. Le véhicule était si imposant qu'elle avait eu l'impression d'être aux commandes d'un tracteur. Et elle savait ce que ce type de véhicule coûtait — bien plus que ce qu'elle pouvait se permettre, ou que ce qu'on aurait dû dépenser pour elle.

Mais, comme à son habitude, il avait tenu bon. Il avait dû cacher les clés de sa vieille voiture, puisqu'elle n'avait pas pu les retrouver depuis que l'Escalade avait été livrée. Et c'était un véhicule très agréable. Confortable, et bien plus sûr que sa petite berline, elle devait l'admettre, à la fois pour elle et pour Bradley.

Avec l'aide d'Erica, elle avait rempli des menus pour le dîner de répétition et pour la réception, loué des salles… commandé les fleurs… réservé les nappes, l'argenterie et les verres… Les invitations avaient été envoyées la semaine précédente — essentiellement la famille et quelques amis proches — et les réponses arrivaient déjà.

Tout compte fait, elle était très fière du travail réalisé en si peu de temps. Bien sûr, dès que les heureux mariés quitteraient leur réception pour partir en lune de miel, elle tomberait de fatigue et dormirait un mois entier.

Rien que la semaine précédente, quand Erica avait insisté pour qu'elle prenne une journée de détente en sa compagnie au Spa, elle s'était endormie sur la table de massage. Erica et la sœur de Trevor, Melissa, ainsi que les compagnes de leurs frères, Sabrina, Samantha et Avery, les avaient toutes rejointes. Cela avait été une véritable journée entre filles, chose qu'elle ne s'accordait pas souvent étant donné son emploi du temps de folie, et aussi parce qu'elle avait peu d'amies à Denver.

Le petit groupe avait ri et discuté toute la journée, et même si elle avait réussi à rester éveillée durant leur manucure, leur pédicure et leur masque au concombre, elle s'était tout bonnement assoupie pendant le massage. Ce n'était guère surprenant, vu son degré de fatigue, mais tout de même.

Rencontrer les membres féminins de la famille Jarrod avait été à la fois amusant et instructif. Bienveillantes et amicales, elles l'avaient tout de suite traitée comme l'une des leurs, et elle s'était sincèrement divertie.

Elles devaient probablement s'interroger sur sa soudaine apparition à Aspen, et sur le fait qu'elle vive chez Trevor, néanmoins elles n'avaient pas posé une seule question gênante. Contrairement à ce qu'elle avait craint, elles ne lui avaient pas non plus donné le moindre conseil non sollicité à propos du mariage d'Erica. Mais cette journée de détente était déjà loin.

Avec un soupir exténué, elle posa quelques-unes de ses affaires, et commença à retirer son épais manteau d'une main tout en détachant de l'autre la combinaison pilote de Bradley.

— Bonsoir.

La voix grave de Trevor la fit sursauter, et elle se retourna vivement. Il descendait l'escalier. Comme à l'accoutumée quand il était chez lui, il portait un jean et un chandail. Aujourd'hui, c'était un pull kaki qui mettait en valeur autant sa silhouette musclée que ses yeux d'un brun chaud.

— Bonsoir, répondit-elle en continuant de déshabiller Bradley.

Lorsqu'elle passa dans le salon, il la suivit et lui prit Bradley.

— Attendez, laissez-moi faire.

L'espace d'une seconde, elle se figea. Elle n'était pas habituée à ce qu'on l'aide. En particulier avec Bradley.

Pourtant, ce n'était plus tout à fait vrai. Depuis qu'elle avait emménagé chez lui, Trevor s'était montré d'une grande aide. Il lui avait fourni tout ce dont elle avait besoin pour être à l'aise et travailler dans de bonnes conditions, et bien plus encore. Il était courtois, conciliant, et presque obsédé par le fait de la seconder avec le bébé.

Il était souvent déconcertant, mais il avait récolté de nombreux bons points en se montrant si impliqué avec Bradley. Très vite, il lui avait demandé de lui transmettre tout ce qu'elle savait sur les bébés, voulant absolument apprendre comment préparer un biberon, changer une couche, et donner son bain à Bradley.

Il semblait avoir un million de questions en tête — ce qui était compréhensible, de la part d'un homme qui n'avait pas beaucoup d'expérience avec les jeunes enfants, et qui se retrouvait soudain face à la possibilité d'être père. Et plus d'une fois, au cœur de la nuit, quand elle n'était pas sortie assez vite de son lit en entendant les pleurs de Bradley, Trevor était venu frapper doucement à sa porte pour lui proposer son aide.

Ils ne savaient même pas si Bradley était bien son fils et, pourtant, il faisait tout ce qu'on pouvait attendre d'un jeune papa.

D'un côté, l'avoir à ses côtés pour prendre en charge les obligations quotidiennes dont elle était en temps normal seule responsable était agréable. Cela la soulageait, lui enlevait un peu de pression, et lui permettait de se concentrer sur le mariage d'Erica.

Mais à bien y réfléchir elle n'était pas sûre d'apprécier qu'une autre personne s'occupe de Bradley, même si cette personne était fort probablement son père biologique. Elle était si habituée à prendre soin de son neveu seule ! Elle ne voulait pas que qui que ce soit usurpe sa place et l'écarte de la vie de Bradley. Car si quelqu'un d'autre était capable de *l'aimer* autant qu'elle, alors sa place était en danger.

Qu'elle le veuille ou non, quand les tests ADN prouveraient la paternité de Trevor — ce dont elle ne doutait pas —, les risques pour qu'il lui prenne le bébé seraient bien réels.

Seigneur, pourquoi était-elle venue ici ? Cela lui avait semblé la seule chose à faire sur le moment, mais à présent… l'idée de perdre Bradley lui donnait des sueurs froides. Elle aurait voulu pouvoir remonter le temps et faire le mauvais choix : garder son neveu pour elle seule.

Trevor enleva sa combinaison à Bradley, révélant le pantalon de velours côtelé brun et le T-shirt à manches longues orné d'un canard qu'il portait en dessous. Puis il le hissa sur sa hanche, comme s'il avait fait cela toute sa vie.

— Vous avez déjà dîné ? demanda-t-il.

Elle secoua la tête, encore déstabilisée.

— Vous semblez fatiguée. Si vous montiez vous

changer ? Et même prendre un bon bain chaud ? Je vais donner son biberon à Bradley, et vous pourrez décider de ce que vous voulez pour dîner plus tard.

C'était comme s'il avait lu dans son esprit. Elle était exténuée par son rythme de travail actuel. Elle savait bien qu'elle devrait manger à un moment ou à un autre, mais ce qu'elle voulait *vraiment*, c'était se plonger dans un bain de bulles pendant une heure ou deux, et laisser l'eau chaude et la vapeur dissiper sa tension et sa fatigue.

Mais elle détestait le fait qu'il l'ait deviné… ou qu'il puisse lire si facilement en elle. Ou peut-être détestait-elle être devenue si dépendante de lui, sachant qu'il comptait lui prendre Bradley quand il aurait la preuve qu'il était son père. Pire, elle aimait se reposer sur lui.

A la vérité, elle *aimait* vivre ici, sous son toit. Elle aimait rentrer le soir et le trouver dans le salon, ou être là quand il passait la porte. Elle aimait lui parler, le regarder, sentir le léger parfum de son eau de toilette dans une pièce, qui perdurait longtemps après qu'il était parti. Et elle appréciait d'avoir quelqu'un pour l'aider à élever Bradley, pour *aimer* Bradley, après avoir été la seule personne dans la vie de son neveu à se soucier de lui.

Mais tout cela lui donnait aussi le sentiment qu'elle était menacée, et la rendait anxieuse. Plus Trevor apprenait à se débrouiller seul et prenait confiance dans sa capacité à s'occuper d'un bébé, et moins il aurait besoin d'elle. Et quand ces tests arriveraient enfin, prouvant qu'il était le père de

Bradley… eh bien, il lui serait sans doute très facile de la remplacer ?

Elle posa la paume de sa main sur son front, une migraine avait commencé à la marteler juste entre les yeux.

— Allez-y, dit-il, insistant.

Il passa devant elle, et commença à préparer des petits pots pour le dîner de Bradley.

— Nous nous débrouillerons très bien, dit-il.

Oui, et c'était bien là le problème.

Sans un mot, elle monta l'escalier, soudain trop mal en point pour refuser l'offre d'un bon bain moussant, même s'il lui avait été proposé précisément par l'homme qu'il l'avait mise dans cet état.

Trevor était très fier de lui. Il entra calmement dans la chambre d'Haylie et posa Bradley dans son berceau. Il l'allongea sur le dos, comme elle le lui avait enseigné la première fois qu'elle lui avait montré comment le coucher pour sa sieste. Puis il mit en marche le mobile d'animaux en peluche qui pendait au-dessus de lui.

Il était presque certain de ne rien avoir oublié. Après avoir nourri Bradley, il l'avait baigné dans sa propre salle de bains, puisqu'Haylie était toujours dans la sienne, lui avait mis une nouvelle couche, et un pyjama de velours. Il avait même pensé à la tétine, que le petit bonhomme suçait activement tandis que ses paupières se faisaient lourdes.

Il devenait doué, à vrai dire. Si, au début, il s'était senti nerveux et anxieux à l'idée d'être père, il était à présent sûr de ses compétences. Si le test de paternité était positif, il serait tout à fait capable de s'occuper seul de son enfant. Cela signifierait qu'il devrait faire des aménagements dans sa vie et bousculer sa routine habituelle, mais il en était capable.

Quand les yeux de Bradley se fermèrent pour de bon et que la succion sur sa tétine se ralentit jusqu'à n'être plus qu'intermittente, il entendit la porte de la salle de bains s'ouvrir.

Levant les bras comme s'il était sous la menace d'une arme à feu, il garda le dos tourné, espérant qu'elle ne serait pas assez effrayée par sa présence pour crier et réveiller le bébé.

Comme il ignorait si elle l'avait vu ou non, il s'éloigna du berceau en murmurant :

— Désolé. Je mettais juste Bradley au lit.

Il attendit un instant, se demandant si elle était bien là et s'il ne venait pas de parler dans le vide. Mais une seconde plus tard, elle répondit :

— Pas de problème. Vous pouvez vous retourner, je suis habillée.

« Habillée » était un doux euphémisme.

Baignée par la lumière qui s'échappait de la salle de bains, elle portait un peignoir pêche qui semblait en satin ou en soie et qui — si ses yeux ne lui jouaient pas des tours — était translucide. L'étoffe diaphane s'accrochait à sa peau humide là où il le fallait, au point que sa bouche s'assécha et qu'une soudaine vague de désir afflua dans son bas-ventre.

Elle avait les cheveux enturbannés dans une

serviette, mais tandis qu'il essayait de reprendre son souffle, elle pencha la tête, et libéra sa chevelure, ce qui ne fit qu'accroître son excitation.

Il savait qu'il y avait un bébé de quatre mois dans la pièce, mais tout ce à quoi il était capable de penser, c'était à la jeter sur le lit et à lui faire l'amour. Elle avait la peau rosie par le bain, un parfum fleuri émanait d'elle, et elle était nue sous ce peignoir. L'idée le rendait fou.

— Est-ce qu'il a dîné ? demanda-t-elle, totalement inconsciente des pensées érotiques qu'elle faisait naître dans son esprit.

Il acquiesça d'un signe de tête, et fourra les mains dans ses poches pour s'empêcher de faire quelque chose de vraiment stupide, comme de la toucher.

— Il a aussi pris un bain et changé de couche, dit-il en se balançant sur ses talons.

Elle ouvrit de grands yeux, et ralentit ses mouvements. Elle ne disait rien, mais il comprit qu'elle était surprise qu'il ait réussi cela tout seul.

Il s'attendait à ce qu'elle aille au-dessus du berceau vérifier qu'il n'avait pas mis la couche de Bradley à l'envers, ou passé la tête dans une manche.

— Bien, dit-elle, murmurant une approbation réticente.

Il réprima un sourire de satisfaction.

Lorsqu'elle se tourna pour accrocher la serviette à la poignée de la porte, son peignoir s'ouvrit légèrement, juste assez pour qu'il ait un aperçu d'un sein d'albâtre.

Il sentit la sueur perler sur sa nuque, et tout son corps fut parcouru de picotements. S'il ne sortait pas de cette pièce très vite, il allait sans doute faire quelque chose qu'ils regretteraient tous les deux, bébé endormi ou non.

— J'ai fait livrer le dîner pendant que vous étiez dans votre bain, dit-il, car c'était la première pensée non érotique qui avait surgi dans son esprit. Je vais réchauffer votre assiette pendant que vous vous changez.

Sans attendre de réponse, il sortit de la chambre, ouvrant la porte avec plus de force que nécessaire. Une fois dans le couloir, il s'arrêta, pour tenter de retrouver son souffle et son équilibre.

Bon sang, comment une femme pouvait-elle l'ébranler si profondément ? Lui qui avait fréquenté des mannequins célèbres, des actrices, des reines de beauté ? Il avait su se protéger des croqueuses de diamants et des demoiselles en quête de mariage, s'était extirpé de relations avec des femmes monomaniaques.

Avec Haylie, tout était différent. Elle ne montrait aucun intérêt pour lui, de quelque nature que ce soit, elle ne lui demandait rien, elle n'était venue le voir que pour l'informer qu'il était père d'un enfant.

Pourtant, c'était elle, la femme que sa libido réclamait apparemment plus que toutes les autres. C'était elle qui occupait toutes ses pensées, le jour comme la nuit.

Il l'avait déjà embrassée une fois, uniquement pour satisfaire sa curiosité, mais s'était promis de ne pas réitérer l'expérience.

La porte s'ouvrit derrière lui et il se redressa brusquement, comme un cerf pris dans les phares d'une voiture. Il était censé être en bas, en train de s'activer et de faire comme s'il n'était pas du tout affecté par sa présence, au lieu de quoi il s'attardait devant sa chambre, cloué sur place par le désir.

Lorsqu'il se retourna, il constata qu'elle portait toujours son peignoir si sexy, et serra les poings pour s'empêcher de le lui arracher.

— J'ai changé d'avis, dit-elle. Je n'ai pas faim. Je crois que je vais aller directement au lit.

Avec un juron, il ferma la porte derrière elle et la plaqua dessus.

— Au diable le dîner, dit-il d'une voix sourde. J'ai changé d'avis aussi. Je vais vous embrasser de nouveau.

- 10 -

La bouche de Trevor était chaude et ferme, et tout aussi dévastatrice que lors de leur premier baiser.

Haylie savait, dans un coin de sa tête, qu'elle aurait dû le repousser. L'embrasser — ou plutôt le laisser l'embrasser — n'était pas une bonne idée. Après leur première étreinte, elle avait dressé une longue, très longue liste de raisons pour ne pas renouveler leur baiser, et elle se la répétait souvent.

A cet instant, cependant, aucune ne lui revenait à la mémoire. Seuls les arguments de la colonne « pour » semblaient surgir dans son esprit.

Comme la façon dont son eau de toilette hivernale et fraîche l'enveloppait. Ou la saveur enivrante de ses lèvres. A la fois douces et fermes, elles effleuraient, pressaient et mordillaient les siennes, semblant les faire obéir à sa guise.

Comme malgré elle, elle enroula les bras autour de son cou et s'appuya contre la porte close. Sans cela, elle aurait chancelé, elle avait les jambes en coton.

Elle avait un million de raisons pour fuir, et une seule la poussait à oublier ses réserves et à se laisser emporter par la déferlante de passion qui menaçait de la renverser : son désir pour lui.

Enfin, elle céda, oubliant la prudence et la logique. Elle se jeta à corps perdu dans leur étreinte. Comme s'il avait senti sa capitulation, il la serra plus fort et augmenta la pression de sa bouche. Avec un gémissement de plaisir, elle emmêla sa langue à la sienne et plongea les mains dans ses cheveux.

Quand sa jambe se hissa contre la hanche de Trevor, et que son pied nu taquina l'arrière de son genou, elle sut qu'elle était perdue… et il sut, lui aussi.

Il recula légèrement et appuya son front contre le sien, respirant de manière saccadée.

— Viens dans ma chambre, dit-il d'une voix sourde en caressant sa joue du bout de son pouce. Laisse-moi te faire l'amour.

Pouvait-il réellement croire qu'elle allait dire non ? Après deux des plus incroyables baisers de sa vie, et la façon dont elle était enroulée autour de lui à cet instant ?

Certes, elle était pour l'instant incapable de formuler de réponse, positive ou négative. Elle avait la gorge trop nouée par le désir pour cela.

Alors, elle hocha la tête et resserra sa jambe sur sa hanche, en espérant que le message serait suffisamment clair.

Apparemment, son espoir fut exaucé. Poussant un long soupir, comme s'il l'avait trop longtemps réprimé, il l'agrippa par la taille et la porta dans ses bras. Elle croisa les chevilles derrière son dos, et se pencha vers lui quand il voulut l'embrasser de nouveau.

Puis il se mit à avancer avec facilité, comme si elle ne pesait pas plus lourd que le petit Bradley.

Il se dirigea vers la porte de sa chambre, l'ouvrit et la referma du pied. Un instant plus tard, elle se sentit tomber en arrière, et rebondit sur le matelas ferme du grand lit.

Il atterrit à son tour sur le lit, et la couvrit de son long corps ferme et puissant. Presque aussitôt, il glissa ses mains avides sous son peignoir.

D'abord, il dévoila ses cuisses, en prenant le temps de les caresser au passage. Puis il remonta sur ses hanches, sa taille, avant de dénouer la ceinture et d'écarter les deux pans du vêtement pour révéler ses seins.

Dans un soudain accès de pudeur, elle faillit refermer son peignoir ou se couvrir de ses mains. Il la dévorait des yeux, comme un explorateur qui viendrait de découvrir le Nouveau Monde. C'était à la fois déconcertant et flatteur.

Elle ne se souvenait pas de la dernière fois où un homme l'avait regardée avec une telle intensité. Ou de la dernière fois où elle avait voulu qu'un homme la regarde… ou même de la dernière fois qu'elle avait désiré quelqu'un aussi fort.

Ses cheveux bruns ébouriffés tombant autour de son beau visage, il embrassa le creux de son cou, puis s'aventura entre ses seins. Il arriva au bas de son ventre, et un feu s'embrasa en elle.

Lorsqu'il atteignit le sommet de ses cuisses et posa la bouche directement sur le centre de son plaisir, elle faillit se relever d'un bond. Mais il ne l'aurait pas laissée faire, de toute façon. Il appuya une paume large et rugueuse sur son ventre pour la maintenir en place, tandis qu'il se calait entre ses jambes pour être plus à l'aise.

Elle avait cru que leur première étreinte serait rapide et effrénée. Comme un feu de passion violent, qui se serait rapidement transformé en braises. Et elle aurait cru qu'il se serait montré plus égoïste.

C'était un Jarrod, non ? Un membre du clan Jarrod d'Aspen, dans le Colorado. Un homme plus riche que tout ce qu'elle pouvait imaginer, habitué à avoir ce qu'il voulait, dans tous les domaines. Elle était bien placée pour le savoir.

Elle savait aussi, d'après les magazines et les journaux dans lesquels il apparaissait depuis des années, qu'il fréquentait des femmes extrêmement belles et sophistiquées. Deux caractéristiques dont elle ne pouvait se vanter.

Certes, elle avait un certain charme. Elle n'était pas une star de cinéma, mais elle n'était pas non plus disgracieuse. Cependant, les cinq ou sept kilos qui la séparaient de l'image actuelle de la perfection féminine ne lui permettaient pas de rivaliser avec les filles filiformes qu'il prisait.

En ce qui concernait la sophistication… Elle était trop occupée à développer son entreprise et à s'occuper de Bradley pour s'inquiéter d'avoir une coiffure toujours impeccable ou de porter des vêtements à la pointe de la tendance. Certains jours, elle était si débordée qu'elle avait de la chance si elle se rappelait de mettre ses boucles d'oreilles ou même ses chaussures à l'endroit.

Et pourtant, elle était là, nue, dans le lit d'un

homme dont elle était sûre qu'il ne se serait pas retourné sur elle s'ils ne s'étaient pas rencontrés par le biais de circonstances particulières. Et il se révélait… loin d'être égoïste. Elle le trouvait même incroyablement généreux.

Quand il augmenta la pression de sa bouche sur son sexe, elle agrippa la couette. Puis il toucha un point particulièrement sensible, et elle faillit crier. Elle se cambra brusquement. Il serra ses cuisses, et elle aurait pu jurer qu'elle l'avait senti sourire.

Sourire, voilà la dernière chose qu'elle avait envie de faire. Il faisait naître des sensations trop stupéfiantes pour qu'elle puisse former une pensée cohérente, et encore moins contrôler l'expression de son visage.

Tout ce qu'elle savait, c'était que tout son corps était en feu. Elle s'agitait, haletait, et s'approchait de la plénitude que lui seul pourrait lui procurer.

— Trevor, s'il te plaît.

Les mots lui avaient échappé. Elle détestait sembler si dépendante, même si elle l'était, et se mordit la lèvre pour s'empêcher de dire quoi que ce soit d'autre. Ou de gémir, de supplier…

Heureusement, il accéda à sa requête sans qu'elle ait besoin d'en dire plus. Massant ses cuisses pendant qu'elle s'accrochait à ses cheveux épais et ondulés, il redoubla ses efforts, se servant de sa langue et de ses lèvres pour taquiner le secret caché au plus profond d'elle-même. Avant qu'elle puisse reprendre son souffle, le plaisir la submergea, et elle se cambra sur le lit en poussant un cri strident.

Elle n'était pas tout à fait redescendue sur terre

quand il s'étendit sur son corps. Elle battit des cils puis ouvrit les yeux avec difficulté.

Cette fois, elle sourit. Un sourire timide et tremblant, mais un sourire tout de même.

Il était nu. Délicieusement nu, même si elle n'avait aucune idée du moment où il avait enlevé son pull et son jean. Elle avait donc gardé les yeux clos si longtemps ? Ou avait-elle perdu conscience pendant une minute, après son orgasme ?

Il avait été si stupéfiant qu'elle pencha pour la thèse de l'évanouissement.

Un sourire satisfait aux lèvres, il s'appuya sur ses avant-bras pour mieux la regarder. La chaleur de sa peau s'infiltra en elle, et elle prit une profonde inspiration pour respirer son merveilleux parfum.

Contre toute raison, elle enroula les bras autour de son cou. Elle était surprise de pouvoir bouger ; ses muscles semblaient s'être liquéfiés.

— C'était affreusement gentil de ta part, dit-elle en guise de remerciement.

Il sourit.

— Content que tu aies apprécié.

— Apprécié, c'est un euphémisme.

Il sembla encore plus fier, si c'était possible.

— Je suis un gentleman, dit-il en blottissant son visage contre son cou. Et les gentlemen s'assurent toujours que les femmes passent en premier.

Elle se fendit d'un rire faible et légèrement essoufflé.

— Je doute que l'adage s'applique à ce type de situation, dit-elle, taquine.

— C'est mon lit, j'y impose mes propres règles.

— Vraiment ?

Elle pencha la tête pour lui donner un meilleur accès à son cou.

— Est-ce que ces règles incluent de donner tant de plaisir à une femme qu'elle s'endort juste après, te laissant livré à toi-même ?

Il haussa un sourcil.

— Absolument pas.

— Dans ce cas, tu es dans de beaux draps. Car l'orgasme que tu viens de me donner m'a achevée. Je suis prête pour une sieste.

Elle étira les bras et mima un bâillement théâtral.

— Hum, fit-il, l'air songeur. J'imagine que je vais devoir te démontrer le contraire.

Avec un soupir appuyé, elle cambra le dos et ferma les yeux un instant.

— Je suppose que tu peux essayer, dit-elle.

Elle lut de la détermination dans son regard brillant.

— J'adore les défis, dit-il d'un air malicieux.

Oh ! elle aussi. Mais en l'occurrence, elle doutait de pouvoir résister très longtemps.

Il embrassa le point de pulsation de son cou, puis lécha et aspira doucement sa peau veloutée. Elle était sûre qu'il pouvait sentir son pouls s'affoler sous ses lèvres.

Il déposa une pluie de baisers le long de sa gorge, et remonta jusqu'à sa bouche. Alors, elle sut ce qu'était vraiment un baiser. Elle avait pourtant cru en avoir un exemple dans la cuisine, et un autre juste devant sa chambre, quelques instants plus tôt.

Quand leurs lèvres se rencontrèrent, ce fut comme si tout l'oxygène avait été aspiré de la pièce. Et quand la langue de Trevor se mêla à la sienne, tout autour d'eux s'enflamma.

De minuscules explosions se produisirent dans ses veines, et elle s'accrocha encore plus fort à lui. Elle caressa ses cheveux, ses épaules, son dos. Elle gémit quand il fit de même avec ses seins. Bientôt, sa bouche suivit, léchant, encerclant, aspirant doucement leurs pointes, jusqu'à ce qu'ils se durcissent et deviennent si sensibles que c'en était presque insupportable.

Elle avait su, dès le départ, qu'il était de ces hommes qui n'aiment pas perdre. A présent, elle savait aussi qu'il ne fallait jamais le mettre au défi ni douter de sa détermination. Car même si elle n'avait fait que plaisanter en menaçant de le laisser livré à lui-même, à présent, elle était très impliquée, qu'elle le veuille ou non.

Ce qui ne voulait pas dire qu'elle allait le laisser tout contrôler. Elle glissa les mains entre eux et, avec ses pouces, joua avec ses tétons plats… ce qui lui valut un gémissement rauque.

Elle connaissait son amour des sports d'extérieur et son niveau d'entraînement, et elle n'aurait pas dû être surprise qu'il soit si athlétique. Mais elle l'était tout de même.

Tout son corps était ferme et musclé — ses biceps, ses pectoraux, ses abdominaux. Il aurait pu jouer les mannequins pour la salle de sport de l'hôtel, ou pour le complexe tout entier.

Elle laissa ses mains glisser vers le centre de son torse, et descendit jusqu'à son sexe dressé. Elle passa l'arrière de ses doigts sur son membre de velours, et sourit quand il ôta soudainement ses lèvres de ses seins pour reprendre son souffle.

— Tu me tues, dit-il d'une voix haletante, une mèche de cheveux sombres retombant sur son front.

— Pas encore, dit-elle de sa voix la plus sensuelle. Mais bientôt. Si tu as de la chance.

Il rit, puis lui arracha un petit cri de surprise quand il roula sur le dos en l'entraînant avec elle, de sorte qu'ils se retrouvèrent lui assis au milieu du lit et elle à califourchon sur lui.

— Montre-moi ce dont tu es capable, dit-il. Je peux le supporter.

— Tu as un préservatif ?

Il tendit le bras et tapota la couette pour trouver l'emballage d'aluminium qu'il y avait laissé plus tôt. Il le lui tendit, et un nouvel accès de désir l'envahit quand elle le lui prit des mains et l'ouvrit avec ses dents.

Décidément, l'entraîner vers son lit était une des meilleures idées qu'il ait eues. Sur le long terme, ce n'était peut-être pas malin, mais pour l'instant, il trouvait cela tout à fait brillant.

Quand elle recouvrit son sexe de la fine couche de latex, il inspira et serra la couette entre ses poings pour s'empêcher d'exploser. Ce n'était pourtant pas la première fois qu'une femme déroulait un préservatif sur lui. Haylie le touchait à peine, mais, pour une raison étrange, l'idée qu'elle le fasse et le fait de la *regarder faire* constituait une des expériences les plus érotiques de sa vie.

Et s'il survivait au reste de la nuit — ce qui, à ce stade, était peu probable, fort peu probable —, il se promit de lui faire payer chaque seconde du supplice qu'elle lui imposait. L'égalité des sexes s'appliquait aussi dans ce genre de situation.

Une fois la protection en place, elle se mit sur ses genoux, plongea les mains dans ses cheveux bruns, et lui mit la tête en arrière pour l'embrasser. Ce fut un baiser doux, et tendre, mais qui l'excita terriblement. Comme s'il avait besoin qu'elle attise encore son désir !

Sans interrompre leur baiser, elle enroula la main autour de son sexe en érection. Il l'agrippa par la taille et approfondit leur baiser. Lentement, elle descendit sur lui, centimètre par centimètre, jusqu'à ce que son sexe soit totalement en elle.

La sensation le submergea et, à en juger par la façon dont elle enfonça les doigts dans ses épaules, il soupçonna qu'elle ressentait la même chose.

Comme promis, il la laissa mener la cadence. Pendant plusieurs longues minutes, elle se contenta de l'embrasser, ce qui lui allait très bien. Il pourrait sans doute passer l'éternité ainsi sans jamais se lasser, tant la texture et la saveur de ses lèvres étaient enivrantes.

Quand elle fut prête, cependant, il se mit à bouger. D'abord avec prudence, en se levant seulement d'un centimètre ou deux. Puis il redescendit. Il répéta les mouvements, encore et encore, jusqu'à ce que ses muscles se tendent. Il pouvait à peine se retenir.

Juste au moment où il allait perdre tout contrôle, déjà mis à mal, était sur le point de rompre, elle ôta ses lèvres des siennes pour respirer, et se cambra de façon vertigineuse. Ses seins vinrent se placer précisément au niveau de son visage. Comment aurait-il pu résister à une offre aussi délicieuse ? Il passa la langue sur leurs pointes couleur framboise, et les taquina sans merci, pour la mettre au supplice comme elle l'avait fait avec lui.

Il regarda ses joues rougir et ses cils sombres et courbés battre, juste avant que ses yeux ne se ferment. Lui en revanche avait les yeux grands ouverts, et il comptait bien les garder ainsi. Il voulait voir chaque changement de couleur sur sa peau, chaque soulèvement de sa poitrine quand elle respirerait plus vite, chaque signe de plaisir qui se peindrait sur son visage.

Et quand elle jouirait de nouveau — très vite, s'il ne tenait qu'à lui —, il voulait la voir aussi.

Enroulant les bras autour de sa taille, il l'attira plus près. Ses seins se pressèrent contre son torse, peau en sueur contre peau en sueur. Elle l'encercla avec ses jambes, nouant ses chevilles sur le bas de son dos, tandis qu'il enfonçait les mains dans sa chevelure de soie pour amener sa bouche tout près de la sienne.

Leurs lèvres et leurs langues se mêlèrent, leurs deux corps se mouvaient à l'unisson. Celui d'Haylie de l'arrière vers l'avant, le sien de haut en bas, créant des vagues de sensations qui les emmenaient de plus en plus près de l'explosion.

Et puis, soudain, elle fut parcourue de frissons et se mit à trembler entre ses bras. La sensation de son corps qui se contractait autour de son sexe le secoua jusqu'au tréfonds de son être, et le mena droit vers un orgasme sidérant.

En la serrant encore plus fort, il la pénétra d'un dernier coup de reins puissant, puis se raidit et se libéra en elle.

- 11 -

Quelques heures plus tard, Haylie se réveilla en douceur. Elle avait chaud, et elle se sentait mieux qu'elle ne s'était sentie depuis bien longtemps.

Et puis, elle se souvint. Un corps viril était blotti contre elle, un bras autour de sa taille.

Elle était dans le lit de Trevor. Dans les bras de Trevor.

Elle fut saisie par une pointe de… peur ? de remords ? Pourtant, cette nuit d'amour était une des plus, sinon *la* plus époustouflante expérience sexuelle de sa vie. Cela compliquait la situation, sans l'ombre d'un doute, mais cela en avait vraiment valu la peine.

Avant qu'elle puisse décider si elle devait rester et se rendormir, ou s'extirper de son étreinte pour se faufiler dans sa chambre, elle entendit un cri.

Bradley. C'était sans doute lui qui l'avait tirée du sommeil.

Faisant de son mieux pour ne pas réveiller Trevor, elle souleva son bras et roula doucement hors du lit. Sur le sol, elle aperçut son peignoir en boule. Elle le ramassa, le secoua pour trouver l'endroit de l'envers et l'enfila rapidement, avant de sortir à pas de loup.

Le plancher de bois était froid sous ses pieds.

Quand elle arriva dans la chambre, elle vit Bradley allongé sur le dos dans son berceau, le visage crispé, les bras et les jambes en mouvement.

Elle le prit et tapota son dos tout en descendant dans la cuisine pour lui préparer un biberon. Une fois qu'il fut chaud, elle remonta l'escalier pour aller s'installer dans le magnifique rocking-chair de bois sculpté que Trevor avait insisté pour lui offrir.

Quand Bradley eut avalé son biberon, et qu'il se fut rendormi, elle lui changea sa couche et le remit dans son berceau, en espérant qu'il ne se réveillerait pas de nouveau. Elle ne savait même pas l'heure qu'il était, et dut vérifier sur l'horloge de la cuisine, quand elle rapporta le biberon vide.

Deux heures cinq. Elle devait se lever dans quatre heures seulement. La question était, irait-elle dans sa chambre pour passer ces heures seules… ou retournerait-elle dans le lit de Trevor pour se lover contre son corps ferme et chaud ?

Elle voulait tant choisir la deuxième hypothèse. L'idée était presque irrésistible. Mais cela ne signifiait pas que c'était la meilleure option. Dormir avec lui avait été assez stupide ; mieux valait ne pas aggraver son cas en optant de nouveau pour la mauvaise décision.

Elle rinça le biberon et retourna à l'étage. Une ombre se profila sur le sol carrelé. Elle faillit pousser un cri et reculer, mais se reprit. Ce n'était pas l'abominable homme des neiges.

— Bonté divine, dit-elle en portant une main sur son cœur affolé, tu m'as fait une peur bleue.

Trevor cligna des yeux, l'air hébété, et passa une

main dans ses cheveux emmêlés. Il avait enfilé un pantalon de pyjama aux fines rayures bleues et blanches, il était pieds nus.

Elle n'avait pas remarqué à quel point ses pieds étaient excitants. Peut-être parce que la dernière fois qu'il avait porté si peu de vêtements, elle n'avait pas vraiment prêté attention à ses orteils.

— Je me suis réveillé, et tu n'étais plus là, dit-il d'une voix ensommeillée.

— C'est le bébé qui m'a réveillée, répondit-elle.

D'ailleurs, elle ne lui devait pas d'explication. Si elle avait été maligne, elle se serait échappée de son lit avant que Bradley ne la réveille, et se serait enfermée à clé dans sa chambre, loin de ses mains avides et de ses lèvres tentantes.

— Est-ce qu'il va bien ?

— Oui. Il avait juste besoin d'un biberon et d'une nouvelle couche. Il s'est rendormi maintenant.

Il hocha la tête, ce qu'elle interpréta comme un signe d'approbation. Puis il fit un pas vers elle. Et un autre. Et encore un autre.

Elle recula, ne sachant pas vraiment quelles étaient ses intentions, jusqu'à ce qu'elle bute contre le comptoir. Mais cela ne l'arrêta pas. Il continua d'avancer vers elle jusqu'à ce que son torse effleure le bout de ses seins. Pouvait-il sentir leurs pointes se durcir à travers le fin satin de son peignoir ?

— Trevor, dit-elle d'une voix tremblante quand il se pencha vers elle et commença à chatouiller un endroit juste derrière son oreille.

— Hum ?

— Ce qui s'est passé tout à l'heure…

Il lui était difficile de se concentrer quand il avait les lèvres posées sur elle.

— Mmmm.

— C'était…

Il lécha son lobe, puis le mordilla doucement, et elle sentit ses genoux chanceler.

— Une erreur, se força-t-elle à finir d'une voix essoufflée. C'était une erreur.

— Absolument. Une terrible erreur.

Cependant, le fait qu'il laisse un chemin de baisers torrides et humides jusqu'au creux de sa gorge lui donnait à penser qu'il n'était pas vraiment d'accord avec elle.

Elle déglutit, déterminée à ne pas se laisser déconcentrer.

— Alors pourquoi fais-tu… cela ?

Il glissa la main sous la ceinture de son peignoir, défit le nœud et écarta les pans de satin. L'air froid frappa sa peau embrasée, et lui donna la chair de poule.

— Selon moi, dit-il tout bas en glissant les mains sous son peignoir pour l'ouvrir plus grand, l'erreur a déjà été commise. On ne peut pas revenir dessus.

Il marquait un point. Ou alors, elle était influencée, parce que ses mains et sa bouche étaient aussi enivrantes qu'une bouteille de bon vin…

— Nous sommes deux adultes consentants, poursuivit-il, en se frayant un chemin jusqu'à sa taille. Je ne vois aucune raison de ne pas continuer à nous faire du bien tant que tu es là. Pas d'attaches, pas de promesses. Seulement — sa langue passa sur un téton tendu et sensible — le plaisir.

Elle rejeta la tête en arrière dans un frisson, et ferma les yeux. Il marquait un deuxième point.

Une toute petite voix résonna dans sa tête, un écho lointain qui lui offrit un semblant de raison. Cette voix la força à protester.

— Mais…

Elle aurait dû en dire plus, trouver un argument, elle le savait, mais aucun ne lui venait à l'esprit.

Alors, il finit sa pensée pour elle. Il se redressa suffisamment pour atteindre sa bouche, et l'embrassa jusqu'à ce que son esprit ne soit plus empli que d'un tourbillon d'étoiles colorées.

Il s'interrompit, lui laissant une chance de reprendre son souffle, mais une seconde seulement. Puis il la saisit par la taille et la déposa sur le comptoir.

— Ce ne sera que pour une semaine environ, dit-il, faisant glisser le peignoir sur ses épaules et le laissant descendre jusqu'à ses hanches. Dès que les tests arriveront, tout va changer. Mais jusque-là, nous avons du temps.

Il embrassa la courbe de son sein.

— A passer ensemble.

Sa clavicule.

— Seuls.

La ligne de sa joue.

— Juste toi et moi.

Et enfin, sa bouche.

— A profiter l'un de l'autre…

Il écarta ses jambes pour se glisser entre elles ; l'étoffe de coton de son pyjama était douce contre ses cuisses, et hautement érotique.

Elle ne pouvait répondre qu'une chose à cela,

pendant que ses lèvres prenaient possession des siennes et que ses pouces se rapprochaient de son clitoris.

— D'accord.

Deux jours plus tard, Haylie revint du Ridge plut tôt que d'habitude. Ce n'était pas raisonnable. Elle avait une liste interminable de choses à faire, et contrairement à ses souhaits les plus chers, le temps qui restait avant le mariage d'Erica semblait s'accélérer au lieu de ralentir.

Pourtant, Trevor l'avait finalement convaincue d'accepter de dîner avec lui au Chagall's. Même s'ils demandaient un coin tranquille, et qu'ils essayaient de passer inaperçus, on les remarquerait, c'était certain. Ce seraient les autres clients, ou les serveurs, et la rumeur finirait par atteindre les cuisines. Trevor ne semblait pas s'en inquiéter, et elle essayait de l'imiter, mais cela ne signifiait pas qu'elle était impatiente d'apporter de l'eau au moulin à ragots de Jarrod Ridge.

Cela dit, peut-être personne ne les remarquerait-il. C'était possible. Trevor avait peut-être échafaudé une histoire parfaitement plausible pour expliquer ce qu'ils faisaient ensemble.

Même s'ils s'étaient mis d'accord pour prétendre qu'ils n'étaient que des connaissances de travail, leur rendez-vous était un rendez-vous galant. Du moins, elle le supposait, étant donné qu'elle vivait sous son toit et qu'elle partageait son lit en ce moment.

Elle aurait dû se sentir coupable de coucher avec

lui, mais ce n'était pas le cas. Pas encore, du moins. Et elle s'était promis que lorsque leur relation arriverait à son terme — car il y aurait un terme, bien entendu —, elle l'accepterait avec maturité. Sans crise de larmes, sans faire de scène, car ils avaient établi dès le départ que leur liaison ne durerait pas. Ils étaient simplement deux adultes consentants qui savouraient la compagnie de l'autre, aussi longtemps que cela durerait.

Mais une liaison, par définition, était censée être secrète, n'est-ce pas ? Cela impliquait rendez-vous clandestins et rencontres volées. Ils n'étaient pas censés se retrouver dans un restaurant bondé, dans un complexe touristique très fréquenté, où n'importe qui pourrait les voir, spéculer sur leur relation, et lancer toutes sortes d'horribles rumeurs.

C'était pourtant le choix qu'avait fait Trevor. Il avait insisté pour lui faire découvrir le luxueux restaurant cinq étoiles ce soir, avant qu'elle ne soit trop accaparée par les préparatifs du mariage d'Erica. Ou avant que les résultats des tests ADN ne leur parviennent ?

Peut-être voulait-il l'impressionner, même si elle voyait mal comment elle pourrait être *plus* impressionnée, étant donné tout ce qu'elle avait déjà vu de l'empire des Jarrod.

Ou peut-être voulait-il simplement être gentil, en lui offrant une pause méritée, après toutes ces longues heures de travail consacrées au mariage de sa sœur. Certes, cette mission était venue de lui, c'était sa façon de la garder près de lui jusqu'à ce qu'il découvre s'il était ou non le père de Bradley.

Malgré tout, elle trouvait l'attention gentille et romantique, et elle était trop faible pour résister. Elle se laissait porter par ce rêve, même s'il allait s'achever dans un futur très proche.

Bradley était encore à la crèche, elle n'avait pas à s'en faire pour lui. Elle avait une bonne heure devant elle pour prendre une douche, changer de vêtements, se recoiffer et se maquiller avant de retrouver Trevor au complexe, dans son bureau, comme ils en étaient convenus.

Elle ôta ses chaussures et son manteau, et courut dans l'escalier. Vingt minutes plus tard, elle sortit de la douche et se sécha les cheveux. Puis elle opta pour un maquillage plus marqué que celui qu'elle portait en journée, et ajouta quelques gouttes de son parfum préféré.

Ensuite, elle alla pieds nus jusqu'au dressing de sa chambre et sortit le fourreau de velours noir auquel elle avait songé toute la journée. Elle l'avait remarqué tout de suite parmi les vêtements que Trevor lui avait fait livrer, tout en étant persuadée qu'il était bien trop élégant pour pouvoir le porter durant son séjour à Aspen.

Mais dès l'instant où il l'avait convaincue de dîner avec lui au Chagall's, elle s'était dit que c'était enfin l'occasion d'en faire bon usage. Elle avait déjà choisi ses chaussures et ses bijoux : une paire d'escarpins noirs vertigineux ornés de minuscules nœuds blancs, et un collier de perles ivoire avec des boucles d'oreilles assorties.

Lorsqu'elle fut presque prête, elle choisit une petite pochette noire, assez grande cependant pour contenir les objets de première nécessité, son téléphone portable et son rouge à lèvres. Mais où était sa montre ? Elle avait dû la laisser dans la chambre de Trevor.

Elle essayait toujours de ne pas y laisser ses affaires, car même si, techniquement, ils vivaient ensemble et partageaient le même lit, laisser quoi que ce soit dans sa chambre évoquait un peu trop une vraie cohabitation, ou une histoire qui les mènerait quelque part. Mais, étant donné le nombre de fois ou il l'avait attirée dans sa chambre alors qu'elle était encore tout habillée, et qu'il l'y avait ensuite déshabillée… un frisson la parcourut quand des souvenirs torrides l'assaillirent… ce n'était guère étonnant qu'elle ait fini par y oublier un objet.

Elle alla directement vers la table de chevet, pensant y trouver sa montre. A mi-chemin, elle remarqua une énorme bosse au centre du lit.

C'était étrange, car elle se souvenait d'avoir fait le lit elle-même ce matin.

Il lui fallut un instant pour comprendre ce qu'elle était en train de voir, mais ensuite, elle commença à se demander si quelque chose de grave était arrivé. Elle avait vu Trevor ce matin, avant qu'il ne parte pour le bureau, mais ne lui avait pas reparlé depuis. Elle ne l'avait pas jugé utile, puisqu'ils s'étaient mis d'accord la veille au soir.

Mais s'il avait eu un malaise ? S'il avait mangé un mauvais sushi au déjeuner et qu'il était revenu à la maison malade ? Si tel était le cas, il aurait dû l'appeler, ou demander à Diana de la prévenir. Mais peut-être avait-il été trop mal en point pour cela.

Elle tira doucement sur la couette.

— Trevor ? demanda-t-elle d'une voix douce. Tout va bien ?

Mais ce n'était pas Trevor, sous les draps froissés. A moins qu'il ne lui soit poussé un mètre de cheveux et qu'il ne les ait teints en roux cuivré durant les six dernières heures.

Elle laissa retomber la couette comme si elle recouvrait un nid de vipères, et recula en arrière, les yeux écarquillés.

Derrière elle, elle entendit un grincement de porte. Elle se retourna et vit Trevor entrer. Ses cheveux étaient toujours courts et bruns, et il portait le même costume que le matin.

Il lui sourit et lui donna un rapide baiser. La main qu'il avait posée sur sa nuque était ferme et possessive, et même avec ce qu'elle venait de découvrir sous le lit, juste à côté d'eux, elle fut troublée.

— Je me suis dit que je t'emmènerais moi-même au lieu de te laisser aller jusqu'au Ridge toute seule. D'ailleurs, je préfère laisser mon attaché-case maintenant plutôt que de me souvenir de passer le prendre en rentrant du restaurant.

Elle se mordit la lèvre, enlevant sans doute la moitié du rouge à lèvres qu'elle avait appliqué avec tant de mal, et fit de son mieux pour retrouver sa voix.

— Vraiment ? demanda-t-elle. Tu n'es pas rentré plus tôt pour un petit plaisir d'après-midi ?

Son sourire se fit prédateur.

— Non, mais puisque tu le proposes…

Il consulta sa montre.

— Nos réservations sont à sept heures, et l'un

des nombreux avantages d'être un Jarrod, c'est que nous pouvons être en retard et avoir notre table quand même.

Il se pencha pour un autre baiser, mais elle recula rapidement. La main qu'il avait posée sur son dos retomba, et son sourire s'évanouit.

— Qu'est-ce qui se passe ? demanda-t-il, l'air sincèrement inquiet.

— Quand j'ai mentionné le petit plaisir, je ne parlais pas de moi, dit-elle en désignant le lit d'un signe de tête. Je parlais de Boucles d'Or.

Il regarda vers la boule sous la couette, qui commençait juste à s'agiter. Aussitôt, il approcha du lit et retira la couette d'un coup sec.

Une svelte jeune femme aux boucles rousses, qui ne portait qu'un coordonné de dentelle rose vif, battit des cils et roula sur le dos. Elle sourit en voyant Trevor.

— Hello, chéri. J'espère que ça ne t'ennuie pas que je sois entrée.

C'était tout ce qu'Haylie avait besoin d'entendre. Ou peut-être tout ce qu'elle pouvait supporter d'entendre sans devenir violente, ou malade, ou les deux.

Tournant les talons, elle sortit de la pièce. Evidemment, une fois en bas, elle ne sut plus quoi faire.

Elle aurait pu exploser, ou grimper dans la Cadillac qui ne lui appartenait pas et rouler… mais vers quelle destination ? Jarrod Ridge ? Denver ? Un hôtel en ville ? Toutes ces options nécessitaient qu'elle passe au complexe prendre Bradley, en tout cas.

Au fond d'elle-même, elle savait qu'elle n'allait

rien faire de tout cela. Elle savait aussi qu'elle n'avait pas vraiment le droit d'être bouleversée.

Si Trevor avait une autre femme dans son lit, en quoi cela la concernait-il ? Ou même s'il avait une douzaine de charmantes petites amies sous le coude ?

Ils couchaient peut-être ensemble — une décision dont elle avait su dès le départ que ce n'était pas la plus futée qu'elle ait prise —, mais personne n'avait dit que leur relation était exclusive. En réalité, ils n'avaient même pas appelé cela une relation.

Et elle connaissait sa réputation avec les femmes. Elle savait qu'il avait une fille dans chaque port, pour ainsi dire. Pouvait-elle être surprise que l'une d'entre elles ait débarqué sans crier gare ? Malgré tout, elle aurait préféré que cette fille ne grimpe pas dans son lit pendant qu'elle le partageait encore avec lui. Mais c'était le risque que l'on courait, sans doute, quand on choisissait de fréquenter le tombeur le plus notoire du Colorado.

Ce qui signifiait qu'elle devrait s'en remettre. Et cesser de réagir comme une maîtresse rejetée ou une épouse jalouse.

Mais ce n'était pas parce que la logique devait primer sur les émotions brutes et les réactions instinctives qu'elle pouvait effacer les effets physiques de son émoi. Ses talons claquèrent sur le sol quand elle se dirigea d'un pas raide vers la cheminée de pierre. Elle était froide et vide, mais peu importait.

Les bras croisés, elle se mit à faire les cent pas. Non pas par colère, plutôt pour dépenser son excès d'énergie et avoir quelque chose à faire pendant qu'elle attendait… Dieu seul savait quoi.

A présent, elle doutait qu'ils aillent dîner, et elle était trop habillée pour quoi que ce soit d'autre. Mais retourner se cacher dans sa chambre n'était pas non plus une option, elle avait trop peur de croiser Trevor et sa bimbo rousse.

Alors, elle resta là, à arpenter le salon, jusqu'à ce qu'elle entende des pas dans l'escalier. Se préparant à la confrontation, elle laissa retomber ses bras et tenta de paraître aussi détachée, aussi imperturbable que possible.

La jeune femme était maintenant habillée, même si certaines parties de sa robe en lamé argenté semblaient peintes sur son corps tant elles étaient moulantes. Elle avait ramené ses cheveux sur le sommet de sa tête, en une couronne rouge feu, et des gros bijoux clinquants ornaient son cou et ses poignets. Sa tenue était sans doute à la pointe de la mode, mais elle la faisait ressembler à une rescapée de l'ère disco. Son maquillage avait filé par endroits, et, tous les trois ou quatre pas, elle reniflait, puis s'essuyait le nez comme si elle venait de pleurer.

Trevor, quant à lui, descendait stoïquement l'escalier derrière son amie. Une main sur la rampe, l'autre dans la poche de son pantalon, il riva son regard à celui d'Haylie.

Elle les observa pendant qu'ils se dirigeaient vers la porte d'entrée. Elle vit la femme pivoter sur ses bottes moulantes pour lancer un regard de biche à Trevor et passer son ongle manucuré sur sa cravate bleu marine.

— Tu en es sûr, Trev ? murmura-t-elle avec une moue appuyée.

Ses cils battaient à une vitesse extravagante.

A sa décharge, Trevor ne répondit pas à ses tentatives de charme, sauf pour prendre sa main et la remettre très fermement sur le côté.

— Oui, je suis sûr. Je te souhaite un bon vol, Isabelle.

Il ouvrit la porte.

Haylie aurait préféré que le départ de cette femme ne l'affecte dans un sens ou dans l'autre, mais dès que la porte se referma derrière elle, une vague de soulagement l'envahit. Uniquement parce qu'il n'y aurait pas de vilaine dispute avec Trevor. Quelle autre raison aurait pu expliquer l'apaisement qu'elle ressentait ?

Trevor vint lentement vers elle.

— Je suis navré. Ce n'est vraiment pas la façon dont je comptais commencer cette soirée.

— Ce n'est rien, dit-elle, contente que sa voix soit régulière et assurée. Tu peux inviter qui tu veux dans ton lit, ce ne sont pas mes affaires.

Cela ne semblait pas aussi détaché et distant qu'elle l'avait espéré.

S'arrêtant devant elle, il pencha la tête, et posa une main sur sa joue.

— Je ne l'ai pas invitée, dit-il doucement. Du moins, pas récemment. Nous sommes sortis ensemble il y a quelque temps, et je suppose qu'elle espérait que nous pourrions renouer.

— Puisqu'elle avait une clé de ta maison, j'imagine qu'elle avait des raisons d'espérer.

Il afficha un sourire indulgent, et elle serra les lèvres pour s'empêcher de continuer à parler. Il aurait pu prendre ses commentaires pour un signe de jalousie.

— Elle sait où je cache mon double, et je suis en train de me dire que je devrais le changer d'endroit. Et elle n'est allée dans mon lit que parce qu'elle était fatiguée. Elle est mannequin, elle vient de rentrer de sa dernière séance photo à Paris.

Un mannequin. Bien sûr. Elle aurait dû le deviner, à son corps parfait et sa chevelure éblouissante. D'ailleurs, Trevor et elle allaient très bien ensemble.

Son aversion avait dû se peindre sur son visage, car Trevor eut un petit rire et caressa sa joue.

— Ne t'inquiète pas, je l'ai renvoyée. Pour de bon. Elle ne nous ennuiera plus.

Elle ressentit un délicieux petit frisson à ses paroles, elle ne pouvait que le reconnaître. Mais l'incident lui avait rappelé qu'elle n'était pas chez elle. La Belle au bois dormant du jour faisait partie d'une longue liste de conquêtes qui accouraient dès que Trevor claquait des doigts.

Elle humecta ses lèvres.

— Il n'y a pas de nous. Pas vraiment.

Plutôt que de reculer, comme elle s'y était attendue, Trevor afficha un minuscule sourire doux-amer.

— Pour l'instant, si. Et je ne vais pas laisser la visite surprise d'une ex-présomptueuse gâcher notre relation, ni nos projets pour la soirée. Maintenant, dit-il d'un ton plus ferme, es-tu toujours intéressée par un dîner chez Chagall's, ou préfères-tu rester ici ?

Son instinct lui commandait de répondre « ni l'un ni l'autre ». L'invitée-surprise lui avait fait l'effet d'une douche froide, et l'avait tirée de son cocon rassurant mais trompeur.

Même si elle s'était elle-même mise en garde à maintes reprises, elle s'était sentie de plus en plus à l'aise sous le toit de Trevor. Dans son lit. Elle se mouvait dans son monde comme si elle y appartenait. Elle avait enfoncé la tête dans le sable, et laissé ce séjour de rêve, avec tout ce que cela comportait, la transporter.

D'un autre côté, peut-être l'arrivée impromptue d'Isabelle était-elle exactement ce dont elle avait besoin pour se souvenir qu'elle ne *devait pas* se laisser endormir.

Elle ne pouvait pas partir, car elle avait promis à Trevor de rester jusqu'à ce qu'ils soient fixés pour Bradley. Et en acceptant d'organiser le mariage d'Erica, elle s'était aussi engagée à rester durant les vacances de Noël.

Fuir avant la noce n'était certainement pas recommandé pour une organisatrice de mariages. Surtout pour avoir découvert que son amant temporaire — et accidentel — avait d'autres petites amies. Pas alors qu'elle savait depuis le début qu'il était un play-boy. Ce serait hypocrite de sa part d'être perturbée maintenant, simplement parce qu'elle avait eu une preuve en chair et en os de la vraie nature de Trevor.

Pour résumer, elle ne pouvait pas quitter Aspen puisqu'elle avait donné sa parole, ni s'apitoyer sur son sort parce qu'elle avait agi en toute connaissance de cause. Et de toute façon, il fallait qu'elle passe prendre Bradley à la crèche.

Elle prit une profonde inspiration et se força à sourire. Ce ne fut pas si difficile, d'ailleurs. Pas une fois qu'elle eut mis les choses en perspective.

Sa situation actuelle n'était peut-être pas idéale, ce n'était pas une romance de conte de fées comme elle l'aurait imaginée, mais elle avait choisi de vivre cette liaison en étant consciente de sa nature temporaire. Elle avait fait son lit, comme on dit, et tant que Trevor ne la jetait pas dehors ou qu'un autre événement ne la faisait pas changer d'avis, elle allait partager ce lit avec lui.

- 12 -

Haylie était particulièrement nerveuse. Il ne restait plus qu'une semaine avant le mariage d'Erica et de Christian. Mais, plus important, ce vendredi soir avait lieu le dîner de répétition, qu'elle avait planifié et préparé elle-même.

Ce qui signifiait que tout devait se passer sans accroc. Non seulement parce qu'elle voulait que tout soit parfait pour Erica, mais aussi parce qu'elle s'investissait énormément dans les événements qu'elle organisait.

Se retrouver dans la même pièce que tant de membres de la famille Jarrod était plus anxiogène qu'elle ne l'avait pensé. Surtout quand elle songeait à sa liaison avec Trevor.

Ses frères et sœurs étaient-ils au courant ? En avait-il parlé à certains d'entre eux, même de manière involontaire ? Quelqu'un les avait peut-être surpris trop près l'un de l'autre, ou vus se parler de façon un peu trop intime.

Et s'ils pouvaient deviner, rien qu'en la regardant, qu'elle passait ses nuits avec lui, et qu'ils faisaient l'amour de mille façons différentes ? Des façons merveilleuses, et époustouflantes, qui allaient lui manquer quand elle quitterait Aspen pour rentrer à Denver.

Rougissait-elle quand elle regardait dans sa direction ? Bégayerait-elle si quelqu'un lui demandait si elle se plaisait à Jarrod Ridge ?

Son seul espoir était qu'ils n'étaient pas intimes avec elle, même s'ils connaissaient très bien Trevor. Peut-être mettraient-ils tout comportement étrange de sa part sur le compte du stress d'une organisatrice de mariages à l'approche du grand jour ?

Guy avait demandé à certains chefs cuisiniers des restaurants du complexe de préparer le repas. Il était servi sur la terrasse du Sky Lounge, fermé pour un soir aux autres clients.

Les tables avaient été agencées selon ses plans. Une musique instrumentale et très douce baignait la salle, le vin coulait à flots, et les membres de la famille et les amis se mêlaient depuis une bonne demi-heure.

Elle avait maintenant rencontré tous les Jarrod, ainsi que leurs moitiés. Bien sûr, elle connaissait surtout Erica, étant donné le nombre incalculable d'heures qu'elles avaient passées ensemble ces dernières semaines. Et les autres femmes de la famille lui avaient été présentées pendant la journée au Spa qu'Erica avait organisée.

A présent, elle avait également rencontré tous les hommes du clan. Elle avait eu affaire à Guy et Christian de temps en temps, pour l'organisation du mariage. Et puis il y avait les frères de Trevor, Gavin et Blake, et le fiancé de Melissa, Shane McDermott.

Par chance, elle était douée pour retenir les noms et les visages — c'était une sorte de nécessité dans son travail —, sinon, elle se serait emmêlé les pinceaux. Au signal d'un employé de cuisine, elle traversa la pièce et demanda à tous les invités de prendre place. Le dîner allait être servi. En temps normal, après son annonce, elle se glissait discrètement dans l'ombre, gardant un œil sur la fête et en cuisine pour s'assurer que tout se passait bien.

Ce soir, cependant, elle remplissait un double rôle : celui d'hôtesse, et d'invitée. Erica avait insisté pour qu'elle se joigne à eux, et Trevor lui avait assuré que sa présence était plus que bienvenue. Aussi y avait-il une place pour elle, au bout de la longue table, à la gauche de Trevor. Cela lui permettrait de prendre part aux discussions, mais aussi de se lever et de s'éclipser rapidement si on avait besoin d'elle en coulisses.

Pour la première fois de la soirée, elle s'autorisa à se détendre quand les serveurs commencèrent à servir l'entrée. Jusqu'ici, tout se déroulait exactement selon ses plans, et elle ne voyait que des visages heureux.

Trevor, installé à sa droite, était habillé d'un élégant costume bleu foncé et d'une cravate d'un bleu plus clair, qui lui donnaient une fois de plus l'allure d'une gravure de mode. Peu importait ce qu'il portait — un costume, un jean et un pull, ou un bas de pyjama en flanelle —, elle le trouvait toujours très séduisant.

Et plus encore lorsqu'il était nu. Rien que d'y penser, elle en avait le souffle coupé.

Cependant, depuis le soir où une de ses ex-petites amies avait décidé de se prendre pour Boucles d'Or en grimpant dans son lit sans y être invitée, elle prit soin de compartimenter ses responsabilités d'un côté et ses émotions de l'autre. Elle avait accepté de dîner avec lui au Chagall's, s'était amusée comme si c'était un vrai rendez-vous galant, et avait chassé ses autres conquêtes de son esprit.

Ce n'était peut-être pas le meilleur choix, mais c'était celui qu'elle avait fait, celui avec lequel elle pouvait composer. En dehors de l'incident Boucles d'Or, il n'avait rien dit ni rien fait qui lui fasse penser qu'il voyait une autre femme — ou d'autres femmes, d'ailleurs — pendant qu'elle partageait sa maison et son lit.

Pour autant, elle ne se berçait guère d'illusions. Sa relation avec lui n'avait pas d'avenir, mais, pendant ces quelques semaines, elle ferait comme si l'avenir n'existait pas pour savourer le court temps qui lui restait avec lui, et oublier tout le reste.

Etait-ce du déni ? Ou une chimère ? Elle préférait voir cela comme un épisode insouciant dans sa vie si sage et si rangée.

Heather avait toujours été la rebelle de la famille, celle qui prenait des risques sans réfléchir, alors qu'elle jouait le rôle de la grande sœur prudente et posée. Tandis qu'Heather avait collectionné les hommes comme les chemises, elle n'avait guère rencontré qu'une dizaine d'hommes dans toute sa vie d'adulte… et parmi eux, certains n'avaient pas dépassé le stade du premier rendez-vous autour d'un café.

Trevor était son moyen de sortir de son rôle, pour une fois. Sa liaison avec lui n'était pas prudente… mais ce serait sans nul doute un souvenir qu'elle chérirait pendant les longues soirées d'hiver en solitaire qui l'attendaient.

Alors elle allait en profiter ! Sans culpabilité, et sans s'autoflageller après coup. Quand le rêve s'arrêterait, sans doute brutalement, elle espérait ne pas être trop dévastée, physiquement ou émotionnellement.

A côté d'elle, Trevor sourit et lui tapota le genou. Ce qui aurait encore été acceptable s'il n'avait pas laissé sa main là et qu'il ne s'était pas mis à la caresser.

Elle qui voulait se détendre, voilà qu'elle se tendait de désir, mais aussi de nervosité.

Quelqu'un allait remarquer qu'il se passait quelque chose entre eux, s'ils n'y prenaient garde. Ou, pour être plus précise, si *elle* n'y prenait garde. Trevor, lui, était tout à fait calme, impassible même. Il ne semblait en rien différent de n'importe quel autre jour, tandis qu'elle avait l'impression que son visage était un kaléidoscope d'émotions visibles par tous.

Elle était si obsédée par les battements irréguliers de son cœur et les pulsations dans ses veines qu'elle manqua les premières minutes de la conversation. Ce ne fut que lorsqu'elle entendit le mot *mariage* que son cerveau se remit à fonctionner correctement, lui rappelant qu'elle était en train de travailler, et qu'elle devait rester attentive aux moindres désirs ou besoins de ses clients.

La personne et elle ne savait même pas de qui il

s'agissait !– qui avait prononcé le mot mariage ne parlait pas des noces imminentes de Christian et Erica. Tout le monde questionnait Guy et sa compagne Avery sur leurs projets. D'après ce qu'elle avait compris, le couple se fréquentait depuis quelque temps, et la famille commençait à se demander pourquoi les deux tourtereaux n'étaient pas encore passés devant l'autel.

Avery, qui était assise en face d'elle, commençait à rougir.

— En fait, nous n'avons pas encore trouvé le temps de faire les moindres projets de mariage, dit Guy en prenant la main de sa fiancée. Et… eh bien, nous avions gardé cela secret, mais maintenant que nous avons découvert que nous allions être parents, il se peut que nous devions reporter encore un peu.

Il fallut une brève seconde pour que les mots de Guy fassent leur chemin dans les esprits, un instant durant lequel toute l'assemblée fut étrangement silencieuse. Mais une seconde plus tard, le chaos surgit. Des acclamations et des cris de joie se mêlèrent, tandis que plusieurs membres de la famille se levaient pour encercler l'heureux couple, distribuant sans retenue accolades et poignées de main chaleureuses.

Elle resta sur sa chaise. Elle faisait partie de l'assemblée, certes, mais elle n'avait pas à prendre part aux réjouissances familiales. Quand tous furent retournés à leur place, elle offrit à son tour ses félicitations.

— S'il y a quoi que ce soit que je puisse faire pour vous aider dans vos projets de mariage — quand vous serez prêts, je veux dire —, j'espère que vous me le ferez savoir.

— Oh ! ce serait merveilleux ! s'exclama aussitôt Avery.

La jeune femme poussa un soupir et posa une main sur son cœur, comme si elle était soulagée.

— A vrai dire, j'aimerais vraiment me marier avant que ma grossesse ne se voie trop, mais je me sens tellement dépassée que je ne sais même pas par où commencer.

— Je ressentais la même chose, dit Erica depuis le bout de table. Mais crois-moi, Avery, Haylie est extraordinaire. Elle a pensé aux moindres détails, et elle s'est chargée de tout avant même que j'aie l'occasion de m'angoisser. C'était si agréable de s'asseoir et de se détendre, et de laisser quelqu'un d'autre faire tout le travail et s'inquiéter à ma place !

Avec un rire, elle ajouta :

— Pardon, Haylie, mais c'est vrai. Vous m'avez sauvé la vie.

Haylie répondit par un sourire sincère.

— Tout le plaisir était pour moi. Je suis là pour ça, après tout.

Pour ça, et pour déterminer la paternité de Bradley, mais elle n'allait pas l'avouer devant deux douzaines de témoins.

— Pensez-vous…

Avery s'interrompit, se mordillant nerveusement les lèvres.

— Peut-être qu'après le mariage d'Erica et de Christian, quand vous aurez pu souffler un peu, nous pourrions nous rencontrer pour en discuter ?

Vous avez tant fait pour eux en si peu de temps. Si vous n'êtes pas trop fatiguée d'ici là, j'aimerais que nous parlions d'une autre cérémonie, petite et intime, qui aurait lieu juste après le nouvel an.

Avery regarda son fiancé pour avoir son opinion sur la question, et Guy répondit par un hochement de tête rayonnant. Quoi qu'Avery lui demande, il le lui offrirait avant même qu'elle ait fini sa phrase, Haylie en était certaine.

— Nous ne vous ferons pas d'ombre, évidemment, dit Avery à l'inttention de Melissa et de Shane.

Les jeunes fiancés, assis à l'autre bout de la table, attendaient aussi un enfant et avaient prévu de se marier le soir du nouvel an.

Haylie ne savait même pas où elle serait ce jour-là, mais puisqu'elle s'était impliquée dans le mariage d'Erica principalement pour enrichir son CV et, espérait-elle, décrocher d'autres missions auprès de clients fortunés, refuser la demande d'Avery n'aurait pas eu de sens.

Elle aiderait même Melissa pour son mariage, si la jeune femme avait besoin d'aide, mais tout était probablement déjà prêt. D'ailleurs, elle aimait travailler avec les employés de Jarrod Ridge, et serait heureuse de collaborer avec eux pour une seconde fête.

— J'en serais ravie, dit-elle.

Mais elle se rendit immédiatement compte qu'elle aurait sans doute dû consulter Trevor avant d'offrir ses services à un autre membre de sa famille.

— Si c'est d'accord pour vous, lui dit-elle.

Après tout, indépendamment des nuits qu'ils partageaient ensemble, dans l'intimité de sa chambre, il ne voudrait peut-être pas qu'elle s'attarde, une fois que les résultats des tests ADN seraient connus.

S'il se révélait être le père de Bradley, peut-être voudrait-il même qu'elle disparaisse. Et s'il ne l'était pas… eh bien, il pourrait bien la chasser de la même manière.

Mais sa réaction fut assez rapide et déterminée pour qu'elle le croie sincère quand il répondit :

— Bien sûr !

Puis il reporta son attention sur son frère et sur sa future belle-sœur.

— Mais assurez-vous de ne pas regarder à la dépense concernant ses honoraires. Cela fait un mois que je lui vante la générosité des Jarrod, et cela me déplairait beaucoup que vous ruiniez notre réputation avec un mariage bas de gamme.

Il avait dit cela d'un ton taquin, mais elle soupçonnait qu'il y avait une note de sérieux dans sa voix. Elle ne savait si elle devait être flattée qu'il défende ses intérêts… ou embarrassée par l'attention qu'il attirait. Sur elle, sur lui — sur eux deux.

— Si elle rend Avery aussi heureuse qu'Erica et qu'elle fait un travail aussi impressionnant pour nous que pour ces deux jeunes gens, dit Guy en désignant d'un mouvement de tête Christian et Erica, je lui signe un chèque en blanc. Je lui donnerai même le chéquier entier.

Trevor hocha la tête en guise d'approbation, puis se pencha vers elle et murmura :

— Tu vois, je t'avais dit que cela vaudrait la peine de rester dans les parages.

Il lui fit un clin d'œil et serra son genou sous

la table. Elle avait l'impression qu'une enseigne lumineuse était suspendue au-dessus de sa tête, sur laquelle clignotaient les mots *maîtresse de Trevor Jarrod*.

Mais, alors qu'elle allait se consumer de mortification, à son grand soulagement, la conversation prit une direction totalement différente. Le plat principal fut servi, suivi par un moka chocolat-caramel tout à fait exquis créé par Guy lui-même, et par le café.

Avant qu'elle s'en rende compte — sans doute parce qu'elle était habituée à rester en coulisses plutôt qu'à être au milieu de la scène —, Erica et Christian se levèrent, et remercièrent tout le monde d'être venu en ce jour si spécial, puis les invités commencèrent à se disperser.

Trevor prit leurs manteaux et attendit patiemment pendant qu'elle faisait un dernier tour en cuisine pour s'assurer que rien ne serait négligé. Elle lui avait dit qu'il pouvait rentrer sans elle, ou aller dans son bureau pour rattraper le travail qu'il avait quelque peu délaissé, elle le savait, depuis qu'elle avait surgi dans sa vie et l'avait chamboulée. Mais il avait refusé, et s'était simplement installé au bar pour finir le verre de scotch qu'il avait gardé pendant tout le dîner.

Quand elle fut enfin prête, ils sortirent du restaurant et se dirigèrent vers le hall principal du manoir. Quelques clients s'affairaient encore, mais il était assez tard, aussi les couloirs étaient-ils moins bondés que d'habitude.

A sa grande surprise, quand ils approchèrent de la

sortie qui menait au parking, Trevor lui prit la main, et la garda jusqu'à ce qu'ils arrivent à la voiture.

Il avait dû être certain que personne ne les verrait, sinon il n'aurait pas risqué un geste aussi intime.

Elle se répétait régulièrement que leur liaison n'était qu'une petite aventure qui les arrangeait tous les deux, une façon distrayante de passer le temps pendant son séjour à Aspen, mais ces derniers jours ce raisonnement devenait de plus en plus difficile à tenir.

Trevor était un homme exceptionnel. Il était beau, intelligent, talentueux. Alors qu'il aurait pu se contenter de vivre de ses rentes, il avait fondé sa propre société et construit sa réussite tout seul. Il était prévenant, gentil, merveilleux avec le bébé…

Il était tout ce qu'elle aurait attendu de l'homme idéal. Ironie du sort, il était celui dont elle devait le plus se méfier sur terre. Celui qu'elle aurait dû avoir l'intelligence d'éviter.

Pour commencer, venir à Aspen lui annoncer l'existence de Bradley n'avait pas été une idée brillante. Se laisser convaincre de séjourner chez lui en attendant les résultats des tests de paternité, encore moins. Mais coucher avec lui… et continuer de coucher avec lui alors qu'elle était avertie était tout bonnement une prise de risque absurde.

Elle ne pouvait pas tomber amoureuse de lui. Même si son cœur bondissait dès qu'il entrait dans une pièce. Et qu'une onde de chaleur l'envahissait à la première bouffée de son parfum.

Peu importait qu'elle se surprenne à vouloir passer toujours plus de temps avec lui, même si c'était simplement pour partager un repas, ou regarder la télévision. Ou que faire l'amour avec lui soit l'expérience la plus époustouflante de sa vie. Et que chaque nuit semble encore plus inoubliable que la précédente.

Non, rien de tout cela ne comptait, car tomber amoureuse de lui aurait été non seulement idiot… mais également vain.

Quand bien même elle commencerait à développer des sentiments troubles pour Trevor… et ce n'était pas le cas, enfin, pas vraiment… elle était sûre que lui se sentait totalement libre. Il profitait simplement de leur liaison temporaire — et quel homme à qui l'on offrait le luxe d'une maîtresse à demeure et sans attaches ne le ferait pas ? Mais pour lui, c'était une relation purement physique, elle en était certaine.

Ce qui lui convenait très bien, à elle aussi. De toute façon, elle rentrerait bientôt à Denver, et ferait mieux d'adopter le même état d'esprit que lui.

Bien sûr, garder en tête que ce qu'ils partageaient se limitait à une relation sexuelle ne l'empêchait pas de se réjouir à l'avance de leur prochaine nuit de plaisir. Quand il engagea lentement la voiture dans l'allée et s'arrêta dans le garage, elle se demanda si Bradley serait déjà endormi, et à quelle vitesse ils pourraient se débarrasser de la baby-sitter qu'il avait engagée pour la soirée.

Lorsqu'ils sortirent du véhicule, il la prit de nouveau par la main, jusqu'à la porte d'entrée. La baby-sitter, une étudiante qui travaillait à temps partiel dans un des restaurants du complexe, était installée sur le canapé. Elle portait Bradley dans ses bras. Il était encore éveillé, et mordillait l'oreille d'un lapin en peluche.

Après avoir retiré son manteau, Haylie se chargea de Bradley pendant que Trevor raccompagnait la jeune fille jusqu'à sa voiture.

— Je vais coucher Bradley, dit-elle quand il revint. Et voir si je peux le faire dormir.

— Je te rejoins dans quelques minutes.

Il la regarda monter les marches. C'était un spectacle trop joli pour le manquer.

Quand elle disparut à l'angle du couloir, il desserra sa cravate et gagna son bureau — ou plutôt, ce qui était autrefois son bureau. Parce qu'il avait insisté, Haylie avait fait de la spacieuse pièce son quartier général, mais il avait encore le droit d'y entrer, tant qu'il promettait de ne rien déranger.

Etonnamment, l'ordre de ne toucher à rien était venu d'Erica, et pas d'Haylie. Même si elle était de plus en plus à l'aise, elle se comportait encore en invitée et non en… ce qu'elle était, même s'il n'y avait pas de mot pour cela. Elle demandait encore si elle pouvait utiliser le scanner ou étaler ses documents dans la cuisine. Et ces questions le dérangeaient, plus qu'il ne l'aurait cru.

Erica, en revanche, n'avait pas de tels scrupules. Elle aurait étripé quiconque aurait déplacé un échantillon de menu ou posé ne serait-ce qu'un doigt sur la robe à dix mille dollars qu'Haylie était passée prendre en début de semaine.

Prenant donc soin de ne rien déplacer, Trevor s'assit dans le fauteuil et alluma l'ordinateur. En attendant que le système démarre, il consulta sa boîte vocale.

Il n'y avait qu'un message, mais en reconnaissant la voix du Dr Lazlo, il sentit son cœur s'accélérer. Il ne savait pas encore quelle serait la teneur du message que déjà ses muscles se tendaient, et son torse se serrait avec un mélange d'anticipation et de terreur.

— Monsieur Jarrod, c'est le Dr Lazlo. Je sais qu'il est tard, mais les résultats de vos tests viennent de me parvenir, et je sais que vous êtes impatient de les connaître. Je serai à mon cabinet encore une heure ou deux. Ensuite, vous pourrez me joindre sur mon téléphone portable. Je serai à votre disposition tout le week-end, au cas où vous n'auriez pas ce message ce soir.

Le médecin donnait ensuite ses deux numéros, et il les nota rapidement.

Le cœur battant, il composa le premier. Voilà, c'était le moment de vérité. Dans les prochaines minutes, il saurait si Bradley était ou non son fils.

Quelques semaines plus tôt, il avait espéré que les résultats soient négatifs.

Mais c'était avant qu'Haylie et Bradley n'emménagent chez lui. Avant qu'il ne sache comment changer une couche, préparer un biberon, donner le bain à un bébé. Toutes ces choses qu'il n'aurait jamais cru apprécier… mais qui ne le rebutaient plus, il s'en rendait compte à présent.

Il les attendait, même. Il se réjouissait de se réveiller le matin et de voir les yeux vifs de Bradley et ses adorables joues rebondies. Il lui tardait de le porter pendant qu'il avalait son biberon, ou d'éviter les éclaboussures de purée de carottes pendant qu'il essayait de le nourrir.

Et puis, il y avait Haylie. Il n'avait *vraiment* pas prévu de s'attacher à elle, pourtant il était impatient de la voir chaque matin, elle aussi. De préférence, juste à côté de lui dans son lit, nue, et accueillante.

Non seulement elle était belle, mais encore elle n'avait aucun problème à lui tenir tête, ce qui en soi était admirable. Il admirait aussi la façon dont elle s'était investie pour offrir un mariage parfait à Erica, sans compter ses heures. Si l'on ajoutait à cela l'amour infini qu'elle témoignait à Bradley, il était possible qu'elle soit aussi proche de la femme idéale qu'on pouvait l'être.

Jamais il n'aurait pensé réfléchir ainsi un jour. Il était bien plus habitué aux jolies filles superficielles. Et il s'en était accommodé, car il ne restait jamais avec elles très longtemps.

Mais Haylie était différente. Elle le poussait à réfléchir autrement. Avec elle, il envisageait autre chose qu'une « distraction temporaire ».

Avant qu'il puisse approfondir le sujet, le médecin décrocha à l'autre bout de la ligne.

— Docteur Lazlo, c'est Trevor Jarrod.

Il n'avait pas besoin d'en dire plus ; ils savaient tous deux la raison de son appel.

Une minute plus tard, il remercia le médecin pour le temps qu'il lui avait accordé, puis reposa le téléphone sur son socle et s'adossa à son fauteuil. Puis il libéra le soupir qu'il avait retenu depuis une éternité.

— Alors, dit Haylie depuis la porte, est-ce que tout va bien ?

Il leva la tête vers elle, et resta muet. Il admirait ses longs cheveux lumineux, sa bouche bien dessinée, sa silhouette si féminine. Enfin, il se leva et se dirigea vers elle.

— J'ai une nouvelle à t'annoncer, dit-il doucement.

Elle pencha la tête sur le côté.

— Une bonne nouvelle, j'espère.

— Je pense, oui, dit-il avec franchise. Le médecin a appelé pendant que nous étions absents, les résultats des tests sont arrivés. Je *suis* le père de Bradley.

Il ne savait pas vraiment ce qu'il avait attendu. Des acclamations, ou un *je te l'avais dit* triomphal, peut-être ? Au lieu de cela, une expression qui ressemblait fort à de la détresse passa sur les traits d'Haylie, rapidement réprimée et remplacée par une indifférence stoïque.

— C'est génial. Merveilleux. Je suis contente pour toi.

Les notes aiguës de sa voix et la rapidité de son débit contredisaient ses paroles et, pour une étrange raison, cela le contraria beaucoup. N'était-ce pas elle qui avait surgi dans son bureau sans prévenir, pour l'informer sans ambages qu'il était le père de Bradley ? Elle aurait dû être ravie d'avoir eu raison, ou même pavoiser.

Mais, aussi rapidement que sa contrariété était montée, elle disparut quand il comprit ce qu'Haylie devait ressentir. Soit, elle avait raison, il était le père de Bradley. Mais elle se demandait sans doute ce qu'il allait advenir d'elle. Allait-il se battre pour avoir la garde totale de Bradley ? Lui prendrait-il le bébé et la rayerait-il à jamais de la vie de son neveu ?

Il ne savait pas vraiment s'il réclamerait une garde exclusive ou partagée, mais il était certain qu'il ne l'empêcherait jamais de voir son neveu. Il ne ferait cela ni à elle ni à Bradley.

Et en une seconde, il sut exactement ce qu'il devait faire.

— Alors, maintenant que nous sommes fixés, je pense savoir quelle devrait être la prochaine étape.

Il vit ses lèvres se pincer et son visage pâlir. Il ne voulait surtout pas laisser la nervosité envahir la jeune femme, ni d'horribles scénarios s'échafauder dans sa tête alors qu'il pouvait rapidement mettre un terme à toutes ces angoisses infondées.

— Je pense que nous devrions nous marier.

- 13 -

Haylie avait l'impression d'être ballottée d'une émotion à l'autre, comme une malheureuse boule de flipper. Elle avait monté l'escalier avec l'espoir d'endormir Bradley, pour redescendre au plus vite se jeter dans les bras de Trevor. Puis l'angoisse l'avait saisie quand elle avait su qu'il n'y avait plus de doute sur sa paternité, et qu'il pourrait demander la garde exclusive. Enfin, sa demande en mariage, choquante et inattendue, l'avait totalement désarçonnée.

Durant une longue minute, elle retint son souffle. Elle ne pouvait que rester là, à dévisager Trevor et à cligner stupidement des yeux pendant que son esprit tentait de trouver un sens à la situation.

— Je… je…

Elle était à court de mots.

— Cela tombe sous le sens, dit-il, l'air aussi ému et romantique qu'une poignée de porte. Tu es la tutrice légale de Bradley. Nous savons qu'il est mon fils biologique. Et cette semaine, nous avons eu la preuve que nous sommes plus que compatibles sur le plan physique.

Il lui prit le poignet, et esquissa un sourire.

— Le mariage me semble la solution idéale à tous nos problèmes. Cela apaisera toutes les inquiétudes sur la garde de Bradley, cela empêchera la presse de nous harceler dès qu'ils apprendront que j'ai conçu un enfant avec une parfaite étrangère, et cela offrira à Bradley ce dont il a le plus besoin — un père *et* une mère aimants.

Elle déglutit, essayant de reprendre le contrôle de ses émotions déchaînées, de mettre un semblant d'ordre dans ses pensées emmêlées.

D'un côté, elle était heureuse qu'ils aient enfin la réponse et que Trevor sache que Bradley était son fils. C'était la preuve qu'elle n'avait pas menti, et qu'elle ne l'avait pas piégé pour faire fortune.

De l'autre côté, cette nouvelle faisait exploser la bulle dans laquelle elle vivait ces dernières semaines, une bulle qui lui laissait croire que tout allait bien, et que sa liaison avec Trevor durerait toujours.

Elle avait toujours su que ce ne serait pas le cas, mais elle ne s'était pas attendue à ce que son rêve prenne fin de façon si abrupte, ou de cette manière.

Et surtout, jamais elle n'aurait cru que Trevor lui demanderait de l'épouser.

Le fait qu'ils aient une relation sexuelle épanouissante n'était *pas* une raison suffisante pour se marier. Ni qu'ils veuillent tous deux avoir Bradley dans leur vie. Trevor voyait les choses autrement, à l'évidence.

Il avait donné à sa demande l'air d'une proposition professionnelle. C'était une sorte de marché, qui leur serait profitable à tous les deux.

Peut-être serait-ce le cas. Sur le papier, tout cela semblait logique.

Ils voulaient Bradley autant l'un que l'autre et, en se mariant, ils pourraient l'avoir tous les deux.

Elle s'entendait bien avec ses sœurs, et avait prouvé qu'elle était capable d'organiser des événements de grande envergure à Aspen, à Denver et au-delà.

Ils s'entendaient à merveille sur le plan sexuel. Si leur mariage était sans amour, il ne manquerait pas de passion.

Mais c'était là le problème, non ? Une union entre eux serait totalement dépourvue de ce dont elle aurait le plus besoin — d'*amour.*

Pire, elle craignait que ce ne soit vrai que pour lui. Elle, en revanche, était déjà amoureuse de lui, n'est-ce pas ? Au moins un peu. Cela paraissait impossible, étant donné qu'ils se connaissaient depuis trois semaines à peine, mais c'était pourtant vrai.

Comment accepter un mariage de convenance avec lui, puis passer le reste de sa vie à l'aimer, en sachant que lui ne l'aimerait jamais en retour ? S'il retournait à ses vieilles habitudes de play-boy, et qu'il couchait avec d'autres femmes… *Cela* la tuerait, certainement.

— Je… je…

Voilà qu'elle bégayait de nouveau. Elle prit une profonde inspiration avant de reprendre.

— Non, parvint-elle à dire fermement. Non, je ne pense pas que ce soit une bonne idée du tout. Je n'ai pas besoin d'un certificat de mariage pour subvenir aux besoins de Bradley, ni de ton argent. Je suis parfaitement capable de m'occuper de lui toute seule, à Denver, comme je l'ai fait depuis le jour de sa naissance. Tu pourras le voir, bien entendu.

Quand tu veux. Je suis sûre que nous pourrons nous accorder sur un calendrier de visites raisonnable. Mais je ne vais pas t'épouser juste parce que tu penses que ce serait pratique et agréable.

Pendant une minute, elle crut qu'il n'allait pas réagir. Mais elle sut, en voyant ses yeux se plisser et ses lèvres se serrer, qu'il n'était pas satisfait de sa réponse. Il relâcha son poignet et croisa les bras, en la fixant de son regard sombre et glacial.

— Je crains que ce ne soit pas acceptable, répondit-il d'un ton péremptoire. Un enfant devrait connaître ses *deux* parents. Je suis le père de Bradley et, en pratique, tu es sa mère. Je ne veux pas qu'il soit ballotté entre nous comme un vulgaire bagage. Je n'ai appris que récemment que j'avais une demi-sœur, et je commence à peine à connaître mon propre fils. Il est hors de question que je le laisse s'éloigner de nouveau.

— Est-ce la seule raison pour laquelle tu veux te marier ? demanda-t-elle calmement.

Elle se surprit à retenir son souffle en attendant sa réponse. Peut-être avait-il des sentiments pour elle. Même si ce n'était pas un amour fou et éternel, peut-être y avait-il *quelque chose.* Quelque chose sur lequel ils pourraient construire une vraie relation, et qui lui donnerait de l'espoir pour l'avenir.

— Bien sûr. Le mariage est le meilleur plan d'action possible pour que nous obtenions tous les deux ce que nous voulons.

Si elle avait espéré des pétales de rose, des sérénades et des déclarations d'amour pleines de passion, elle en aurait été pour ses frais.

— Je suis navrée, dit-elle en secouant la tête. Je ne peux pas.

La tristesse de ses paroles reflétait celle de son âme.

Elle le sentit se fermer avant même qu'il ne recule et ne prenne ses distances physiquement.

— Moi aussi, je suis navré, fit-il d'une voix dure. Et je te conseillerais de reconsidérer ta position. Si tu m'y obliges, je crains de devoir employer les grands moyens. Je réclamerai la garde exclusive de Bradley, Haylie, et tu sais qu'en tant que père biologique, tous les tribunaux me l'accorderont.

Et encore, il n'avait même pas mentionné son pouvoir, sa fortune, son influence. Il avait raison : devant un tribunal, elle perdrait, à tous les coups.

Prenant soin de ne pas la toucher, il passa devant elle et sortit du bureau, la laissant seule pour réfléchir à sa menace si peu voilée.

Pour la première fois depuis qu'Haylie avait commencé à partager son lit, Trevor se réveilla seul. Ce devait être son imagination qui le poussait à croire que la pièce était plus silencieuse, les draps plus froids et moins accueillants sans elle.

Avec un peu de chance, elle reviendrait bientôt dans son lit.

La veille au soir, ils s'étaient tous deux couchés fâchés. Après avoir été repoussé par la seule femme qu'il ait jamais demandée en mariage, il avait laissé la colère le dominer, et avait explosé, pour soigner son ego blessé.

Il était sûr qu'elle non plus n'avait pas eu le cœur à se réjouir après leur discussion. Il n'avait pas voulu la menacer, pourtant, en affirmant qu'il réclamerait la garde de Bradley, c'était exactement ce qu'il avait fait.

Il devait sûrement y avoir un compromis à faire, un terrain d'entente à trouver, pour le bien de Bradley. Il pensait toujours que le mariage était la meilleure solution. L'avoir chaque soir et chaque matin dans son lit, partager sa maison avec elle, élever Bradley en sa compagnie, il y avait pire comme situation.

Plus il y songeait, plus il aimait cette idée. Il la lui soumettrait de nouveau, plus tard. Peut-être à la lumière du jour serait-elle plus sensible à ses arguments.

Après une douche rapide, il s'habilla puis descendit, s'attendant à la trouver en bas avec Bradley, en train de se préparer pour partir au Ridge avec lui. Mais le rez-de-chaussée était étrangement tranquille, et la cuisine vide, et dans l'état exact où ils l'avaient laissée la veille.

Intrigué, il vérifia les autres pièces pour s'assurer qu'elle n'était pas cachée quelque part, à travailler sur un autre mariage. Ses recherches s'avérant vaines, il remonta et s'arrêta devant la chambre d'Haylie. La porte était *close*, alors qu'en temps normal elle la laissait ouverte la journée, ou quand le bébé et elle n'y étaient pas.

Il frappa doucement. N'obtenant pas de réponse, il frappa de nouveau et appela son prénom. Toujours rien.

Alors, il ouvrit la porte… La pièce était aussi

vide que le reste de la maison. Le lit était fait. Il n'y avait plus aucune affaire du bébé dans le berceau ni sur la table à langer ; le placard et la salle de bains avaient été totalement vidés.

Un frisson de terreur glacé commença à descendre le long de sa colonne vertébrale, et son ventre se noua. Si leurs affaires n'étaient plus là, alors cela voulait dire…

Il descendit les marches deux par deux pour continuer ses recherches. Partout. Dans chaque pièce, chaque recoin, et même dans le garage. La Cadillac était toujours là, mais la vieille berline d'Haylie avait disparu. Comme, il le craignait, Haylie et Bradley.

Elle l'avait quitté. Elle avait fait ses valises dans la nuit, et était partie. Pour regagner Denver, sans nul doute. Et cela sans un mot. Sans même laisser un message.

Bon sang ! Il ne savait pas à qui il en voulait le plus. A Haylie d'être partie — avec son propre fils, par-dessus le marché — ou à lui-même, pour avoir tout gâché à cause de leur différence d'opinion.

Sans savoir ce qu'il devait faire ni comment aborder la situation, il grimpa au volant de son Hummer, et prit la direction du manoir. Il irait au bureau, comme il l'avait prévu. Il évacuerait sa colère et ses frustrations devant son ordinateur, et peut-être sur les pistes.

Il n'allait certainement pas se précipiter à Denver, en courant après elle comme un idiot amoureux. Du moins, pas tant qu'il ne saurait pas quel plan d'action il allait adopter à présent.

*
* *

Plusieurs heures plus tard, Trevor avait ouvert plusieurs fenêtres sur son écran d'ordinateur, étalé différents dossiers sur son bureau… pourtant, il n'avait pas l'impression d'avoir avancé d'un pouce.

On frappa à la porte, ce qui accrut son degré de contrariété, qui avait déjà atteint un niveau paroxystique au fil des heures.

— *Quoi ?* répondit-il d'un ton brusque, sans prendre la peine de lever les yeux.

Un des avantages de travailler le week-end, c'était qu'il y avait moins d'interruptions. En théorie.

Quand il leva la tête, il fut surpris de voir son frère aîné, Blake.

L'air aussi impressionnant qu'à l'accoutumée, Blake incarnait son rôle de chef de famille et de Jarrod Ridge comme il portait son costume Armani taillé sur mesure : à merveille.

Sans attendre d'invitation, il s'assit face à lui.

— Il paraît que tu es d'une humeur massacrante aujourd'hui, et que tu passes tes nerfs sur ta talentueuse et adorable assistante. Si tu continues, je crains qu'elle ne démissionne.

Avec un soupir, Trevor posa son stylo et se frotta les yeux.

— Je sais. Je lui ferai porter des fleurs et j'augmenterai sa prime de Noël.

— De vraies excuses, ce serait bien, aussi, dit Blake avec un sourire.

Trevor opina.

— Je le ferai avant de partir, tout à l'heure.

— Bien.

Son frère lissa un pli sur son pantalon, et parut chercher ses mots.

— Alors quelle est la cause de cette soudaine irritabilité ? demanda-t-il enfin. Tu aimerais m'en parler ?

Trevor s'adossa à sa chaise, et croisa les mains devant lui. Son grand frère n'était pas le pire des confidents, après tout.

— Haylie est partie.

Le simple fait de le dire lui faisait mal, et imaginer sa maison comme il l'avait vue ce matin — terriblement vide —, encore plus.

— Partie ? répéta Blake. Tu veux dire, pour toujours ?

— Elle a fait ses valises et celles du bébé, et elle est repartie à Denver, dit-il d'une voix sombre.

Les mots semblaient lui lacérer la langue.

— Y a-t-il une raison pour qu'elle se soit envolée comme ça ?

Trevor prit une grande inspiration, puis expira lentement.

— Les résultats du test de paternité sont arrivés. Bradley est mon fils.

Blake ouvrit de grands yeux.

— C'est génial.

Puis, après une seconde, il ajouta :

— C'est une bonne nouvelle, n'est-ce pas ?

— Evidemment, répondit-il sans la moindre hésitation.

Il n'avait peut-être pas prévu de devenir père à ce stade de sa vie, ni même plus tard, mais maintenant que Bradley était là, et qu'il était certain qu'il était son fils… son cœur était sur le point d'exploser d'amour et de fierté pour cet enfant. Il lui manquait. Déjà.

— J'en conclus qu'Haylie ne ressent pas la même chose, dit Blake avec prudence. Est-ce qu'elle va se battre pour avoir sa garde ?

— Je ne sais pas, avoua Trevor avec franchise. Nous ne sommes pas allés aussi loin dans la discussion.

— Alors pourquoi est-elle partie ?

Trevor fit la moue.

— J'imagine que cela la mettait mal à l'aise de vivre avec moi après que je l'ai demandée en mariage et qu'elle a refusé.

Blake poussa une exclamation de surprise et recula sur sa chaise.

— Eh bien ! Je suis étonné, je l'avoue. A la façon dont vous vous entendiez tous les deux ces dernières semaines, j'aurais pensé qu'elle accepterait. Ou du moins, qu'elle resterait assez longtemps pour voir où votre relation pouvait vous mener.

— A qui le dis-tu.

— Je n'aurais jamais cru voir le jour où une femme te refuserait quoi que ce soit, petit frère, dit Blake d'un ton léger. Surtout si tu as lui dit que tu l'aimais.

Trevor ouvrit de grands yeux.

— Quoi ? fit-il en s'agitant dans son fauteuil. Qui a parlé d'amour ?

L'espace d'un instant, un silence mortel résonna dans la pièce.

— Dis-moi que tu ne l'as pas demandée en mariage sans lui dire que tu l'aimais.

Comme Trevor ne répondait rien, Blake poussa un soupir incrédule.

— A quoi pensais-tu, bon sang ? dit-il d'un ton réprobateur.

Trevor se redressa et posa les coudes sur son bureau.

— Il ne s'agit pas d'amour, il s'agit de ce qui est le mieux pour Bradley.

— C'est-à-dire ?

— D'avoir deux parents aimants dans sa vie, à plein temps. Pas d'être ballotté d'une maison à l'autre, et d'un parent à l'autre.

Blake était à même de comprendre ses préoccupations de père, puisqu'il attendait un enfant. Mais lui au moins était au courant de la grossesse, et pourrait préparer l'arrivée de son bébé, songea Trevor avec amertume.

— D'accord. A cent pour cent, répondit Blake. Mais ce n'est pas de ça qu'il s'agit, non ? Tu parles d'utiliser un certificat de mariage pour avoir une nounou à domicile, une nounou qui réchauffera aussi ton lit.

Trevor cligna des yeux, choqué. Qu'est-ce qui prenait à Blake de faire une remarque aussi grossière ? Et tout à fait hors de propos, qui plus était.

— Ne sois pas ridicule. Si je voulais une nounou à plein temps, à demeure ou non, il me suffirait d'en engager une.

— Alors pourquoi épouser Haylie ?

— Parce que c'est la tante de Bradley, et qu'elle l'a élevé depuis sa naissance. Elle pourrait aussi bien être sa vraie mère, tant elle l'aime.

— C'est juste, dit Blake lentement. Et tu veux l'épouser parce que…

Trevor fronça les sourcils.

— Je viens de te le dire.

— Non, tu m'as dit que tu voulais garder Haylie dans la vie de Bradley, et qu'elle vienne vivre à Aspen parce que c'est plus pratique plus toi. Ce que tu ne m'as *pas* dit, c'est pourquoi tu veux faire d'elle ta femme. Pourquoi tu veux l'aimer et l'honorer, dans la maladie comme dans la santé, etc. Je suis sûr que tu connais la suite.

De plus en plus contrarié par les charades obscures de Blake, Trevor soupira et frotta l'arête de son nez. Un épouvantable mal de tête le menaçait.

— Où veux-tu en venir ? demanda-t-il.

— Etant donné ton passé de tombeur, j'aurais cru que tu aurais déjà compris. Mais *ce que je veux dire*, petit frère, c'est qu'aucune femme n'a envie qu'on lui demande sa main juste parce qu'on cherche une nounou à plein temps. Elles veulent des fleurs, des chocolats, du romantisme. Un diamant de la taille d'une noix ne ferait pas de mal non plus. Tu ne peux pas te contenter de dire : « Tiens, je pense que nous devrions nous marier, histoire de vivre sous le même toit et d'élever mon fils ensemble. » Surtout pas à une femme indépendante et talentueuse comme Haylie.

Eh bien, présenté comme ça…

Trevor sentit son ventre se nouer quand il se rendit compte que c'était exactement ce qu'il lui avait proposé. Il lui avait fait une demande directe, sans ambages, sans émotion.

Pire, il ne lui avait même pas *demandé* de l'épouser. Non, il lui avait simplement dit que, selon lui, c'était ce qu'ils avaient de mieux à faire. Il avait déjà mis plus d'enthousiasme à défendre des partenariats commerciaux qu'à proposer le mariage à une femme qu'il appréciait sincèrement.

A sa décharge, tout cela était nouveau pour lui. Il n'avait jamais envisagé de *demander* une femme en mariage auparavant. Jamais il n'avait réfléchi à l'idée de passer le reste de sa vie avec quelqu'un. L'« amour » était encore loin de ses préoccupations, c'était une notion trop déconcertante pour lui, mais il était disposé à admettre qu'il ressentait *quelque chose* pour Haylie.

Plus que ce qu'il éprouverait pour une simple nounou à domicile, en tout cas, faillit-il lancer à Blake. Mais, apparemment, il s'était suffisamment ridiculisé aux yeux de son aîné, et il décida de se taire.

— Est-ce que tu écouterais un conseil venant de ton grand frère ? demanda Blake.

— Bien sûr.

Au point où il en était, tout était bon à prendre.

— Analyse ce que tu ressens pour elle. Ce que tu ressens *vraiment* pour elle. Et si l'idée de continuer ta vie sans elle te donne envie de te cacher dans un trou et de disparaître, ne perds pas une minute de plus à penser aux *pourquoi* et aux *et si*. Va la trouver, et dis-lui ce que tu éprouves. Utilise le mot qui commence par un grand A, sans retenue, et avec enthousiasme. Moi aussi, j'ai laissé ma fierté faire obstacle à l'amour bien trop longtemps, alors, tu peux me croire quand je te dis que tu ne le regretteras pas.

Sur ces paroles, Blake se leva, lissa sa veste et se dirigea vers la porte. Main sur la poignée, il se retourna vers lui.

— Pour ton information, dit-il calmement, nous apprécions tous Haylie, vraiment. Elle te fait du bien. Et personnellement, je pense que tu serais fou de la laisser partir.

Sans attendre de réponse — d'ailleurs, Trevor n'en avait pas à lui offrir —, Blake sortit.

Ainsi, ses frères et sœurs et leurs conjoints appréciaient tous Haylie, et avaient manifestement fait des conjectures sur leur relation. Il aurait dû être contrarié, mais, étonnamment, il ne l'était pas. Il voulait que sa famille l'apprécie.

Ce qu'il devait déterminer, comme Blake l'avait suggéré, c'était ce que *lui* ressentait pour elle. Et ce qu'il allait faire une fois que ce serait fait.

- 14 -

Pourquoi était-ce quand elle était pressée que tout semblait se mettre en travers de son chemin ?

La dernière chose dont Haylie avait besoin — car elle *était* en retard —, c'était d'une interruption de plus. Et pourtant, on avait bien sonné à sa porte, à cette heure matinale.

Bradley l'avait gardée éveillée une bonne partie de la nuit, car il avait décidé de faire une colique et d'être trop ronchon pour se rendormir, aussi était-elle déjà terriblement en retard. Pour son premier jour au bureau après une si longue absence, cela tombait mal. Ses employés étaient tout à fait compétents et fiables, mais elle savait qu'elle allait devoir rattraper des tonnes de travail.

A présent, elle regrettait de ne s'être accordé qu'un court week-end de repos avant de reprendre le collier. Pourquoi n'était-elle pas restée tranquillement chez elle, sans faire savoir à personne qu'elle était de retour ? Elle aurait dû passer quelques jours au lit avec un seau de friandises et une pile de DVD romantiques.

Et ce n'était pas tout. En plus de son travail à Denver, elle allait devoir retourner à Aspen dès le lendemain… et sans doute plusieurs fois dans la semaine, car le mariage d'Erica avait lieu ce vendredi. Car, malgré ce qu'elle éprouvait en ce moment envers Trevor, il était hors de question qu'elle fasse faux bond à Erica.

Certes, elle était partie sans prévenir, et sans penser à tout ce qu'impliquerait sa soudaine disparition. Mais dès qu'elle était rentrée chez elle, elle avait téléphoné à Erica pour la prévenir.

Elle n'avait pas mentionné Trevor, même si cela n'avait pas été facile. Elle avait craint de fondre en larmes si elle parlait de lui, ou si elle faisait ne serait-ce que penser à lui pendant leur conversation.

Alors, elle s'en était tenue aux faits ou, du moins, aux faits qu'elle avait inventés pour Erica. Elle avait prétendu avoir été rappelée à Denver pour une urgence professionnelle, mais lui avait assuré qu'elle reviendrait à Aspen aussi souvent que nécessaire, et que son mariage se passerait à merveille.

Elle comptait bien tenir sa promesse. Elle espérait juste qu'en évoluant à Jarrod Ridge — au manoir, surtout —, elle ne croiserait pas Trevor.

Elle pourrait engager quelques assistantes de plus pour effectuer ses courses pour elle, afin de pouvoir se cacher dans une arrière-salle où personne ne serait susceptible de la trouver. Et il lui faudrait demander à quelqu'un de passer chez Trevor prendre tout ce qui avait trait au mariage d'Erica.

Avec un gémissement, elle déplora une fois de plus son départ précipité. Elle aurait dû rester quelques jours de plus, même en sachant qu'il la voulait comme maîtresse et comme nounou de Bradley, mais qu'il ne la voulait pas *elle* réellement.

La sonnerie retentit de nouveau. Elle avait envie de s'arracher les cheveux. A la place, elle marmonna un juron. Le bébé s'agitait, elle avait renversé du lait sur la première tenue qu'elle avait enfilée, et elle ne trouvait plus ses clés. La dernière chose dont elle avait besoin, c'était qu'un visiteur la retarde encore plus.

Mieux valait pour cette personne que ce soit pour une raison valable, comme une fuite de gaz ou un incendie. Si c'était juste un de ces insupportables vendeurs ou un voisin à court de sucre, elle ne répondait pas de ses actes.

Tandis que Bradley geignait sur son siège, elle courut à la porte, cherchant ses clés au passage. Elle ouvrit avec l'intention de dire : « Ça ne m'intéresse pas », quelle que soit la chose qu'on essaierait de lui vendre, mais s'arrêta net.

La première chose qu'elle vit, ce fut le bouquet de fleurs. Un bouquet géant de lis orientaux et de roses, presque aussi large que la porte. Puis une énorme boîte emballée dans du papier doré. Et enfin, quand elle leva les yeux, elle vit Trevor.

Il portait un de ses costumes taillés sur mesure, il était rasé de frais, et ses cheveux étaient savamment ébouriffés. En un mot, il était beau à se damner.

Sa bouche s'assécha, et la tête lui tourna.

Puis elle se souvint de leur dernière conversation, et du fait qu'il l'avait menacée de lui prendre Bradley par tous les moyens. Elle serra la poignée de la porte, prête à la lui claquer au nez, voire à prendre le bébé et à s'échapper par une fenêtre, s'il le fallait.

— Qu'est-ce que tu fais ici ? demanda-t-elle

en essayant de ne pas laisser la colère ou la peur percer dans sa voix.

— J'ai eu un week-end difficile après ton départ, dit-il sans ambages.

Il semblait tendu.

— J'ai tourné dans la maison comme un lion en cage, sans répondre au téléphone ni consulter mes e-mails. Je n'ai même pas skié ni avancé dans mon travail, ce que je fais pourtant d'habitude quand j'ai besoin de réfléchir. J'ai également eu une conversation à cœur ouvert avec mon frère Blake. Entre autres choses, il a souligné que les femmes n'appréciaient pas nécessairement qu'on leur ordonne de se marier pour des raisons pratiques. Elles veulent des fleurs, des chocolats, et du romantisme. Alors, me voilà, avec les fleurs et les chocolats, au moins.

Il les lui tendit. Prise au dépourvu, elle lâcha la porte pour les prendre, et les serra contre elle.

— Quant au grand geste romantique…

Il sortit de sa poche une petite boîte de velours en forme de cœur — qui ressemblait un peu trop à un écrin de bague de fiançailles — et se mit sur un genou.

Oh ! bonté divine. Etait-ce vraiment en train d'arriver, ou rêvait-elle ? Elle ouvrit de grands yeux tandis que la pièce commençait à tourner autour d'elle. Son esprit tentait désespérément de trouver du sens non seulement à la soudaine apparition de Trevor sur son seuil, mais aussi à ses mots et à ses actes.

— Ça me fait mal de le reconnaître, mais Blake est quelqu'un d'intelligent. Il m'a aussi dit que si je voulais simplement une femme pour aimer et prendre soin de Bradley, je pouvais engager une nounou. Mais que si je tenais à toi, je devais cesser d'être un idiot et t'avouer mes sentiments.

Son cœur battait si fort que ses oreilles bourdonnaient. Allait-il dans la direction à laquelle elle pensait ? Peut-être ne l'avait-elle pas bien entendu. Peut-être était-il là pour lui annoncer qu'il avait justement engagé une nounou pour Bradley, et les chocolats et les fleurs n'étaient-ils là que pour adoucir le coup.

— C'est après cette discussion que mon week-end agité a commencé. Quand je me suis mis à réfléchir, je me suis rendu compte que mon frère avait raison. Il n'y a pas que Bradley que j'aime, dit-il, toujours sur un genou. Et si les tests avaient montré que ce n'était pas mon fils, ça n'aurait rien changé. J'aurais quand même voulu que tu restes près de moi. J'ai enfin compris, Haylie. Ces deux nuits passées à sonder mon âme n'ont pas été vaines.

Son cœur battait comme une horde de chevaux sauvages au galop, et elle avait de plus en plus de mal à respirer. Il semblait aussi nerveux qu'elle.

— Je t'aime. Je t'aime *toi*, Haylie.

Ses épaules carrées se détendirent un peu.

— J'ai connu beaucoup de femmes, avoua-t-il, mais je n'avais jamais ressenti ce que j'ai ressenti avec toi. J'imagine que ça explique pourquoi je n'ai pas su ce qui m'arrivait quand c'est enfin tombé sur moi. Pourquoi il m'a fallu le coup de massue qu'a été ton départ précipité pour que je me réveille.

Il afficha un de ces sourires qu'elle aimait tant.

— A présent, je sais que j'ai été plus heureux et plus satisfait avec toi que durant toute ma vie d'adulte. Je sais que la maison est vide sans toi et Bradley pour l'emplir de votre chaleur et de vos rires. Et quand je me dis que je ne te reverrai jamais, j'ai l'impression qu'on m'arrache non seulement le cœur, mais aussi l'âme.

Malgré elle, des larmes lui montèrent aux yeux. Elle n'avait jamais rien entendu d'aussi beau, sauf peut-être dans sa tête, quand elle pensait à lui.

Mais était-il sincère ? Ressentait-il vraiment tout cela pour elle, ou changerait-il d'avis dès qu'une jolie fille en minijupe croiserait sa route ?

— Donc, je suis ici pour te renouveler ma proposition de mariage.

Il était persévérant, au moins.

— Cette fois, cependant, je vais te *demander* en mariage au lieu de te le conseiller. Et si tu acceptes, ce ne sera pas un mariage de convenance. Je t'aimerai avec chaque fibre de mon être, et j'en attendrai autant de toi. J'attendrai que tu vives avec moi, jusqu'à ce que la mort nous sépare, que cela signifie que tu me rejoignes à Aspen, ou que je vienne ici à Denver. Honnêtement, les deux solutions me vont.

Il prit une profonde inspiration.

— Et si tu refuses, dit-il d'une voix plus douce… Eh bien, je l'accepterai. Je veux dire, je ne veux pas que tu dises non, mais je comprendrai. Comprendre ne signifie pas renoncer, néanmoins. Cela signifie simplement que je devrai tout reprendre depuis le début, et travailler deux fois plus dur pour te convaincre que mes sentiments sont sincères.

Ses yeux brillaient quand il ajouta :

— Et quoi qu'il arrive, je ne te prendrai pas Bradley. Jamais. Je ne veux pas que tu t'inquiètes pour ça. Je veux mon fils, ne te méprends pas, mais nous trouverons une solution qui nous conviendra à tous les deux, je te le promets.

Enfin, il ouvrit la boîte de velours et la lui présenta. Elle contenait un magnifique diamant marquise, de trois ou quatre carats au moins, serti sur un anneau d'or brillant. Les facettes étincelaient sous la lumière, lui donnant presque le vertige.

— Est-ce que tu veux m'épouser, Haylie ? Acceptes-tu de devenir ma femme, mon amante, la mère de mes enfants — de Bradley, et des autres que nous aurons ensemble ?

Le souffle lui manqua soudain. Son cœur, qui battait à se rompre quelques secondes plus tôt, sembla s'arrêter.

Elle voulait se jeter dans ses bras et crier « oui ! ». Rien ne la rendrait plus heureuse que d'être avec lui. Pour toujours. Même si cela signifiait emménager à Aspen, et tout recommencer dans une ville nouvelle.

Le pouvait-elle ? Le devait-elle ?

En prenant une inspiration tremblante, elle regarda dans les yeux de Trevor, et ce qu'elle y vit lui réchauffa le cœur, plus qu'un splendide bouquet, une boîte de chocolats ou un beau discours le pourraient. L'amour. Le désir. Et la détermination.

Il l'aimait, pour de bon, et si elle le repoussait, il se battrait vraiment pour la conquérir.

Pendant un instant, elle envisagea de refuser, juste pour voir ce qu'il ferait. Y aurait-il d'autres fleurs, des rendez-vous galants, des cadeaux que seul un millionnaire pourrait se permettre ?

Mais elle se moquait de sa fortune.

Lâchant les fleurs et les chocolats qu'elle tenait contre son cœur, elle tomba à genoux devant lui, et lui donna la seule réponse possible. La seule qui ait du sens pour son esprit et pour son cœur.

— Oui, dit-elle dans un souffle en jetant ses bras autour de son cou et en le serrant fort.

Il l'étreignit à son tour, puis l'embrassa avec passion.

Pendant de longues minutes, ils restèrent agenouillés, à s'embrasser, s'étreindre, s'aimer. Lorsque, enfin, ils reprirent leur souffle, Trevor souriait. Quand elle lui rendit son sourire, elle sentit les larmes sur ses joues.

Il les essuya avec ses pouces, et l'embrassa une dernière fois avant de lui présenter de nouveau la bague.

— Puis-je ?

— Volontiers, dit-elle en tendant sa main gauche.

Sa main gauche *tremblante*.

Il lui prit le poignet et glissa le solitaire à son annulaire. Elle fut surprise qu'il ne pèse pas plus lourd, étant donné sa taille. Elle ne put résister à l'envie de le mettre sous la lumière et de le tourner dans un sens et dans l'autre, pour admirer ce symbole de son amour pour lui, et de l'amour qu'il lui portait.

Il l'avait choisi exprès pour elle, et il était venu jusqu'ici pour lui déclarer ses sentiments, comme un chevalier… Jamais elle n'oublierait ce jour, aussi longtemps qu'elle vivrait.

Il se redressa et l'aida à se relever sans cesser de l'étreindre.

— Je sais que nous avons beaucoup de choses à nous dire, et que tu semblais sur le point de sortir, mais il y a juste deux choses que je voudrais faire — dire bonjour à mon fils et, ensuite, le fcoucher pour pouvoir faire l'amour à ma magnifique fiancée.

Son sourire séducteur la fit rire.

— C'est un peu tôt pour sa sieste, mais, comme il est resté éveillé la moitié de la nuit, il se pourrait que tu aies de la chance.

Elle embrassa sa joue puis murmura :

— Et je serais ravie de me faire porter pâle pour que tu puisses avoir de la chance avec moi aussi.

Il recula, et la regarda d'un air soudain sérieux.

— J'ai déjà de la chance, dit-il d'une voix grave. Beaucoup de chance.

Epilogue

C'était le réveillon de Noël.

La neige tombait doucement derrière les fenêtres d'une des magnifiques salles de bal du manoir. Des guirlandes de lumière aux ampoules minuscules étaient suspendues le long des murs ainsi qu'au plafond, pour donner l'impression d'un ciel étoilé, et un immense sapin de Douglas orné de rubans dorés et de boules ivoire trônait à l'autre bout de la pièce.

Les tables rondes recouvertes de nappes blanches occupaient presque tout l'espace, à l'exception de la piste de danse, au centre. Les invités se mêlaient un peu partout, dansant sur les airs romantiques et festifs d'un quatuor à cordes, ou savourant les dernières bouchées du gâteau de mariage.

Les invités d'honneur, M. et Mme Christian Hanford, étaient installés à la longue table rectangulaire réservée à la famille, mais ils n'avaient d'yeux que l'un pour l'autre. Plus la réception avançait, plus ils semblaient impatients de remercier tout le monde d'être venus, pour pouvoir commencer sur-le-champ leur lune de miel.

Haylie les comprenait tout à fait. Quand viendrait son tour, elle serait tout aussi pressée de se débarrasser des formalités de la cérémonie, et d'être seule avec Trevor pour lui enlever son smoking.

Une vague d'excitation la parcourut. Elle était impatiente de se marier, elle aussi. Pourtant, Trevor et elle n'avaient encore fait aucun projet, car depuis qu'il était venu lui faire sa demande en bonne et due forme, ils n'avaient pratiquement pas eu le temps de poser le pied à terre.

Elle avait dû régler les derniers détails du mariage d'Erica et Christian. Et après le mariage imminent de Melissa et Shane, auquel elle ne prendrait part qu'en qualité d'invitée, Dieu merci, elle devrait s'atteler à l'organisation de celui d'Avery et Guy.

La date exacte n'était pas encore arrêtée, mais Avery avait demandé à Haylie de l'aider sur tous les plans, depuis le choix d'une date jusqu'à celui des chemins de table.

Ce qui lui allait très bien. Parfaitement bien, même, puisqu'un des rares sujets dont Trevor et elle avaient trouvé le temps de discuter était celui de sa future carrière à Jarrod Ridge. Plutôt que de fermer sa société ou de la transférer à Aspen, ils avaient décidé qu'il était plus judicieux de laisser It's Your Party ouverte, et d'en déléguer la direction à son assistante la plus chevronnée.

Trevor avait suggéré qu'elle étende son activité, et ouvre une succursale — à Jarrod Ridge, si elle le souhaitait. Il lui avait promis de lui trouver le site idéal pour installer ses bureaux, mais il voulait aussi qu'elle devienne la coordinatrice événementielle de Jarrod Ridge. Elle ne s'occuperait pas uniquement des mariages, mais aussi des anniversaires, commémorations, fiançailles ou enterrements de vie de jeune fille. Et bien entendu, elle serait chargée de toutes les fêtes de la famille Jarrod.

Cette perspective l'enchantait. Elle aimait l'idée de travailler au complexe, de pouvoir garder Bradley auprès d'elle la majeure partie du temps, et de le confier au personnel si fiable de la crèche en cas de besoin. Elle appréciait la perspective de n'avoir qu'à traverser le couloir ou la rue chaque fois qu'elle aurait envie de voir son futur époux. Pour, peut-être, le distraire de son écran d'ordinateur ou de ses derniers plans marketing.

Quand des mains puissantes et viriles saisirent sa taille et l'attirèrent contre un torse tout aussi puissant, elle sourit. Trevor avait dû avoir les mêmes pensées qu'elle.

— Tu sais, lui chuchota-t-il à l'oreille, je vais peut-être devoir changer d'avis, concernant ton poste.

Elle rejeta la tête en arrière, surprise et un peu blessée.

— Tu es trop douée, les gens vont tellement te solliciter que je ne t'aurai jamais pour moi seul.

Elle poussa un soupir de soulagement, comprenant que ce qu'elle avait pris pour une critique était un compliment.

De tous les mariages auxquels elle avait collaboré, c'était sans doute de celui-ci qu'elle était le plus fière. Et pas seulement parce qu'elle avait tout organisé en un temps record, même si Erica lui avait assuré qu'elle voulait un mariage « simple ». En réalité, il n'y avait pas de mariage simple, sauf si l'on décidait de s'unir à Las Vegas. Et même dans ce cas, il fallait réserver des billets d'avion et trouver une chapelle.

Ce qui la touchait surtout, c'était que toute la famille Jarrod était présente ce soir. Tous les frères et sœurs, ainsi que leurs conjoints respectifs. Et, plus surprenant, le père et la belle-mère d'Erica, les Prentice, étaient venus célébrer le mariage de leur fille, et semblaient très bien s'entendre avec tous les Jarrod.

Elle reporta son attention sur l'homme qui l'étreignait, en se balançant d'avant en arrière sur un air de Chopin.

— Je pensais justement à ça, moi aussi, dit-elle. Ça va être très pratique de travailler ici, en sachant que nous pourrons mutuellement passer nous voir pendant la journée.

— Et pourquoi ferions-nous cela ? lui demanda-t-il tout bas avec une surprise feinte.

— Oh ! je ne sais pas. Au cas où nous devrions parler d'une question urgente concernant Bradley. Ou pour une classique partie de jambes en l'air. J'ai toujours eu le fantasme de faire l'amour au bureau en pleine journée.

Lorsqu'il la fit rapidement pivoter vers lui, elle sentit la tête lui tourner. Le bas de sa robe émeraude virevolta autour de ses jambes dans un bruissement soyeux.

— Tu ne me l'avais pas dit, fit-il en la fixant intensément.

Elle pencha la tête sur le côté.

— Ce n'est jamais venu dans la conversation. Et

tu ne m'as jamais posé la question, dit-elle d'une petite voix sage.

— J'ai un bureau, dit-il, les sourcils haussés. A l'étage en dessous. Et je serais heureux de réaliser ton fantasme tout de suite, si tu veux.

— Mais que vont penser les gens, dit-elle en redressant sa cravate parfaitement droite, si l'organisatrice de la fête s'absente en plein milieu de la réception ? Et tu es le frère de la mariée. Ton absence serait encore plus choquante.

Il glissa une main au bas de son dos, et l'attira tout contre lui, pour qu'elle puisse sentir le désir qu'il éprouvait pour elle.

— Tu es en train de sous-entendre que j'accorde de l'importance à ce que les gens pensent. Eh bien, tu as tort.

Son assurance et son sang-froid suscitaient immanquablement son admiration. Et ces qualités seraient bien utiles quand les médias découvriraient qu'il épousait la tante de son fils illégitime de bientôt cinq mois.

Elle redoutait ce jour. Mais comme il le lui avait assuré à maintes reprises, peu importait ce que les autres pensaient, ou le nombre d'histoires farfelues que les journaux inventeraient. Seule la vérité comptait, et la vérité, c'était qu'elle l'aimait à la folie, et qu'il l'aimait en retour.

Ils se soutiendraient mutuellement, et ils avaient Bradley. Et un jour peut-être, d'autres enfants viendraient compléter leur heureuse famille.

— Une heure, dit-elle en tendant le visage vers le sien. Encore une heure, et, que les mariés soient partis ou non, je te laisserai m'enlever pour m'emmener dans ton bureau et me faire l'amour.

A son grand plaisir, il répondit par un gémissement de désir. Elle en frissonna, et ne put s'empêcher de rire.

— Soixante minutes, dit-il en synchronisant sa montre, et pas une seconde de plus.

Elle hocha la tête.

— En attendant, que dirais-tu de danser avec moi ?

Il l'entraîna sur la piste, et elle se laissa volontiers faire. Entre ses bras, elle était la femme la plus heureuse du monde.

ELIZABETH BEVARLY

La belle mystérieuse

Passions

éditions HARLEQUIN

Titre original : CAUGHT IN THE BILLIONAIRE'S EMBRACE

Traduction française de ANDRÉE JARDAT

83-85, boulevard Vincent-Auriol, 75646 PARIS CEDEX 13.
Service Lectrices — Tél. : 01 45 82 47 47
www.harlequin.fr

- 1 -

Della Hannan ignorait encore qu'un événement majeur allait changer le cours de sa vie. Un événement qui, en outre, embellirait la célébration de son trentième anniversaire.

Et Dieu sait qu'elle avait rêvé de ce jour ! Elle y pensait depuis son enfance, dans la banlieue minable de New York qui l'avait vue grandir. Une enfance pauvre où des événements comme celui-ci étaient inenvisageables pour elle. Depuis, elle avait compris qu'elle ne pouvait compter que sur elle-même et s'était juré de fêter ses trente ans sans regarder à la dépense.

Evidemment, les onze derniers mois avaient un peu modifié le tableau qu'elle avait imaginé, dans la mesure où elle n'avait personne à inviter… à part Geoffrey.

Mais, ce soir, Geoffrey n'était pas là, et elle avait bien l'intention de l'oublier tout à fait, pour fêter dignement cette soirée qu'elle voulait spéciale.

Tout à elle.

Lorsqu'elle était enfant, elle s'était juré qu'à trente ans, elle aurait quitté son quartier sordide et que, devenue millionnaire, elle vivrait dans l'un de ces quartiers chic qui bordent Central Park. Bon, elle n'était pas devenue millionnaire, et elle ne vivait pas non plus à New York. Mais célébrer son anniversaire à Chicago, il n'y avait pas non plus de quoi avoir honte, après tout.

Elle commencerait par dîner dans un bon restaurant, puis s'offrirait une loge à l'Opéra, avant de terminer, cerise sur le gâteau, par un verre dans l'un de ces clubs sélects qui ne laissent entrer qu'une élite.

Pour la circonstance, elle porterait une tenue haute couture, une rivière de rubis et de diamants, et se serait fait coiffer dans l'un des meilleurs salons de la ville.

Elle soupira d'aise en attaquant la première partie de son programme. *Palumbo* était le genre de restaurants où l'addition pouvait atteindre des sommes astronomiques. Il allait sans dire qu'elle avait commandé les plats les plus chers, quatre en tout, et portant des noms européens qu'elle s'était entraînée à prononcer toute la semaine sans l'ombre d'un accent. C'était bien la moindre des choses, lorsqu'on était censément riche, élégante et sophistiquée…

Elle balaya furtivement la salle du regard, pour s'assurer que sa tenue ne déparait pas et surtout que Geoffrey ne se trouvait pas dans les parages. Mais même s'il découvrait qu'elle s'était éclipsée, il n'aurait jamais l'idée de la chercher dans un endroit pareil : elle avait planifié son « évasion » aussi méticuleusement que le programme de sa soirée.

Son allure était parfaite, mais il était vrai qu'évoluant dans les hautes sphères depuis plusieurs années maintenant, elle maîtrisait parfaitement leurs codes.

Pour se fondre dans cet univers, elle avait loué à

grands frais une superbe robe rouge griffée Carolina Herrera, une paire de chaussures Dolce & Gabbana et un manteau de soie noir Valentino, rendu indispensable en raison des températures glaciales de ce mois de décembre. Et comme elle s'était juré de ne pas lésiner sur les dépenses, elle s'était en plus laissé tenter par une magnifique parure de chez Bulgari. Une véritable folie, il fallait bien le dire.

Le rouge de sa robe s'accordait à merveille avec le gris de ses yeux et le blond doré de ses cheveux que, pour l'occasion, elle avait coiffés en un élégant chignon banane.

D'un geste délicat, elle s'assura qu'aucune mèche ne s'était échappée de sa coiffure et sourit du plaisir d'avoir désormais les cheveux longs. Jusqu'à récemment, elle les avait portés courts, à la garçonne, et teints en noir corbeau. Maintenant qu'ils avaient retrouvé leurs jolies nuances naturelles, aucune de ses connaissances d'autrefois ne pourrait la reconnaître. Cette pensée la fit sourire encore davantage.

Mais inutile de songer au passé : elle s'était promis de passer une soirée parfaite, et tout allait se dérouler comme elle l'avait rêvé depuis si longtemps.

Ce qu'elle n'avait pas prévu, en revanche, c'était cet homme incroyablement séduisant, que l'hôtesse avait placé à une table voisine, et qu'elle ne pouvait s'empêcher d'observer à la dérobée.

Sans qu'elle sache trop pourquoi d'ailleurs, il n'y avait en effet pas d'homme dans le tableau qu'elle avait imaginé. Peut-être parce qu'elle s'était toujours dit qu'il ne fallait compter que sur soi-même. Ou bien parce que, enfant, elle n'imaginait même pas qu'il puisse exister un homme aussi raffiné et élégant que celui-ci. Il était vrai que là où elle vivait à cette époque, l'élégance se résumait à boutonner sa chemise, et si l'on ne s'était pas cassé une dent dans une rixe, on pouvait se considérer comme séduisant.

Sans qu'elle s'y attende, son voisin leva les yeux sur elle, et leurs regards se croisèrent. Quelque chose se produisit aussitôt entre eux, elle l'aurait juré. L'homme inclina imperceptiblement la tête, et ses lèvres dessinèrent vaguement un sourire. Alors, après un moment d'hésitation, elle leva sa coupe de champagne et porta un toast dans sa direction. Le regard de braise qu'il darda sur elle en réponse avait un éclat particulier, à cause de la lueur vacillante de la bougie qui ornait sa table. Aussi, lorsque le sourire de l'homme se précisa, un sourire aussi carnassier que séducteur, elle se sentit frissonner de désir.

Sentant le rouge lui monter aux joues, elle s'empressa de tourner la tête : rien ne la détournerait de son projet de soirée. Mais inexorablement, son regard revenait vers l'inconnu, qui la dévisageait toujours avec le plus vif intérêt.

— Qu'en pensez-vous ? lui demanda-t-il en élevant suffisamment la voix pour qu'elle puisse l'entendre.

Elle battit des cils, perplexe, tandis qu'une foule de réponses se bousculaient dans sa tête. *Vous êtes l'homme le plus séduisant que j'aie jamais vu… Que faites-vous pour le réveillon du jour de l'an ?*

Elle songea même à lui dire plus familièrement qu'elle le trouvait vraiment pas mal.

— Que pensez-vous du menu ? précisa-t-il en agitant la carte. Que me recommandez-vous ?

Confuse, elle remercia le ciel d'avoir réservé sa réponse.

— Je ne sais pas trop, répondit-elle. C'est la première fois que je viens ici.

Sa réponse parut le surprendre.

— Comment est-ce possible ? *Palumbo* est une institution depuis plus d'un siècle. Mais vous n'êtes peut-être pas de Chicago ?

Elle ne pouvait répondre à cette question. Principalement parce que Geoffrey était la seule personne à savoir qu'elle vivait ici et qu'il la surveillait de près. Et même s'il ignorait où elle se trouvait à ce moment précis, elle ne voulait pas risquer de voir sa petite escapade tourner court, à cause d'une indiscrétion.

Si elle ne voulait pas mentir, elle devrait donc se taire. Car le moindre mensonge pouvait lui attirer des ennuis, Geoffrey en était la preuve vivante. En outre, elle ne voulait pas non plus évoquer son passé avec cet inconnu.

Elle prit donc la décision d'éluder la question et de revenir au menu.

— J'ai commandé la spécialité du chef, dit-elle d'un ton dégagé. J'adore les fruits de mer.

Il resta un long moment silencieux, sans qu'elle sache s'il réfléchissait à ce qu'il allait commander ou s'il s'interrogeait sur son attitude.

— Je m'en souviendrai, finit-il par dire.

Il s'apprêtait à ajouter quelque chose, mais il en fut empêché par l'arrivée du serveur, qui posa devant lui un cocktail de couleur ambrée, et un Cosmopolitan devant la place vacante en face de la sienne.

Ainsi donc, il attendait quelqu'un. Une femme, à en juger par la couleur rosée de la boisson et le raffinement de sa présentation. Ce type était en train de flirter outrageusement avec elle alors qu'une femme n'allait pas tarder à le rejoindre ! Quel mufle !

Bien. Elle devrait se faire à l'idée que sa soirée ne serait pas aussi idéale qu'elle l'avait imaginé, puisqu'elle avait pour voisin de table un parfait goujat. Et aussi, puisqu'elle en était aux regrets, parce que sa belle tenue ne sortait pas de sa garde-robe personnelle. Et parce que sa propre vie ne lui appartenait pas non plus. Tout ce qu'elle faisait, tous les endroits où elle se rendait, tout ce qu'elle disait, tout, absolument tout, devait au préalable recevoir l'aval de Geoffrey. Sa vie ne redeviendrait jamais la sienne. Elle était condamnée à passer le restant de ses jours sous la tutelle de quelqu'un d'autre.

Elle s'empressa de chasser ces idées noires. Elle s'était juré de ne penser à rien de sinistre ce soir. Pour son anniversaire au moins, elle ne voulait pas être Della.

Ce soir, juste ce soir, elle voulait être la femme qu'elle rêvait de devenir il y avait vingt ans de cela. Autrement dit des siècles. Ce soir, elle serait Cendrillon, l'héroïne du bal, et elle ne laisserait rien ni personne gâcher sa soirée. Et surtout pas cette espèce de Prince-Pas-Charmant-Du-Tout, qui persistait à lui lancer des œillades, tout en attendant sa petite amie !

Comme par miracle, l'hôtesse vint installer un groupe de quatre personnes à la table qui les séparait. Elle ne le voyait plus désormais, et elle s'obligea à reconnaître que c'était mieux ainsi, même si une partie d'elle-même lui soufflait le contraire. Car tout goujat qu'il fût, il n'en demeurait pas moins l'homme le plus séduisant qu'elle ait jamais rencontré.

A sa grande surprise, elle le revit une heure et demie plus tard, à l'Opéra lyrique, alors qu'elle parcourait la salle du regard pour localiser sa place. Il était seul, mais ce n'était pas une raison de penser qu'il était célibataire.

En descendant l'allée vers sa place, elle découvrit, le cœur battant, qu'ils allaient partager la même loge, une loge de trois places seulement. C'était proprement incroyable, le hasard jouait parfois de drôles de tours. Mais en même temps était-il si étrange qu'un homme de son allure aille à l'Opéra ? pas tellement en fait…

Il y avait un programme et une rose sur le siège à côté du sien, autrement dit il existait bien une petite amie, dont l'arrivée était imminente.

A la perspective d'une telle proximité, les battements de son cœur redoublèrent. Une fois qu'elle serait installée, il n'y aurait plus d'échappatoire possible.

Elle inspira profondément et se força à avancer, jusqu'au moment où l'homme tourna la tête vers elle. Lorsqu'il la reconnut, il eut ce même sourire de séducteur, qui la fit de nouveau frissonner de la tête aux pieds. Elle le dévisagea, incapable de prononcer le moindre mot, même pas le « Excusez-moi » de rigueur.

Il la salua de nouveau, tout en se levant, mais elle ne comprit pas ce qu'il lui dit, trop troublée par sa présence. Non seulement il émanait de lui un parfum viril, mélange d'épices et de citron vert, mais en outre il était beaucoup plus grand qu'elle ne l'avait imaginé, ce qui l'obligeait à rejeter la tête en arrière pour croiser son regard. Car en dépit des dix centimètres de talons sur lesquels elle était perchée, elle avait la tête à hauteur de ses épaules, des épaules — elle devait le reconnaître — aussi musclées que bien dessinées.

Mais c'était le visage de cet inconnu qui retenait surtout son attention. Une mâchoire volontaire, un nez droit, aristocratique, des pommettes saillantes et des yeux… oh, des yeux ! Des yeux chocolat, d'un brun si profond qu'elle ne pouvait détacher son regard du sien. A son grand étonnement, elle y perçut une gravité qui confinait à de la tristesse. Mais, comme s'il avait deviné qu'elle avait lu en lui, son visage se ferma pour devenir impénétrable.

— Quelle étrange coïncidence ! dit-il en lui adressant un sourire conquérant.

— Oui, c'est étrange, n'est-ce pas ? répondit-elle en lui rendant son sourire.

— En fait, ce n'est pas ce que j'aurais dit.

Doutant de vouloir savoir ce qu'il avait en tête, elle s'entendit souffler un vague « Vraiment ? ».

— J'aurais plutôt dit que nous étions chanceux, précisa-t-il.

Embarrassée, ne sachant quoi répondre, elle désigna son siège.

— Je suis là.

Il la contempla quelques instants sans mot dire, puis s'effaça pour la laisser passer.

Aussitôt assise, elle se plongea dans la lecture du programme, désireuse d'éviter toute discussion. Mais son geste ne sembla pas le perturber.

— Comment avez-vous trouvé votre dîner ? lui demanda-t-il après s'être rassis.

— Parfait, répondit-elle sans lever le nez de sa brochure.

Il ne se découragea pas pour autant.

— J'ai fini par prendre le faisan. C'était assez étonnant.

Et comme elle acquiesçait d'un hochement de tête, les yeux toujours obstinément baissés, il ajouta :

— Vous devriez essayer la prochaine fois que vous retournerez là-bas. Je vous le recommande vivement.

Manifestement, comme il l'avait fait un peu plus tôt au restaurant, il cherchait à savoir si elle vivait à Chicago. Sans doute pour évaluer s'ils avaient une chance de se revoir, par hasard ou à dessein. Même avec une rose et une mystérieuse femme entre eux.

— Je me souviendrai du conseil, dit-elle, toujours plongée dans sa lecture.

— Cela peut paraître étonnant, insista-t-il, mais je connais peu de gens de ma génération qui apprécient l'opéra. Enfin, pas au point de se déplacer ni de louer une loge. Vous devez être une vraie connaisseuse.

Elle le maudit intérieurement. Comment pourrait-elle continuer à feindre l'indifférence, alors qu'il abordait l'un de ses sujets préférés ?

— Effectivement, reconnut-elle, vaincue, j'adore ça.

Elle vit à la lueur d'intérêt qui éclaira son visage qu'il appréciait de pouvoir évoquer avec elle une passion commune. Plus rien dans son regard ne subsistait de la gravité qui l'avait assombri quelques minutes plus tôt.

— J'aime l'opéra depuis que je suis petite, confessa-t-elle. Notre voisine de palier était une vraie connaisseuse, c'est elle qui m'a initiée aux grands classiques.

Elle se garda bien de préciser qu'en fait d'initiation, elle avait passé ses soirées à écouter la radio de sa voisine, à travers les minces cloisons qui la séparaient du logement d'à côté.

— La première fois que j'ai assisté à un concert, enchaîna-t-elle, gardant pour elle que c'était sur la station PBS, j'ai été véritablement envoûtée.

Aujourd'hui encore, la plaie était vive, et elle regrettait que ses parents n'aient pas eu les moyens de l'envoyer étudier la musique à l'université. Son bac en poche, elle avait dû entrer dans la vie active, et s'était trouvé un emploi de coursier dans une maison de courtage. Et bien qu'elle ait gravi depuis les échelons jusqu'au poste d'assistante de direction, elle n'avait jamais trouvé le temps nécessaire pour suivre un cursus à l'université. Mais elle était fière du chemin parcouru et admettait volontiers que sa vie actuelle lui convenait parfaitement. Enfin, jusqu'à ce que sa belle tranquillité vole en éclats et qu'elle se retrouve dépouillée de tout, à l'exception du refuge que lui avait procuré Geoffrey.

La musique s'éleva, tandis que les lumières baissaient progressivement, coupant court à la conversation.

Et après un dernier regard à son voisin, elle reporta toute son attention sur la scène.

A partir de cet instant, plus rien n'exista que le monde de Mimi, de Rodolfo et de leurs amis bohémiens. A tel point que, lorsque arriva l'entracte, elle mit plusieurs minutes à quitter le Paris du XIXe siècle pour se replonger dans le Chicago du XXIe.

Elle cligna plusieurs fois des yeux et inspira profondément avant de regarder en direction de son voisin de loge. Il avait les yeux rivés sur elle.

Troublée, elle détourna le regard vers la myriade de femmes aux tenues somptueuses, que rehaussaient des bijoux étincelants. Elle ressentit une pointe d'envie à leur endroit. Non seulement ces femmes étaient éblouissantes, mais encore elles étaient accompagnées par des hommes avec qui elles partageaient une complicité manifeste.

L'espace d'un instant, elle regretta que cette soirée ne puisse durer toujours. Qu'il serait merveilleux de pouvoir répéter l'expérience aussi souvent qu'elle en aurait envie, sans se soucier du prix ou du risque d'être vue dans un lieu où elle n'était pas censée se trouver !

Elle était si lointaine, la dernière soirée qu'elle avait passée en dehors de chez elle, depuis que Geoffrey la tenait aussi recluse que Rapunzel.

Elle passait son temps à lire, à regarder des films et à contempler fixement les murs de sa prison. Car même si les fenêtres n'étaient pas pourvues de barreaux, elle se sentait prisonnière. Prisonnière de Geoffrey qui, seul, déciderait du moment de sa libération.

Mais elle n'arrivait même pas à se réjouir de cette perspective, car où irait-elle alors ? De quoi vivrait-elle ? Elle devrait repartir de zéro, tout comme elle l'avait fait des années auparavant, lorsqu'elle avait quitté sa banlieue minable.

C'était là une raison supplémentaire pour profiter pleinement de cette soirée, sans laisser toutes ces idées noires lui encombrer l'esprit.

— Alors ? Qu'est-ce que vous en avez pensé ? fit soudain une voix grave et sensuelle.

Elle se tourna vers son voisin et soutint cette fois sans ciller le regard ardent qu'il dardait sur elle. Elle devait donner le change — car il était manifeste non seulement que cet homme appartenait à une classe sociale largement supérieure à la sienne, mais également qu'elle n'était pas assez bien pour lui.

— Eh bien, en toute honnêteté, *La Bohème* n'est pas mon opéra favori, confessa-t-elle d'une voix ferme. A mon avis, Puccini n'était pas au mieux de sa forme lorsqu'il l'a composé. Ce n'est pas comme dans *Manon Lescaut*, où l'on sent une vraie euphorie et une allégresse beaucoup plus réelles. Mais cela mis à part, j'ai beaucoup aimé l'interprétation de ce soir. Vraiment.

Peut-être parce que sa compagnie la troublait.

— Et vous ? s'enquit-elle. Ça vous a plu ?

— Je l'ai vu trop souvent pour avoir un avis objectif, répondit-il. Mais j'avoue que je pense comme vous.

Ils se turent, sans trop savoir comment poursuivre.

— Si vous avez déjà vu *La Bohème* plusieurs fois et que ce n'est pas votre opéra préféré, pourquoi êtes-vous venu ? finit-elle par demander au bout de quelques secondes.

— J'ai un abonnement, répondit-il en haussant légèrement les épaules.

Ce qui signifiait qu'il louait ces deux places à l'année, autrement dit que quelqu'un aurait dû occuper la place restée vacante. Une épouse, peut-être ?

Elle jeta un rapide coup d'œil sur l'annulaire gauche de son compagnon, mais n'y découvrit aucune alliance. Ce qui, en soi, ne constituait pas une preuve, les mariés ne portant pas tous une alliance, loin de là !

Une fois encore, elle se demanda qui pouvait bien être la mystérieuse inconnue qui ne se montrait toujours pas, et attendit, dans l'espoir qu'il satisfasse sa curiosité.

— C'est pour cela que je savais que vous n'étiez pas une habituée, reprit-il en la laissant sur sa faim. En tout cas pas pour les soirées d'ouverture, et pas à la place que vous occupez ce soir. Je vous aurais remarquée, ajouta-t-il en lui adressant un sourire renversant.

Elle fit de son mieux pour ignorer les frissons qui la parcoururent et répondit presque dans un souffle :

— En effet, c'est la première fois que je viens ici.

Le regard de l'inconnu se fit plus insistant.

— C'était votre première fois au *Palumbo*, c'est votre première fois à l'Opéra lyrique… J'en déduis que vous venez juste d'emménager à Chicago.

Heureusement, un couple, venu d'une loge voisine pour saluer son interlocuteur, la dispensa de répondre. Elle nota au passage qu'il répondait au prénom de Marcus. Enfin, elle obtenait une première information sur l'identité de cet homme !

Lorsque le couple se fut éloigné pour regagner sa place, il se tourna de nouveau vers elle.

— Si vous voulez changer de place, n'hésitez pas, dit-il en tapotant le siège sur lequel se trouvaient toujours le programme et la rose. D'ici, vous verrez mieux la scène et l'acoustique est meilleure. Vous profiterez mieux du fameux *Addio dolce svegliare alla mattina*.

Les mots avaient roulé sur sa langue avec aisance, donnant l'impression qu'il maîtrisait parfaitement l'italien. Elle brûlait d'accepter son offre. Visiblement, la personne attendue ne viendrait pas. Par ailleurs, cette absence ne semblait pas le contrarier outre mesure, comme cela aurait pu être le cas avec un homme amoureux à qui l'on vient de faire faux bond. Après tout, peut-être que cette relation n'était pas aussi romantique que le laissait supposer le rouge si ardent de cette rose. Peut-être aussi n'était-il qu'un coureur de jupons dont elle ferait bien de se méfier, pour ne garder de cette soirée que les jolis moments partagés jusque-là.

— Merci, s'entendit-elle répondre d'une voix hautaine, mais je vois très bien d'où je suis.

- 2 -

Assis à sa place habituelle, à la table qu'il occupait toujours dans son club favori, Marcus Fallon buvait sa boisson préférée, sans pouvoir s'empêcher de penser à cette mystérieuse inconnue.

Une femme comme il n'en avait jamais rencontré jusque-là. Pas seulement parce qu'ils partageaient la même passion pour l'opéra, mais aussi pour quelque chose de moins tangible qu'il n'arrivait pas vraiment à saisir. Malheureusement, il n'avait pas pu apprendre grand-chose de plus sur elle, car à la seconde où le rideau était retombé, elle s'était hâtée vers la sortie en lui murmurant un « au revoir » à peine audible, de sorte qu'il l'avait très vite perdue de vue parmi la foule compacte d'un soir de première.

Elle avait disparu. C'était aussi simple que ça. Un peu comme si elle n'avait jamais existé et, malheureusement, il n'avait aucune idée de ce qu'il pourrait faire pour la retrouver.

Il porta son verre de whisky à ses lèvres tout en parcourant la salle du regard, espérant peut-être qu'elle resurgirait devant lui une troisième fois. Mais il ne vit que la foule habituelle des nantis qui fréquentaient régulièrement ce lieu somptueusement aménagé.

Bernie Stegman occupait, comme à son habitude, un fauteuil en cuir près de la cheminée et semblait en grande conversation avec Lucas Whidmore, assis en face de lui. Delores et Marion Hageman soupaient à une table un peu à l'écart, tandis que Cynthia Harrison exerçait son charme sur Stu, le barman, qui repoussait ses avances avec son tact habituel.

Les pensées de Marcus dérivèrent de nouveau vers la mystérieuse inconnue vêtue de rouge, comme elles le faisaient à intervalles réguliers, depuis la seconde où il avait posé le regard sur elle. Il l'avait trouvée tout simplement éblouissante. Mais ce qui l'étonnait le plus, c'était que, pour la première fois de sa vie, l'envie de mieux connaître une femme avait surpassé celle de la séduire. Il avait vraiment apprécié leur bref échange, et pas seulement parce qu'ils partageaient les mêmes idées, mais aussi parce que son visage irradiait d'une joie intense durant leur conversation.

Radieuse. Elle était radieuse. Voilà une qualité qu'il n'avait jusqu'ici prêtée à aucune de ses nombreuses conquêtes. Une fois qu'il avait couché avec une femme, ce qui se produisait généralement peu de temps après la rencontre, il ne lui trouvait plus aucun intérêt. Peut-être parce qu'il estimait que toutes celles rencontrées jusqu'à ce soir ne valaient pas la peine qu'il tente d'approfondir une relation dont il voulait au fond qu'elle reste superficielle.

Il entendit alors une voix qu'il connaissait bien, éraillée par trop de cigarettes, lui reprocher son commentaire un brin misogyne. Pendant près de vingt ans, il s'était amusé à provoquer Charlotte, laissant échapper des commentaires politiquement incorrects dans le seul but qu'elle lui fasse la morale.

Dieu qu'elle lui manquait !

Son regard alla du Cosmopolitan commandé pour elle à la rose dont les pétales commençaient à flétrir. Il la revit, assise à cette même table, alors qu'il ne lui restait plus que peu de temps à vivre.

Elle était morte deux jours après une dernière représentation à l'Opéra lyrique. Cela faisait six mois maintenant, mais son absence était toujours aussi insupportable. Il se demanda encore ce qu'il advenait d'une âme une fois qu'elle avait quitté le monde terrestre. Là où elle se trouvait maintenant, Charlotte pouvait-elle encore savourer son cocktail préféré ? Pouvait-elle assister à ces opéras qu'elle aimait tant ?

Il l'espérait de tout son cœur. Charlotte méritait bien ça, elle qui lui avait donné le meilleur.

Une lueur rouge lui fit lever les yeux. Malheureusement, ce n'était qu'Emma Stegman qui quittait le bar pour aller s'attabler avec son père. Il connaissait tout le monde ici, alors pourquoi était-il tout seul ? S'il l'avait voulu, il lui aurait suffi de claquer des doigts pour que Cynthia Harrison le suive dans l'une des chambres de l'hôtel Ambassadeur, qui jouxtait le club. Et il l'aurait fait en toute impunité, à la différence de Stu, le barman, qui risquait sa place à flirter avec une cliente. Peut-être comblerait-il ainsi le vide laissé par Charlotte ? Du moins jusqu'au lendemain.

Il prit son verre et avala d'un trait ce qu'il restait

de whisky, avant de faire la même chose avec le Cosmopolitan de Charlotte. Il ferma les yeux, attendant que le feu de la boisson s'atténue un peu, puis les rouvrit. L'inconnue en rouge était assise à une table de l'autre côté de la salle. Une chance pareille était inconcevable. Rencontrer trois fois la même personne au cours d'une soirée, c'était à n'en pas douter un signe du destin.

Oubliant qu'il ne croyait pas au destin, et avant de risquer de la perdre encore, il se leva aussitôt pour aller la rejoindre. Et sans attendre d'y être invité, il tira le siège qui se trouvait en face de la belle inconnue et s'assit.

Un profond scepticisme se peignit sur ses traits, aussitôt remplacé par un plaisir manifeste qui le rassura. C'était un sentiment nouveau pour lui, car ses origines — il venait de l'une des plus illustres familles de la côte Est — l'avaient plutôt habitué à penser que tout lui était acquis.

— Cette série de coïncidences est tout de même incroyable ! s'exclama-t-elle la première.

— Moi, je commence à aimer ces rencontres aussi imprévisibles qu'improbables.

Il la vit s'empourprer légèrement, ce qui lui causa une grande satisfaction : il ne se souvenait pas d'avoir embarrassé une femme de façon aussi délicieuse.

— Cela vous dérange si je me joins à vous ?

— Il me semble que c'est déjà fait, non ?

— C'est vrai, admit-il en feignant d'être surpris. Pour me faire pardonner, je vous offre un verre.

Il craignit soudain qu'elle ne décline son invitation. Encore une expérience inhabituelle pour lui qui ne s'était jamais fait éconduire, ou en de si rares occasions qu'il avait haussé les épaules pour passer à une autre conquête. Car il avait toujours une autre conquête en vue.

— Dans ce cas, je prendrai une coupe de champagne, dit-elle enfin, tandis que Stu s'approchait de leur table.

— Apportez-nous une bouteille, ordonna-t-il. Du Perrier-Jouët, cuvée Belle Epoque 2002.

— Vraiment, ce n'est pas nécessaire…, protesta-t-elle, apparemment embarrassée de ne pas connaître son prénom.

— Marcus, précisa-t-il. Marcus…

— Non, le coupa-t-elle. Je ne veux pas savoir votre nom de famille.

Il fronça les sourcils, étonné par sa réaction.

— Pourquoi cela ?

— Je ne veux pas le savoir, c'est tout.

Il s'apprêtait à le lui révéler quand même — Marcus Fallon n'était pas du genre à s'exécuter docilement —, mais il se ravisa.

— Si ça peut vous faire plaisir, fit-il en lui tendant sa main droite, avant d'ajouter : Et vous, vous êtes…

Elle hésita un instant, puis plaça finalement ses doigts fins et délicats dans sa paume large. Il referma la main presque instinctivement, les sens soudain aiguisés. Chaque partie du corps de cette belle inconnue était-elle aussi douce et satinée ?

Bien que ce contact la fît de nouveau rougir, elle ne chercha pas à dégager la main qu'il gardait toujours prisonnière dans la sienne.

— Della, finit-elle par répondre. Je m'appelle Della.

Si elle voulait faire mystère de son nom, il respecterait momentanément ce choix. Mais il se jura qu'avant la fin de la nuit, il saurait tout d'elle, à commencer par ses zones érogènes et les gémissements qu'elle laissait échapper quand elle atteignait l'orgasme.

Ils restèrent un moment silencieux à se dévisager, leurs mains toujours jointes. Ses yeux étaient d'un gris si profond qu'on aurait pu s'y perdre. Des yeux qui disaient beaucoup et rien à la fois. Envoûté, il la devina honnête et noble.

Stu réapparut bientôt, manifestant sa présence par un raclement de gorge discret, et elle en profita pour libérer sa main d'un petit geste sec avant de la poser bien à plat sur la table.

— Désirez-vous autre chose, monsieur…

Stu s'interrompit, avant de révéler le nom de Marcus.

— Y aura-t-il autre chose pour votre service, monsieur ? corrigea-t-il prestement.

Marcus commanda vaguement quelques amuse-gueules, sans entrer dans les détails, trop impatient de reporter son attention sur la jeune femme fascinante qui lui faisait face.

— Si vous êtes venue ici, au Windsor Club, reprit-il pour ranimer leur conversation, c'est que vous devez connaître un peu Chicago. La liste d'attente est longue, au moins deux ans si je ne me trompe, avant de pouvoir y être admis. A moins que vous n'ayez été invitée par quelqu'un ?

— Je suis venue seule, répondit-elle, avant d'ajouter, après une courte hésitation : Ce soir.

Ce qui supposait que les autres soirs, elle était accompagnée. Baissant machinalement le regard sur son annulaire gauche, il constata, soulagé, qu'elle n'y portait pas de bague.

— Ou alors, poursuivit-il, pensif, vous êtes membre par le hasard de la naissance ? Comme moi, précisa-t-il en souriant. Ce qui signifie que même s'ils essayent de me rayer des listes, ils n'y arriveront pas.

Elle lui rendit son sourire.

— Et pourquoi voudrait-on se débarrasser de vous ? demanda-t-elle, visiblement étonnée.

— Vous n'êtes vraiment pas d'ici, sinon vous seriez au courant de ma réputation. En général, on prévient tout de suite les jeunes femmes du monde comme vous. Et dans la plupart des guides touristiques de la ville, vous trouverez : « Bienvenue à Chicago. Ne ratez pas la visite de Navy Pier, de la tour Hancock et de l'aquarium. Mais ne vous approchez surtout pas de Marcus… »

Il s'interrompit juste avant de prononcer son nom.

— « … de Marcus dont-vous-ne-voulez-pas-connaître-le-nom. Vous risquez de vous attirer des ennuis. »

Elle se mit à rire d'un joli rire communicatif et cristallin.

— Et que racontent les autres guides, ceux qui ne donnent pas ce conseil ?

— Ils disent que les gens qui me font cette réputation détestable sont les premiers à s'encanailler, dès qu'ils sont loin de leur famille. En fait, si je suis aussi connu, ce n'est pas tant à cause de ce que je fais qu'à cause d'une horde de photographes qui ne respectent rien.

Elle rit de nouveau, et il sentit une onde de chaleur lui parcourir le corps.

— Je ne suis pas seulement un amateur d'opéra, vous savez, déclara-t-il en lui lançant un regard appuyé.

— Ah bon, et de quoi d'autre êtes-vous donc amateur ?

L'arrivée de Stu, avec la bouteille de champagne et un plateau couvert de fruits et de fromages, épargna une réponse embarrassante à sa troublante interlocutrice.

Stu attendit l'approbation de Marcus avant de remplir leurs deux coupes.

— Je suis très connu dans cette ville, précisa-t-il. N'importe qui dans cette salle vous le confirmera.

Le prenant au mot, elle se tourna vers le barman qui plaçait la bouteille dans un seau à glace en argent.

— C'est vrai ? demanda-t-elle.

Le barman interrogea discrètement Marcus du regard.

— Absolument, madame, dit-il après avoir reçu un hochement de tête en réponse. Et pas seulement à Chicago. Où qu'il aille, il fait la une des journaux et on retrouve régulièrement sa photo sur les sites Web consacrés aux célébrités. D'ailleurs, si vous restez en sa compagnie, il y a fort à parier que vous allez bientôt vous retrouver à la une d'un tabloïd.

Elle tourna vers Marcus des yeux emplis de crainte.

— Est-ce exact ? demanda-t-elle.

— J’en ai bien peur, répondit-il, surpris par sa réaction, mais ne souhaitant pas lui mentir.

Un éclair de panique passa sur le visage de Della, mais il choisit de l’ignorer.

— Ne vous inquiétez pas, aucun paparazzi ne risque de pénétrer dans ce club. Vous êtes parfaitement en sécurité ici, et personne ne vous verra en ma compagnie.

Il comprit, à l’expression qui s’était peinte sur son visage, que c’était exactement ce qu’elle redoutait. Elle ne voulait à aucun prix être surprise avec lui, et pas seulement par les paparazzi. Il y avait une personne en particulier dont elle devait craindre la réaction. Une personne qui n’aimerait pas la voir en sa compagnie.

Tout bien considéré, peut-être faisait-elle finalement partie de ces femmes belles, élégantes et racées qui gravissent les échelons sur le dos des hommes fortunés. Ce genre de femmes pullulait dans la société où il évoluait.

Elle émit de nouveau ce petit rire de gorge cristallin qui lui plaisait tant.

— A dire vrai, je m’en doutais, fit-elle. Je plaisantais.

Il hocha tête, peu convaincu. Peut-être avait-elle un ami régulier ? Peut-être *appartenait*-elle vraiment à quelqu’un ?

Cette mystérieuse femme en rouge n’avait pas fini de l’intriguer, et il se demandait vraiment ce qui le poussait à vouloir la percer à jour.

Dans l’espoir de dissiper la tension qui s’était

installée entre eux, il leva sa coupe de champagne et porta un toast. En constatant avec satisfaction que le visage de Della avait repris des couleurs, il décida de mettre temporairement un terme à l'épreuve.

Mais il ne renonçait pas pour autant.

Della scrutait le visage de l'homme assis en face d'elle, tout en sirotant son champagne. A quel moment la soirée avait-elle pris cette tournure étrange ? Et dire qu'elle qui s'apprêtait à passer la dernière partie de sa soirée à boire en solitaire un verre au célèbre Windsor Club, grâce à un généreux pourboire glissé dans la main du portier ! Au lieu de cela, elle se retrouvait encore une fois en compagnie de cet homme dont le regard de braise la fascinait.

Marcus. Ce prénom lui allait bien. Il évoquait un personnage à la fois stoïque et classique, autoritaire et exigeant. Une fois encore, elle s'étonna du concours de circonstances inouï qu'il avait fallu pour qu'elle tombe sur lui dans chacun des endroits qu'elle avait choisis. Il était vrai qu'elle les avait sélectionnés en fonction de la population qu'elle savait y trouver. Malheureusement, elle avait omis le fait que les gens très riches étaient aussi très souvent célèbres.

Mais que craignait-elle, au fond ? Marcus avait raison. Il n'y avait pas de paparazzi ici, sans compter le fait qu'il était tard et que la majorité de la population devait être rentrée chez elle, pour éviter la tempête de neige prévue cette nuit.

— Alors…, reprit-elle, essayant de retrouver le

ton badin du début de leur conversation, quel exploit avez-vous accompli pour être si connu ?

Il sirota une nouvelle gorgée de champagne avant de reposer sa coupe sur la table basse qui les séparait. Fascinée, elle contempla ses longs doigts soignés aller et venir sur le pied de la flûte, en un mouvement d'un érotisme torride. Elle sentit une vague de chaleur la submerger lorsque, du majeur, il se mit à effleurer le bord de la coupe, doucement, tout doucement. Quel effet aurait le même geste sur sa peau nue ? Le long de son épaule, par exemple. Ou plus bas, sur ses cuisses. Ou bien encore, dans des zones où la moindre caresse lui ferait perdre la tête.

Elle ferma les yeux pour tenter de dissiper les pensées érotiques qui dansaient dans sa tête. Mauvaise idée. Lorsqu'elle les rouvrit, Marcus la contemplait, un sourire entendu au coin des lèvres, comme s'il savait exactement ce qui lui avait traversé l'esprit.

Sans la quitter des yeux, il immobilisa son doigt sur le bord du verre, puis le trempa délicatement dans le champagne et, s'approchant, il lui humecta doucement les lèvres.

Une nouvelle vague de chaleur déferla sur elle, tandis que son cœur battait la chamade. Sans même penser à ce qu'elle faisait, elle entrouvrit la bouche pour permettre à Marcus d'y glisser son doigt.

Presque honteuse du désir qui la submergeait, elle se reprit aussitôt et rejeta légèrement la tête en arrière. Ses réactions la dépassaient totalement. Comment pouvait-elle avoir envie d'un homme dont elle ignorait tout, à l'exception du prénom et de deux ou trois détails ? A savoir qu'il était amateur d'opéra et de bon champagne, et qu'il avait acheté une rose pour une femme qui n'était jamais venue.

La rose. Elle avait oublié ce détail alors qu'il pouvait signifier qu'elle était en train de flirter avec un homme marié, ou, du moins, qui n'était pas libre.

Elle avait d'ailleurs disparu, cette rose. L'avait-il jetée, sans le moindre état d'âme, dans la première poubelle qui s'était présentée sur son chemin ou, au contraire, l'avait-il précieusement insérée entre les pages du programme de l'opéra ?

Presque machinalement, elle examina les tables inoccupées et finit par en repérer une, non loin d'eux, sur laquelle se trouvaient le fameux programme et la non moins fameuse rose. Elle avisa également les deux verres vides. Ce qui pourrait bien être le signe que la mystérieuse inconnue avait fini par rejoindre Marcus.

— Qui attendiez-vous ce soir ? ne put-elle s'empêcher de demander.

La question parut surprendre Marcus qui fronça les sourcils.

— Personne, répondit-il. Même pas vous.

— Pourtant, la rose… le cocktail…

Il suivit son regard jusqu'à la table où il s'était installé avant de la repérer. Il se voûta légèrement, comme en proie à un accès soudain de mélancolie. Son regard s'assombrit de nouveau, comme à l'Opéra, quelques heures plus tôt.

— J'ai effectivement acheté cette rose et commandé ce cocktail pour quelqu'un. Une personne qui m'était très chère, ajouta-t-il.

— « Etait » ? s'étonna-t-elle. Vous voulez dire que vous n'êtes plus…

— Quoi ?

— … ensemble ?

Le visage impassible de Marcus ne révélait rien de ses sentiments.

— Non.

Elle brûlait d'en savoir plus sur cette femme, mais l'expression fermée de son interlocuteur la dissuada de se montrer plus curieuse. Après tout, en quoi cela la concernait-il ? C'était déjà bien assez qu'elle ait ravivé des souvenirs qui, manifestement, n'étaient pas joyeux. Et qui que soit cette femme, il était tout aussi évident qu'elle ne faisait plus partie de sa vie.

De toute façon, pourquoi s'intéressait-elle autant à un homme qu'elle ne reverrait jamais après cette soirée ? Au bout du compte, moins elle en saurait sur lui, et moins elle aurait de mal à l'oublier.

Mais à sa grande surprise, elle entendit Marcus ajouter :

— Je savais qu'elle ne viendrait pas ce soir, mais je n'ai pas pu m'empêcher d'acheter sa fleur préférée ni de commander sa boisson favorite, comme je le faisais avant. Si je ne l'avais pas fait, j'aurais eu l'impression de la trahir, car elle était vraiment la seule qui…

Il s'interrompit brusquement pour fixer sur elle un regard qui paraissait moins mélancolique.

— Veuillez excuser cet accès de sentimentalisme de ma part, mais que cela ne vous effraie pas, Della, je suis bien un homme libre, conclut-il avant de demander : Et vous ?

Elle prit le temps de réfléchir à la réponse qu'elle allait lui donner. Cela faisait près d'un an qu'elle n'était plus seule, mais pas pour les raisons qu'on pouvait imaginer. Elle était avec Geoffrey. Du moins pour l'instant. Et tant qu'elle serait avec lui, elle ne pourrait être avec personne d'autre.

Portant la coupe à ses lèvres, elle but une longue gorgée. Suivie d'une autre, puis d'une autre. Jusqu'à ce que son verre soit complètement vide. A la seconde où elle le reposa sur la table, Marcus le remplit de nouveau.

— Chercheriez-vous à m'enivrer ?

— Oui, répondit-il sans l'ombre d'une hésitation.

Sa franchise la fit rire. Honnêtement, elle ne se souvenait pas de la dernière fois où elle avait ri avec autant de franchise au cours d'une soirée. D'ailleurs, même avant Egan, elle n'avait jamais été très portée sur la gaieté. Elle ignorait même le sens de ce mot.

— Ça ne marchera pas, affirma-t-elle. Je suis dotée d'un remarquable métabolisme.

Le sourire de Marcus se fit carnassier.

— Mais je ne demande qu'à voir ça.

Ainsi, le célèbre M. Marcus avait bien l'intention de l'entraîner dans son lit, pour une nuit torride. Le seul problème, c'était que cela n'arriverait pas. De toute façon, elle devait rendre les vêtements loués avant midi, sans quoi elle perdrait sa caution. Et même la perspective de coucher avec cet homme irrésistible ne lui ferait pas manquer ce « rendez-vous ».

Elle contempla avec une pointe de regret les lèvres

sensuelles de Marcus et la boucle sombre qui lui barrait le front, semblant attendre la douceur d'une main féminine pour la repousser.

De toute façon, il ne lui était pas permis de passer la nuit hors de chez elle, et avec qui que ce soit. Car si par malheur, Geoffrey appelait ce soir à la maison sans la trouver, il piquerait une grosse colère. Bien sûr, il aurait toujours la possibilité de la joindre sur son téléphone portable, pour s'assurer que tout allait bien, mais nul doute qu'il serait furieux d'apprendre qu'elle n'était pas restée cloîtrée là où il l'avait laissée. Elle avait déjà eu beaucoup de chance qu'il ne l'ait pas appelée pendant les quelques escapades qu'elle avait tout de même tentées pour échapper un peu à sa solitude. Si Geoffrey avait eu vent de ces petites excursions, il lui aurait probablement tordu le cou avant de renforcer un peu plus sa sécurité.

Le regard toujours rivé sur Marcus, elle se carra dans son siège et dit d'un ton narquois :

— C'est donc là votre façon de procéder avec les femmes. Vous les faites boire pour pouvoir ensuite profiter d'elles.

— Je n'ai jamais eu à profiter de la faiblesse des femmes, Della, répondit-il avec une assurance dénuée de toute arrogance.

— Quelle est donc l'origine de votre mauvaise réputation ? insista-t-elle.

Il se pencha légèrement en avant, annulant ainsi l'infime distance qu'elle avait pris soin de mettre entre eux.

— Par où vais-je commencer ? dit-il, comme

pour lui-même. Mais dites-moi une chose d'abord : est-ce que vous avez toute la nuit devant vous ?

Prise au dépourvu, ne sachant quoi répondre, elle but une nouvelle gorgée de son champagne et prit soudain conscience que la tête lui tournait légèrement.

Comme pour la convaincre d'acquiescer, Marcus mêla ses doigts aux siens. Ce simple contact, pourtant assez innocent, ralluma le feu qui couvait encore en elle.

— Parce que si vous avez toute la nuit, ajouta-t-il, je serais très heureux de vous montrer concrètement d'où elle vient, cette réputation.

Elle avala une nouvelle gorgée, pour se donner une contenance.

Que s'apprêtait-elle à lui dire, déjà ? Ah, oui ! Qu'elle devait rentrer chez elle, parce qu'à partir de maintenant, chaque minute qui passait lui faisait courir le risque de voir son carrosse se transformer en citrouille.

Elle devait le lui dire mais les mots ne venaient pas. Probablement parce que son cerveau était encombré d'images érotiques dans lesquelles cet homme incroyablement sexy jouait le premier rôle. Il y avait si longtemps qu'elle n'avait pas été aussi troublée ! Et bien du temps passerait avant qu'elle ne le soit de nouveau. Son avenir était pour le moins incertain, car elle ignorait ce qu'il adviendrait lorsque Geoffrey en aurait fini avec elle. Sa seule certitude, c'était le moment présent. Cet endroit et cet homme.

Un homme auquel il ne fallait pas qu'elle succombe parce qu'il la hanterait pour le restant de ses jours.

Pourtant, sans qu'elle sache pourquoi, elle ne pouvait se résoudre à le quitter si vite.

- 3 -

Della détourna la tête, dans un effort pour se concentrer sur autre chose que Marcus. Elle regarda en direction des baies vitrées, par-dessus son épaule, et vit que la neige promise par les bulletins météorologiques s'était mise à tomber en flocons délicats.

Ayant grandi à New York, elle avait l'habitude de la neige, et elle ressentit la même joie que lorsque, enfant, elle découvrait son environnement recouvert d'un manteau blanc. Le béton et l'asphalte se transformaient alors en un monde enchanté : l'escalier de secours qu'elle apercevait de la fenêtre de sa chambre étincelait et les voitures déglinguées de la rue étaient devenues de belles automobiles scintillant de mille feux.

Elle apprécia, avec le même bonheur enfantin, la magie de cet instant qui faisait de l'homme en face d'elle un prince charmant.

— Il neige, dit-elle dans un souffle.

Marcus se tourna pour suivre son regard, mais la magie ne sembla pas opérer sur lui.

— Ils ont prévu entre quinze et vingt centimètres, annonça-t-il, pragmatique, avant de dégager sa main de la sienne.

Encore une fois, elle voulut se persuader que

c'était mieux ainsi. Cette rencontre, cet échange ne pouvait être que fugace. D'ailleurs, le mauvais temps serait la parfaite excuse pour s'éclipser. Malgré son esprit embrumé par l'alcool, elle se rappela justement avoir demandé au chauffeur de la voiture de location de venir la chercher à minuit. Il devait être l'heure et elle devait absolument mettre un terme à ce… à cette… Comment nommer ce moment avec Marcus ?

Mais en dépit de tout, elle restait immobile, incapable d'esquisser le moindre geste.

— Il va neiger juste assez pour rendre les rues impraticables, grogna-t-il avec dédain. Heureusement, demain c'est dimanche, ça évitera les embouteillages.

Demain, c'était dimanche. Elle n'aurait pas à se lever tôt. Elle pouvait donc grappiller quelques minutes de plus.

— Mais dans l'après-midi, enchaîna-t-il, la ville ne sera plus qu'un immonde tas de boue. La neige, c'est vraiment…

— J'adore la neige, le coupa-t-elle. C'est si beau !

Il lui adressa un sourire indulgent.

— Vous parlez comme quelqu'un qui n'a jamais eu à conduire dans de telles conditions, rétorqua-t-il, avant que son sourire ne s'élargisse, comme s'il venait d'avoir une révélation. Vous venez de me donner un indice supplémentaire vous concernant. Je sais maintenant que non seulement vous venez d'arriver à Chicago, mais aussi que vous arrivez d'un endroit chaud et ensoleillé où l'on ne connaît pas la neige.

Elle n'essaya pas de le contredire. Moins elle en dirait, et mieux ce serait.

Il prit d'ailleurs son silence pour une approbation.

— J'ai raison, n'est-ce pas ? Vous arrivez tout droit d'un lieu où il fait chaud toute l'année ?

— Je plaide coupable, répondit-elle en se forçant à sourire.

Car coupable, elle l'était. Coupable de déguiser la vérité ; coupable de lui laisser croire qu'elle était une autre ; coupable de vouloir l'entraîner vers…

Non, aucun d'eux n'avait fait de promesses à l'autre. Marcus avait juste envie de partager plus qu'une bouteille de champagne et une corbeille de fruits avec elle. Et il attendait simplement qu'elle lui fasse comprendre qu'il en allait de même pour elle.

Pourtant, même si une partie en elle brûlait de lui céder, une autre partie l'incitait à se montrer raisonnable. Elle se le devait à elle-même, aux ambitions qu'elle avait nourries et qui avaient fait d'elle la femme pragmatique et vaillante qu'elle était aujourd'hui.

Pourtant, c'était justement pour cela qu'elle avait dû fuir la vie qu'elle s'était construite âprement. Elle soupira intérieurement. Voilà qu'elle recommençait à ruminer des pensées qu'elle s'était interdites pour ce soir. Pleurer son ancienne vie et geindre sur son existence actuelle ne faisait pas partie du programme qu'elle s'était fixé pour cette soirée. C'était son anniversaire, le seul jour de l'année où l'on pouvait se permettre de se montrer égoïste et indulgent envers soi-même.

Après un rapide coup d'œil en direction de Marcus,

elle se leva et se dirigea vers les baies vitrées pour regarder la neige qui tombait à présent à gros flocons.

Il y avait, juste devant elle, une petite terrasse plongée dans l'obscurité, sur laquelle elle discerna pourtant les formes de tables et de chaises, recouvertes d'une épaisse couche de neige. Cela faisait donc un bon moment que la neige annoncée s'était mise à tomber, et il était surprenant qu'un tel événement lui ait échappé jusque-là. La faute en revenait probablement à Marcus, qui retenait toute son attention.

Elle le sentit qui se glissait derrière elle en la frôlant. Le cœur battant, elle s'enivra de son odeur puissante et virile.

— Il neigeait à peine lorsque je suis arrivée, dit-elle sans se retourner. C'est étonnant de voir à quelle vitesse le temps a évolué.

Il resta silencieux quelques secondes.

— Ce n'est pas la seule chose étonnante, ce soir, finit-il par murmurer à son oreille.

Elle ne pouvait le nier. Pourtant, aussi inattendue que soit la présence de Marcus à ses côtés, elle ne s'en étonnait presque plus. Elle avait même le sentiment de le connaître depuis toujours. Ils avaient partagé un dîner, un magnifique spectacle à l'Opéra, échangé des idées, des frôlements furtifs. Ils s'étaient fait rire, sourire, et chacun avait suscité chez l'autre des sentiments profondément enfouis… Marcus n'était plus vraiment un inconnu.

Il lui plaisait beaucoup et la réciproque semblait évidente.

Dans un geste dont elle n'eut pas pleinement

conscience, elle abaissa la poignée de la porte qui conduisait à la terrasse, et s'y faufila prestement. L'instant d'après, elle tournoyait sur elle-même, bras écartés vers le ciel.

— Della, la gronda gentiment Marcus, resté à l'intérieur, que faites-vous ? Il gèle !

Elle songea, avec une pointe d'amusement, que le froid n'avait aucun effet sur elle, tant son corps brûlait de passion et de désir.

— C'est plus fort que moi, répliqua-t-elle en s'arrêtant face à lui. C'est si beau, si paisible. Ecoutez ce silence.

En effet, les bruits de la ville leur parvenaient étouffés, comme atténués par le son léger des flocons qui s'écrasaient au sol. A contrecœur, visiblement, Marcus enfouit les mains dans ses poches et la rejoignit sur la terrasse, en secouant la tête.

— Vous êtes pire qu'une enfant, dit-il avec un sourire indulgent.

Comme il s'approchait d'elle, elle se dirigea à reculons vers l'angle le plus éloigné de la terrasse. En heurtant le mur, son dos fit tomber un peu de la neige qui s'était accumulée dessus. Elle éclata de rire tandis qu'elle secouait la tête pour éparpiller les flocons, faisant bientôt tomber le peigne qui retenait ses cheveux. De longues mèches blondes flottaient maintenant librement sur ses épaules.

Marcus finit par la rejoindre, d'un pas hésitant.

— Nous sommes en mauvaise posture, n'est-ce pas ? le taquina-t-elle.

Elle étendit la main devant elle pour offrir sa paume aux flocons qui fondaient en touchant sa peau.

— Regardez, Marcus, dit-elle. Comment pouvez-vous ne pas trouver cela magnifique ?

Il avait atteint lui aussi l'angle sombre de la terrasse.

— Je trouve surtout qu'il fait froid, répondit-il, et vous avez laissé votre manteau à l'intérieur.

Dans un geste chevaleresque, il retira la veste de son smoking et la lui passa autour des épaules. Une nouvelle fois, elle se grisa de son odeur et de sa chaleur et resserra le vêtement plus étroitement contre elle, comme pour s'imprégner de lui.

— Maintenant, c'est vous qui avez froid, objecta-t-elle.

— Je ne sens plus le froid depuis le moment où j'ai posé les yeux sur vous, et ce ne sont pas quelques flocons qui vont y changer quelque chose.

Et il pencha la tête vers elle, avec l'intention manifeste de l'embrasser. Instinctivement, elle s'empressa de lui tourner le dos. Pourquoi ? Elle brûlait de recevoir ce baiser et de le lui rendre. Mais quelque chose l'empêchait de s'autoriser un tel plaisir. Peut-être le fait qu'elle n'était pas la femme qu'il croyait ? Elle-même ne savait plus trop qui elle était, d'ailleurs, d'autant que bientôt, elle serait définitivement quelqu'un d'autre. Dans quelques heures, elle et Marcus ne seraient en effet rien de plus qu'un joli souvenir l'un pour l'autre.

Mais il vint se plaquer contre elle, interrompant le fil de ses pensées. Elle se délecta de la puissance qui émanait de lui, de ses larges épaules, de son torse qui s'imbriquait parfaitement contre le sien. Les battements de son cœur s'accélérèrent quand elle sentit au creux de ses reins l'expression du désir qu'il avait pour elle, et elle sentit son corps s'embraser lorsqu'il posa la bouche contre son oreille.

— Tu es si troublante, Della, lui murmura-t-il, d'une voix rauque de désir.

Une fois encore, redoutant ce qu'elle pourrait dire ou, pire, faire, elle ne répondit rien, préférant offrir son visage à la caresse froide de l'air, dans l'espoir de calmer le tumulte qui l'agitait. Mais sa retenue sembla surtout redoubler le désir qu'elle suscitait en lui. Elle crispa ses doigts sur le métal glacé de la glissière pour les empêcher de chercher le corps de Marcus. Une foule de pensées négatives affluèrent à son esprit. Des pensées qu'elle refusait d'écouter, car elle savait désormais qu'elle ne rencontrerait jamais plus un homme comme lui, et que, très bientôt, il sortirait définitivement de sa vie. Or rien n'était plus triste qu'une occasion ratée.

Elle souhaita de toutes ses forces oublier son passé, gommer son enfance misérable, la vérité sur Egan Collingwood et l'angoisse permanente qui l'étreignait depuis les révélations terribles qu'elle avait dû faire. Mais comment pourrait-elle oublier cette solitude affreuse qui était son lot quotidien depuis plus de onze mois ? C'étaient là autant de raisons qui devaient l'empêcher de céder à Marcus. Il n'était qu'un joli cadeau d'anniversaire et il devait le rester.

Comme s'il avait lu dans ses pensées, Marcus glissa les mains entre les pans ouverts de son smoking et lui prit la taille. Instantanément, des ondes de plaisir déferlèrent sur son corps, lui arrachant un soupir voluptueux. Renonçant à ses bonnes résolutions, elle se pressa un peu plus étroitement contre lui et, toujours sans se retourner, leva le bras pour plonger la main dans les cheveux sombres de Marcus. Voyant manifestement dans ce geste le signal qu'il attendait, il s'aventura jusqu'à ses seins.

— Oh ! Marcus ! laissa-t-elle échapper dans un souffle.

En guise de réponse, il baissa la tête pour couvrir de légers baisers sa gorge offerte. Gardant une main sur l'un de ses seins, il suivit de l'autre les courbes de sa taille et de ses hanches. Doucement, tout doucement, il remonta sa robe sur ses cuisses, dévoilant les bas de soie qui les gainaient.

— Marcus, protesta-t-elle faiblement.

— Chut, murmura-t-il, je veux juste sentir ta peau sous mes doigts.

Privée depuis trop longtemps du désir d'un homme, elle s'abandonna à ses caresses. Elle avait oublié à quel point il était délicieux de succomber au plaisir. Cela lui donnait l'impression d'être merveilleusement vivante.

Enhardi par son accord tacite, Marcus écarta sa culotte et glissa les doigts dans sa toison humide.

— Della, mon cœur, murmura-t-il d'une voix rauque, c'est comme si… comme si tu t'étais déjà préparée à…

Ses doigts trouvèrent la vulve gonflée et jouèrent avec ses lèvres, jusqu'à lui arracher un long gémissement de plaisir. Elle s'agrippa de nouveau à la rampe et, au comble de l'excitation, fit aller et venir ses mains dessus dans un geste évocateur.

Il poursuivit ses caresses tout en lui mordillant le cou. Folle de désir, elle glissa les mains derrière son dos et défit fébrilement la boucle du ceinturon de Marcus, avant de baisser la fermeture de son pantalon.

Après tout, c'était son anniversaire.

Pourquoi ne s'offrirait-elle pas un dernier cadeau ? Elle n'allait pas se priver des joies du sexe, alors que c'était ce qu'ils voulaient tous les deux.

Comme en réponse à ses tergiversations, Marcus s'écarta légèrement pour lui permettre d'agir librement. Le dos toujours tourné, elle glissa une main impatiente dans sa braguette ouverte, resserra les doigts sur son sexe gonflé et entama un mouvement de va-et-vient aussi lent que régulier, qui tira bientôt à Marcus des râles de plaisir.

Elle se contentait de savourer le moment présent, ignorant si elle irait plus loin, ou même si elle le souhaitait. Pourtant, lorsqu'il souleva sla robe jusqu'à la taille et qu'il fit glisser sa culotte, elle cessa de se poser la question. Elle s'abandonna tout simplement à lui, pour le sentir entrer en elle.

Elle laissa échapper un petit cri qu'il étouffa doucement de sa main libre avant de commencer à bouger. Au comble de l'excitation, elle se mordit la lèvre pour s'empêcher de crier de nouveau. Le plaisir qu'il lui donnait était si intense qu'elle eut l'impression de sentir son corps se dissoudre. La tête se mit à lui tourner, pendant que Marcus, ce quasi-inconnu, la transportait vers un orgasme d'une intensité qu'elle n'avait encore jamais connue.

Il la rejoignit bientôt dans la jouissance et se retira

d'elle pour la retourner vers lui et l'embrasser avec passion, pendant de longues minutes, avant de se décider à lâcher ses lèvres.

— Je n'ai jamais vécu une pareille expérience, lui confia-t-il.

Elle garda le silence, ne sachant que répondre, mais s'agrippa à lui, comme une naufragée.

Il s'écarta pour lui demander d'une voix douce :

— Tu sais ce que je préfère, dans ce club ?

Elle répondit d'un signe de tête négatif.

— C'est qu'il communique avec l'hôtel Ambassadeur. Comme cela, par des soirées comme celles-ci, où le mauvais temps peut rendre la conduite dangereuse et où l'on a bu un peu trop de champagne, on peut passer la nuit sur place. Ce n'est même pas la peine de mettre un pied dehors, il suffit de traverser le hall d'entrée, de passer une porte à tambour et, en un rien de temps, tu te retrouves dans une suite luxueuse, devant une autre bouteille de champagne.

Il marqua une pause.

— Si rien ne t'oblige à rentrer chez toi, ça te dirait de passer une nuit entière avec moi, Della ? demanda-t-il enfin, presque timidement.

Sa seule obligation, c'était de restituer demain, avant midi, les vêtements qu'elle avait loués et de répondre au coup de fil quotidien que Geoffrey ne manquerait pas de lui donner. Et elle n'avait pas à craindre de laisser passer l'heure : elle se réveillait invariablement à 5 heures, même après une mauvaise nuit. Une habitude qu'elle tenait de son ex-patron, M. Nathanson, qui exigeait qu'elle arrive au bureau en même temps que lui, soit à 7 heures pile. A cette époque-là, elle pensait naïvement qu'elle avait affaire à un bourreau de travail et certainement pas à un as de la corruption.

Elle reporta son attention sur Marcus. Un cadeau, voilà ce qu'il était. Rien de plus. Une nuit avec lui serait sans doute le plus beau de tous les cadeaux qu'elle s'était offerts jusque-là. Et si elle refusait, elle n'aurait pas de seconde chance.

— Je suis libre, dit-elle alors. Je n'ai pas d'obligation.

Elle lui ébouriffa les cheveux, éparpillant les flocons qui s'y étaient mêlés.

— En tout cas, pas jusqu'à demain matin, précisa-t-elle. Ce sera une nuit, Marcus, juste une nuit, répéta-t-elle comme pour s'en convaincre elle-même. C'est tout ce que je peux te promettre.

— Je n'en demande pas plus, Della.

Elle songea avec une pointe d'amertume qu'il devait dire vrai et se comporter ainsi avec toutes ses conquêtes. Elle n'avait qu'à se persuader que c'était ce qu'elle voulait, elle aussi. Ainsi, ils seraient à égalité.

Et cette soirée surpasserait ses rêves les plus fous. Elle serait magique.

- 4 -

Marcus se tenait immobile devant la large fenêtre de sa suite, enveloppé du peignoir bleu que l'hôtel mettait à la disposition de ses clients. Il regardait la neige tomber, de façon à présent si violente qu'on ne distinguait presque plus les bâtiments de l'autre côté de l'avenue Michigan.

C'était tout simplement incroyable.

Ce qui, d'après les prévisions météorologiques, n'aurait dû être qu'une banale chute de neige avait évolué en une véritable tempête. La ville entière serait paralysée jusqu'à ce que les chasse-neige fassent leur travail, ce qui n'était envisageable qu'une fois la tourmente calmée.

Au plus tôt demain, probablement. Ce qui lui laissa entrevoir la possibilité d'une deuxième nuit en compagnie de Della.

Il était d'ailleurs surpris que cette perspective le réjouisse. La plupart du temps en effet, il s'empressait de rentrer chez lui avant la fin de la nuit, une fois son désir assouvi. Il ne voyait pas la nécessité de s'attarder. Même l'idée de faire l'amour une deuxième fois avec sa conquête du jour le retenait rarement.

Mais avec Della, les choses étaient différentes. Plus

ils faisaient l'amour, plus il avait envie d'elle. Cette nuit, ils avaient été insatiables, ne s'accordant que de rares moments de répit avant de recommencer, encore et encore. A sa grande satisfaction, il avait trouvé en elle une maîtresse exigeante, aussi sauvage qu'une tigresse, ce qui n'avait fait qu'attiser un peu plus le violent désir qu'il avait d'elle.

Lorsqu'il s'était réveillé à son côté ce matin, leurs corps ne faisaient qu'un. Jamais il n'aurait imaginé un jour serrer une femme contre lui avec un tel instinct de possession.

Il était resté un long moment éveillé, immobile à côté d'elle, à écouter sa respiration régulière, à s'enivrer de son odeur musquée. Il avait résisté avec difficulté au désir fou de la prendre pendant son sommeil, puis il s'était glissé hors du lit en prenant soin de ne pas la réveiller. Sans bruit, il avait enfilé son peignoir avant d'appeler le service d'étage.

Toutes ces précautions n'étaient pas destinées à la prendre au piège, ni à retarder son départ : simplement, il se plaisait à la contempler pendant son sommeil.

Il relâcha le léger voilage de la fenêtre, qui, conjugué à l'aube opaque, donnait à l'endroit une atmosphère irréelle. Il raffolait du luxe raffiné de cet hôtel, des couleurs discrètes et du mobilier contemporain qui conféraient à l'endroit une rare élégance.

Lorsqu'il posa le regard sur le corps de Della, un sourire ému se dessina sur ses lèvres. Elle dormait sur le ventre, la couleur diaphane de son dos et de ses épaules se confondant avec les draps ivoire. A pas feutrés, il s'approcha pour s'arrêter à quelques centimètres du lit. Etalée sur le drap, la chevelure blonde de Della formait comme une auréole. Il se rappela avoir plongé les mains dans ses boucles soyeuses tandis qu'il la chevauchait. Il remarqua avec une pointe d'amusement que les lèvres de Della étaient encore gonflées de leurs baisers fougueux et la peau délicate de ses joues enflammée par les frottements que lui avait infligés sa barbe naissante.

Il était sur le point d'aller se servir une tasse de café lorsqu'elle s'étira. Lentement, tout en poussant de petits sons presque inaudibles, elle exhala un profond soupir de satisfaction. Paupières toujours closes, elle roula sur le dos et étira les bras au-dessus de sa tête, lui laissant admirer la pointe dressée de sa poitrine parfaite. Elle dégourdit ensuite ses jambes, écartant les draps par inadvertance et révélant la toison blonde de son pubis.

Une fois de plus, il sentit son sexe durcir. Elle était d'une beauté sans faille, si parfaite qu'il regrettait presque d'y avoir déjà goûté.

Presque.

Car, incapable de se contrôler davantage, il se pencha vers elle et effleura sa cheville d'un doigt léger. Les yeux toujours clos, elle lui adressa un sourire envoûtant qui ne fit que renforcer son désir. Il fit remonter son doigt vers son genou, puis sur sa cuisse fuselée.

Il eut bientôt la main dans sa toison humide et, le sourire aux lèvres, la caressa durant de longues minutes, évitant volontairement le clitoris pour ne pas précipiter son orgasme.

Au lieu de cela, il enfonça un doigt dans le fourreau doux et moite, rendu plus souple par ses assauts de la veille. Et lorsqu'elle s'arc-bouta pour l'accueillir plus profondément, il retira son doigt, avant de l'y plonger de nouveau, et de recommencer, encore et encore.

La sentant au bord de l'orgasme, il accéléra le mouvement, guidé par les spasmes qui agitaient son corps. Elle se cambra une dernière fois en criant son plaisir, avant de se laisser retomber sur le lit, sans force.

— Bonjour, dit-il dans un souffle, comme si tout cela n'avait pas eu lieu.

Encore frémissante, le souffle court, elle parvint pourtant à lui répondre.

— Bonjour, Marcus, murmura-t-elle encore haletante. J'adorerais être réveillée comme ça tous les matins.

Au lieu de le paniquer, ces mots lui réchauffèrent le cœur. Sans doute parce qu'un homme qui commençait sa journée en faisant jouir une femme éprouvait un sentiment de pouvoir et d'autosatisfaction bien légitime.

— J'ai fait monter du café, ainsi qu'un petit déjeuner. Mais comme je ne savais pas ce que tu prends d'ordinaire, j'ai commandé un peu de tout.

— Je boirais volontiers un café. Noir, précisa-t-elle, anticipant ainsi la question qu'il s'apprêtait à poser.

C'était très perturbant, qu'elle puisse lire ainsi en lui. Habituellement, il refusait farouchement qu'une femme pénètre dans ses pensées, sans doute parce qu'elle n'aimerait pas ce qu'elle y verrait. Sortant d'une étreinte, il songeait en général à sa prochaine conquête, à son travail, à son équipe de basket préférée…

Pourtant, curieusement, cela ne le dérangeait pas que Della le perce à jour. Aussi répondit-il simplement, sur un ton enjoué :

— Tout de suite, madame.

Tandis qu'il remplissait deux tasses de café, elle se glissa hors du lit et s'enveloppa d'un peignoir similaire au sien, avant d'aller se poster près de la fenêtre, comme il l'avait fait quelques minutes plus tôt. La neige formait à présent un écran opaque qu'il devenait de plus en plus difficile de percer.

— C'est une tempête de neige ou je ne m'y connais pas, murmura-t-elle, incrédule.

L'ayant rejointe, il lui tendit une tasse qu'elle prit distraitement d'une main.

— Comment vais-je faire pour rentrer à… la maison ?

Il remarqua la petite note d'hésitation qui laissait penser que son domicile actuel n'était que provisoire. Voilà qui étayait sa théorie, selon laquelle Della n'était que de passage à Chicago. D'autant qu'elle lui avait assuré n'avoir aucune obligation jusqu'à ce matin.

Cette conclusion le contraria plus qu'elle n'aurait dû. Car, après tout, quelle importance cela avait-il qu'elle soit liée à un autre homme ? De toute façon, ils avaient décidé d'un commun accord que cette relation resterait sans lendemain. Ils s'étaient promis une nuit, ce qui était bien suffisant pour assouvir la faim qu'ils avaient l'un de l'autre. Que Della soit de passage à Chicago ou qu'elle ait une vie amoureuse ailleurs était sans importance. Et dans cette perspective, il devait au contraire être rassuré d'avoir la confirmation que cette relation était destinée à rester une passade.

Malheureusement, pour une raison obscure, il n'aimait pas l'idée qu'elle puisse lui échapper. Et encore moins qu'elle appartienne à quelqu'un d'autre.

Assez réfléchi. Il était inutile de se torturer ainsi les méninges.

On était dimanche et il était bloqué dans une suite de luxe avec une femme incroyablement sexy. Que demander de plus ?

— Tu n'iras nulle part aujourd'hui, annonça-t-il après avoir bu une gorgée de son café. Même les chasse-neige ne pourront pas se frayer un chemin dans toute cette neige.

Sur le visage qu'elle tourna vers lui, il vit passer cette même lueur de panique qu'il avait cru déceler quelques heures plus tôt.

— Mais je ne peux pas rester ici toute la journée, protesta-t-elle d'une voix où montait la panique. Il faut absolument que je rentre… chez moi.

De nouveau, elle avait marqué cette hésitation en parlant du lieu qu'elle habitait.

— Tu dois absolument te rendre quelque part aujourd'hui ? s'enquit-il.

Pour toute réponse, il n'obtint qu'un froncement de sourcils dans un visage rongé par l'inquiétude.

— Ou bien quelqu'un t'attend quelque part ? insista-t-il.

A cette question, elle leva les yeux sur lui.

Ainsi, il y avait bien quelqu'un. Quelqu'un à qui elle devait rendre compte d'une absence prolongée.

— Tu es mariée ? demanda-t-il encore, sur un ton qu'il voulait désinvolte, mais qui sonnait faux, même à ses propres oreilles.

Elle le fusilla du regard. Parfait. Il préférait la colère à la panique, car la colère pouvait découler de la passion, contrairement à la crainte.

— Tu crois vraiment que je serais dans cette chambre avec toi, si un mari m'attendait quelque part ?

Pour une raison qu'il ignorait, cette réponse le réjouit.

— Et toi ? l'interrogea-t-elle à son tour. Tu es marié ? Et ta femme s'accommode sans sourciller de tes infidélités ?

Loin de le vexer, cette pique le fit rire.

— Le jour où une épouse m'attendra gentiment à la maison n'est pas encore arrivé, rétorqua-t-il avec une pointe de cynisme.

Mais voyant que son trait d'humour la laissait de marbre, il s'empressa de préciser, le plus sérieusement possible :

— Non, je ne suis pas marié, Della. Personne ne m'attend nulle part… Tu n'es pas mariée, ajouta-t-il après une pause, mais quelqu'un s'inquiéterait si tu ne rentrais pas chez toi aujourd'hui. Je me trompe ?

Elle inspira profondément, en enveloppant sa tasse de ses mains.

— *Chez moi*, c'est un concept assez vague pour le moment.

— Ce qui signifie ?…

Elle fixa le fond de sa tasse avant de répondre.

— Je ne peux rien te dire.

— Tu ne *peux* ou tu ne *veux* rien dire ?

Elle posa sur lui un regard vide de toute expression. Plus de panique, plus de colère, plus rien.

— Les deux.

— Pourquoi ?

Elle secoua la tête, porta la tasse à ses lèvres et souffla doucement sur le liquide brûlant avant d'en boire une gorgée. Puis, toujours silencieuse, elle alla passer en revue ce qui se trouvait sur le chariot du petit déjeuner. Il remarqua qu'elle avait lancé un coup d'œil furtif à sa montre et qu'elle avait été surprise en découvrant l'heure. Pourtant, il était à peine 8 heures. A une heure pareille, seul quelqu'un avec qui elle vivait pouvait se rende compte qu'elle avait découché une nuit entière.

— Tu as vraiment commandé un peu de tout, dit-elle d'un ton faussement dégagé, après avoir soulevé chacun des couvercles. Pâtisseries, bacon, saucisses, œufs, fruits…

Il était sur le point de faire une plaisanterie sur la nécessité de retrouver des forces après la nuit tumultueuse qu'ils venaient de passer, mais il se ravisa, la trouvant un peu trop graveleuse.

Cet excès de délicatesse était nouveau pour lui. D'habitude, il n'avait cure de ménager la sensibilité ou la susceptibilité de ses partenaires. Encore une fois, pourquoi les choses étaient-elles différentes avec Della ? Il était clair, depuis le début, qu'ils éprouvaient l'un pour l'autre une très forte attirance physique et qu'aucun des deux ne cherchait plus qu'une aventure éphémère.

D'ailleurs, c'était à peine s'ils avaient échangé quelques mots entre le moment où ils avaient quitté le club et leur réveil ce matin, à l'exception, bien sûr, des paroles qu'ils s'étaient chuchotées à l'oreille pour redoubler leur excitation. Qu'auraient-ils pu dire d'autre, de toute façon, compte tenu du fait qu'ils avaient passé leur temps à faire l'amour ?

Della choisit une pâtisserie qu'elle posa dans l'une des assiettes vides puis, après une courte hésitation, en choisit une autre, puis une troisième. Elle y ajouta quelques fraises et deux tranches de melon. Manifestement, elle aussi éprouvait le besoin de reprendre des forces, mais, tout comme lui, elle se gardait bien de formuler sa pensée à haute voix.

— Tu sembles avoir une nette préférence pour le sucré. Je me trompe ? dit-il en la regardant se lécher le bout d'un pouce constellé de sucre glace.

— Non. C'est exact, acquiesça-t-elle.

Son assiette dans une main et sa tasse dans l'autre, elle alla s'installer sur le lit, ce qu'il interpréta comme un excellent présage.

Après avoir rempli son assiette d'œufs, de bacon et de bagels et reversé du café dans sa tasse vide, il alla la rejoindre, se calant le dos contre la tête du lit, pour pouvoir étendre ses jambes. Della avait croisé les siennes. Il coula un regard en biais sur l'échancrure du peignoir qui laissait voir le renflement de sa poitrine, réalisant soudain qu'aucun d'eux n'avait de quoi se changer.

Son regard remonta alors sur les lèvres charnues

occupées à croquer sensuellement dans une fraise. Cette simple vision suffit à rallumer le feu qui couvait en lui.

— Puisque tu ne veux rien me dire sur ton lieu de résidence, peux-tu au moins me révéler l'endroit où tu loges en ce moment ?

— Non, répondit-elle sans l'ombre d'une hésitation.

Il regretta un instant de ne pouvoir employer la torture avec elle, mais jugea préférable d'essayer un autre moyen.

— Dans ce cas, tu peux peut-être me dire ce qui t'amène à Chicago ?

— Non, répondit-elle tout aussi fermement.

— J'imagine que tu ne me diras pas non plus d'où tu viens ?

— Non.

— Ni depuis combien de temps tu es ici ?

— Non.

— Ni où tu te rendras ensuite ?

— Non.

— Ni l'âge que tu as ?

— Certainement pas !

— Peut-être que tu peux me dire alors si tu aimes la *piña colada* et les grosses averses ?

Elle esquissa un petit sourire amusé.

— Ça oui, je peux, et la réponse est : pas particulièrement.

— Et que penses-tu des chatons gris, du bénévolat, des longues promenades sur la plage, des heures passées au coin d'un feu et des romans de Philip Roth ? enchaîna-t-il en souriant.

Le visage de Della s'éclaira, mais elle resta silencieuse.

— Quel est ton signe astrologique, alors ? ajouta-t-il encore.

Enfin, un vrai sourire illumina son visage.

— Sagittaire, répondit-elle de bonne grâce.

Voilà qui pourrait peut-être lui en dire long sur elle… si, toutefois, il s'y connaissait en astrologie, ce qui était loin d'être le cas. Mais c'était déjà mieux que rien. S'il ne se trompait pas, les Sagittaire étaient natifs du mois de juin… A moins que ce ne soit du mois d'octobre… ou alors de mars.

Il devait se rendre à l'évidence : son interrogatoire ne menait pas à grand-chose. D'ailleurs, qui sait si elle disait vrai en affirmant qu'elle était Sagittaire ou qu'elle n'aimait pas particulièrement les *piña colada* ?

Pourtant, il avait la certitude qu'elle ne lui avait pas menti. Elle ne voulait rien révéler de significatif sur elle-même, car elle s'était payé le luxe de prendre un amant pour un soir. D'ailleurs, si elle avait voulu lui mentir, elle aurait répondu à chacune de ses questions pour tenter de brouiller les pistes.

Au lieu de cela, il avait l'impression de se retrouver face à une page blanche.

Enfin, pas exactement, car il y avait une ou deux choses qu'il connaissait d'elle à présent.

Il savait qu'elle aimait l'art exigeant, qui n'intéressait pas la plupart des gens de son âge. Il savait aussi qu'elle pleurait à l'Opéra et que les subtilités de cette musique ne lui étaient pas étrangères. Il avait été témoin de toutes ses émotions au cours de la représentation de *La Bohème*. Il savait également qu'elle adorait boire du champagne, que la neige l'enchantait, qu'elle riait facilement et qu'elle était sublime en rouge.

Tous ces éléments devraient bien l'aider à cerner sa personnalité.

A cela venait également s'ajouter le fait qu'elle était issue d'un milieu aisé. Il n'avait pas eu besoin de s'attarder sur les bijoux qu'elle portait, ni sur la marque de ses vêtements, pour s'en rendre compte.

Elle s'était montrée parfaitement à l'aise dans chacun des lieux où il l'avait rencontrée. Son élégance, son intelligence, son assurance, tout disait qu'elle avait fréquenté les établissements les plus réputés. Il y avait aussi en elle une pointe de sophistication, qu'elle tenait probablement de parents pour qui une telle chose était importante.

Si ce n'étaient pas là des signes de richesse et de raffinement, alors il ne s'appelait plus Marcus Fallon.

Quoique richesse et raffinement n'aient jamais été la garantie d'une bonne éducation. Il se souvint avec un certain amusement de toutes les écoles huppées qu'il avait fréquentées et dont il avait été renvoyé, jusqu'à ce que son père finisse par acheter l'un des directeurs en finançant la construction d'un centre multimédia dans son établissement. Ce fut d'ailleurs à cette même contribution que Marcus dut de décrocher son diplôme de fin d'année. Dans son cas, il ne s'agissait pas d'un manque de capacités, mais simplement d'une absence de motivation : il se souciait de ses études comme d'une guigne.

Quant à ce qui était de la sophistication et de

l'élégance, il fut un temps où elles lui avaient fait singulièrement défaut, au grand dam de sa famille qui redoutait chaque sortie officielle en sa compagnie. Lui préférait de loin écumer les bars, abîmer de belles cylindrées, gâcher les bals des débutantes — si possible le tout dans la même soirée — et, avant l'âge de seize ans, il détenait un nombre record d'interpellations.

S'il n'y avait pas eu Charlotte…

Il interrompit quelques secondes le fil de ses pensées pour focaliser son attention sur Della. S'il n'y avait pas eu Charlotte, il n'aurait pas engagé la conversation avec cette superbe créature, et ce, à trois reprises ; il ne serait pas non plus assis là, sur ce lit, en sa compagnie. S'il n'y avait pas eu Charlotte, sa vie aurait été bien différente : il aurait probablement effectué plusieurs séjours en prison, aurait mené la vie oisive d'un enfant trop gâté par la vie ou aurait traîné ses guêtres dans les quartiers mal famés de Chicago. D'une manière ou d'une autre, de toute façon, ses parents auraient été conduits à le renier.

— A quoi penses-tu ?

La voix douce et suave de Della le ramena brusquement sur terre. Mais il n'allait pas répondre à sa question. Pour lui rendre la monnaie de sa pièce.

— Tu avais l'air si loin, absorbé dans tes pensées, insista-t-elle devant son mutisme.

— En effet, j'étais parti loin.

— Où ? voulut-elle savoir.

Il but lentement une gorgée de café avant de plonger ses yeux dans les siens.

— Je ne te le dirai pas.

— Pourquoi ?

— Tu ne me dis rien sur toi, je ne te dis rien sur moi.

L'espace d'un instant, il la crut prête à lui dévoiler enfin un pan de sa vie. Mais elle se contenta de hocher la tête.

— Tu as raison. C'est beaucoup mieux ainsi.

Il maudit intérieurement son manque de psychologie.

— Pour qui ? demanda-t-il. Pour toi ou pour moi ?

— Pour nous deux.

Il accusa le coup, de plus en plus déconcerté par cette étrange personnalité. La ronde des questions infernales reprit : qui était-elle vraiment ? D'où venait-elle ? Pourquoi refusait-elle de dire quoi que ce soit sur elle ? Et surtout : pourquoi tenait-il tant à en savoir davantage sur elle ?

— Très bien, lança-t-il. Si tu tiens vraiment à le savoir, je pensais à mon travail.

Elle ne répondit rien, s'empara de l'une de ses pâtisseries et mordit dedans à belles dents.

— Tu veux savoir ce que je fais dans la vie ?

— Non.

Ce nouveau refus l'agaça profondément.

— Je travaille pour une maison de courtage, répondit-il quand même, tout en restant délibérément évasif.

Ce n'était ni tout à fait vrai ni tout à fait faux. Il éprouvait en fait le besoin impérieux de s'ouvrir à Della, mais pas pour les raisons habituelles. Lorsqu'il parlait de lui à une femme, son but était généralement de l'impressionner, pour pouvoir l'entraîner ensuite plus facilement dans son lit. Curieusement, avec Della, ce besoin de plaire persistait alors qu'il l'avait déjà possédée. Plus étrange encore, avec elle, il n'avait jamais essayé de fanfaronner.

Elle gardait toujours le silence, mais, ayant avalé un morceau de travers, elle se mit à tousser. Il s'apprêtait à lui donner quelques tapes dans le dos lorsqu'elle arrêta son geste pour porter sa tasse de café à ses lèvres. Elle reprit son souffle après quelques gorgées.

— Tout va bien, finit-elle par dire avant qu'il ne le lui demande. Une petite erreur de trajectoire.

Il eut un hochement de tête avant de reprendre leur échange là où il l'avait laissé.

— Je travaille chez…

— Arrête, lui ordonna-t-elle en posant un doigt sur sa bouche. Je ne veux rien savoir de ta profession ni de l'endroit où tu travailles. S'il te plaît, Marcus, nous étions d'accord. Nous ne devons échanger aucun renseignement sur nous, pas même nos noms de famille. Et il n'y aura pas de lien entre nous. Ni passé, ni présent, ni futur.

— Nous nous étions aussi mis d'accord sur le fait de ne passer qu'une nuit ensemble, lui rappela-t-il. Pourtant, cela ne va manifestement pas être le cas. Nous sommes coincés ici pour au moins vingt-quatre heures encore. Alors je ne vois pas quel mal il peut y avoir à essayer de nous connaître un peu mieux.

Elle sembla réfléchir. Peut-être cherchait-elle un argument ou deux à lui opposer. Jamais encore il n'avait rencontré de femme dont le visage soit aussi expressif. On pouvait découvrir beaucoup, rien qu'en observant ses traits. Et ce qu'il découvrit, à cet instant, c'était qu'elle allait préserver son mystère.

Mais rien ne l'obligeait, lui, à renoncer à le percer.

— Je travaille chez Fallon Brothers, enchaîna-t-il sans lui laisser le temps de l'en empêcher.

Ce qu'il se garda d'ajouter, en revanche, c'était que cette société qui l'employait et générait des milliards de dollars avait été fondée par son arrière-arrière-grand-père, ainsi que par le frère de celui-ci, et qu'un jour ce serait lui, Marcus, secondé par son cousin Jonathan, qui tiendrait les rênes de cet empire. Après le départ à la retraite de son père, prévu pour l'année à venir, il serait nommé P-DG et n'aurait plus aucun compte à rendre à quiconque. Viendrait alors le temps béni de la véritable indépendance, et même les tabloïds et les sites Web ne parviendraient pas à gâcher son plaisir.

— Marcus, s'il te plaît, protesta de nouveau Della d'une voix sourde. Ne dis pas un mot de plus.

— Je vis à Lakeshore Drive, poursuivit-il en l'ignorant.

Il prit le bloc et le stylo qui se trouvaient sur sa table de chevet et commença à griffonner dessus.

— Voilà mon adresse exacte. Mais j'ai aussi un appartement à Londres, un autre à Hong Kong, à Tokyo et à Aruba, ajouta-t-il. En fait, là où se trouvent les gros marchés financiers.

Lorsqu'il leva les yeux sur elle, après avoir inscrit sur le bloc son numéro professionnel et son numéro personnel, il découvrit dans son regard un mélange de consternation et de réprobation.

Il ne l'en trouva que plus belle.

— Depuis quand Aruba est-elle une importante capitale financière ? demanda-t-elle d'un ton moqueur.

— Depuis que j'ai dépensé une véritable fortune pour y faire construire une maison, et consacré une fortune tout aussi considérable en bouteilles de rhum, que j'achète chaque fois que je séjourne là-bas.

— Je vois.

— Eh oui, n'oublions pas que j'ai trente-huit ans et que je suis natif de Chicago, précisa-t-il après avoir placé la feuille de papier sur le matelas, entre leurs deux oreillers.

Elle ne daigna même pas y jeter un coup d'œil.

— Une fois mon baccalauréat en poche, j'ai fait une école de commerce à Stanford, puis ai décroché une maîtrise de gestion à Harvard. Mais oui, Della, tu as devant toi l'archétype de l'homme d'affaires, même si je n'ai jamais figuré parmi les premiers de ma promo. Attention, cela ne veut pas dire que je ne suis pas bon dans ce que je fais, s'empressa-t-il d'ajouter, c'est juste que je ne suis pas un bourreau de travail. Car, et c'est là que le cliché prend fin, j'aime garder du temps pour mes loisirs.

Il ponctua cette dernière phrase d'un regard lourd de sous-entendus, qui eut pour effet de la faire violemment rougir.

— Marcus, je voudrais vraiment que tu ne…

— Voyons un peu…, l'interrompit-il en faisant mine de réfléchir. Qu'est-ce qui vaut encore le coup d'être mentionné ? Ah, oui ! Je me suis cassé le bras dans un accident de ski quand j'avais huit ans et la cheville en tombant de cheval, deux ans plus tard.

J'ai deux sœurs, toutes les deux plus âgées que moi et mariées à des hommes que mes parents leur ont choisis, mais qui, bien sûr, ne l'admettront jamais. J'ai également deux nièces et trois neveux. Ah, j'allais oublier : ma couleur préférée est le rouge.

Il marqua une pause, dans l'espoir qu'elle noterait l'allusion.

— J'adore la cuisine méditerranéenne en général, et grecque en particulier, poursuivit-il impitoyablement. Je conduis le plus souvent une Bentley noire, mais je possède également une Jaguar de collection, verte, il va sans dire, et aussi une Maserati rouge. Tu connais maintenant mon goût pour l'opéra, mais je suis également très amateur de porto. Je suis du signe du Lion. Et, conclut-il, moi non plus je n'aime pas particulièrement les *piña colada* ou les grosses averses.

Au moment où il achevait sa tirade, l'irritation de Della était presque palpable. Il l'avait d'ailleurs sentie croître progressivement, au point qu'il s'était attendu à la voir se boucher les oreilles pour ne plus entendre ce qu'il lui disait.

Mais elle avait préféré contenir sa colère en réduisant l'un de ses gâteaux en miettes. Et maintenant que le silence était retombé entre eux, elle leva les yeux sur lui.

— J'aurais vraiment préféré ne rien savoir, lâcha-t-elle d'un ton posé.

— Mais enfin, pourquoi ?

— Parce que je vais avoir plus de mal à t'oublier, maintenant que je sais tout cela sur toi.

Une drôle de sensation le chatouilla. Pas désagréable, mais pas agréable non plus. C'était juste… différent. Quelque chose qu'il n'avait jamais ressenti auparavant et qu'il se promit de chercher à approfondir plus tard.

— Voilà qui est très intéressant, dit-il. Parce que de mon côté, je ne connais strictement rien de ta vie, pourtant, je sais que moi aussi, je vais avoir beaucoup de mal à t'oublier.

En guise de réponse, elle baissa les yeux sur les miettes éparses dans son assiette, grimaça, comme si elle venait juste de se rendre compte de ce qu'elle avait fait, et posa l'assiette sur la feuille de papier où il avait griffonné son adresse. Impossible qu'elle n'ait pas pris la précaution, avant, de lire ce qui était écrit dessus. Avec un peu de chance, elle possédait une bonne mémoire visuelle. Et avec encore plus de chance, il remarquerait plus tard que la feuille avait été glissée dans son sac à main.

Son sac à main ! Comment n'y avait-il pas pensé plus tôt ? Il était notoire que les sacs des femmes renfermaient des mines d'informations, aussi sûrement que le disque dur d'un ordinateur. Jamais, auparavant, il ne se serait laissé aller à une telle bassesse. Fouiller dans le sac d'une femme aurait été, à ses yeux, un acte pathétique.

Pourtant, il brûlait de le faire aujourd'hui.

— Très bien, tu as gagné, finit-elle par dire. Je veux bien te parler un peu de moi.

Enfin, les choses bougeaient un peu. La route serait peut-être semée d'embûches, mais il fallait qu'il sache.

Et une fois encore, il se demanda pourquoi.

- 5 -

Della feignit de ne pas remarquer le rapprochement physique tenté par Marcus au cours de leur échange. Mais comment aurait-elle pu ne pas s'en apercevoir, quand tout son corps, toute son âme tendaient vers lui ? Elle le connaissait déjà par cœur. Même sans le regarder, elle pouvait voir avec une rare acuité ses cheveux noirs de jais et la barbe naissante qui ombrait le bas de son visage, deux caractéristiques qui le rendaient dangereusement redoutable à ses yeux.

Mais peut-être était-il effectivement dangereux ? En tout cas, la conduite qu'elle avait eue depuis qu'elle l'avait rencontré l'était bel et bien. Ainsi, il n'était pas vraiment prudent de rester cloîtrée dans cette chambre, sans aucun moyen d'en sortir, et pas seulement parce que Geoffrey risquait de découvrir sa disparition. Elle sentait en effet naître, à l'égard de Marcus, des sentiments que la raison lui commandait de refouler, et qui ne feraient que croître si elle passait du temps avec lui.

Comme elle regrettait d'avoir cédé à ses pulsions ! La vie lui avait pourtant donné de quoi s'instruire. Elle aurait dû se rappeler que la dernière fois où elle avait suivi son instinct, elle était sortie cruellement meurtrie de l'expérience. Et encore, l'attirance qu'elle avait éprouvée pour Egan n'était rien en comparaison du désir fou que lui inspirait Marcus.

— Je suis originaire de la côte Est, dit-elle en espérant que les informations mineures qu'elle comptait lui donner apaiseraient un peu son insatiable curiosité.

Malheureusement, c'était mal le connaître.

— De quel coin ? s'enquit-il.

Elle fronça les sourcils et répéta obstinément :

— De la côte Est.

— Nord ou Sud ?

— Je ne t'en dirai pas plus, Marcus. Et ne me force pas, sans quoi j'arrête tout de suite et tu ne sauras rien d'autre de moi.

Il ouvrit la bouche, comme pour objecter quelque chose, mais la referma aussitôt. Probablement venait-il de se rappeler qu'il la pensait originaire d'une région chaude. Il devait donc se dire que les possibilités étaient restreintes.

Elle pensa un moment évoquer sa famille, en grande partie parce qu'elle n'avait plus de nouvelles depuis des années. Et puis, comme, alors qu'ils vivaient tous sous le même toit, ils n'avaient pas grand-chose en commun, elle n'éprouvait pas grand-chose pour ses parents et ses frères.

Par ailleurs, d'un point de vue stratégique, c'était sans doute une bonne idée. D'abord, parce qu'elle ne se sentirait pas submergée par l'émotion, et puis parce que ce serait un bon moyen de brouiller les pistes. Les gens normaux entretenant des liens réguliers avec leur famille, il pourrait penser qu'elle ne s'était pas trop éloignée de la sienne.

— J'ai un frère aîné, se lança-t-elle. Ainsi qu'un autre, plus jeune.

Le premier avait fui la maison à l'âge de seize ans, alors qu'elle-même en avait quatorze, et elle ne l'avait jamais revu depuis. La dernière fois qu'elle avait entendu parler du deuxième, il y avait une dizaine d'années, c'était pour apprendre qu'il avait rejoint un gang. Il avait à peine quinze ans. Ce qu'il était devenu depuis, elle n'en avait pas la moindre idée.

Les rares fois où elle pensait à eux, elle se disait que, finalement, leurs motivations étaient les mêmes que les siennes. Eux aussi avaient tenté de fuir leur quartier sordide pour chercher ailleurs une vie meilleure. Parfois, elle arrivait à se convaincre qu'ils avaient réussi. Mais, le plus souvent, elle craignait qu'ils n'aient gâché leur vie. Tout comme elle avait fini par le faire.

— Tu as des neveux et nièces ? demanda-t-il encore.

En guise de réponse, elle secoua la tête. Ce geste, qui signifiait en fait qu'elle ne savait pas, Marcus pouvait bien l'interpréter comme bon lui semblait.

— Des blessures liées à ton enfance ? poursuivit-il, en faisant référence aux fractures qu'il avait évoquées un peu plus tôt.

Elle aurait pu lui parler du jour où elle s'était profondément entaillé le pied sur des tessons de bouteille, alors qu'elle jouait au foot sur un parking désert, mais cela aurait fait un piteux effet, comparé à son accident de ski ou à sa chute de cheval.

— Rien qui vaille la peine d'être mentionné, éluda-t-elle.

— Passons à ta scolarité, alors.

La réalité, c'étaient des établissements mal famés où la violence le disputait à l'échec scolaire. Mais ce n'était certainement pas ce qu'il avait envie d'entendre.

Elle savait qu'il était en train de la tester et attendait des réponses spécifiques, cadrant avec l'image qu'il se faisait d'une jeune femme issue de la haute société. Si elle ignorait quelle serait exactement sa réaction s'il apprenait ses véritables origines, nul doute, en tout cas, que ce ne serait pas positif.

Pour lui, elle était une femme élégante, bien que sexy, et qui avait su préserver tout son mystère. Aussi n'aurait-il pas envie d'entendre qu'elle avait grandi dans une banlieue sordide, livrée à elle-même, et que tout ce qu'elle possédait, elle l'avait obtenu à la force du poignet.

— Oui, je suis allée à l'école, finit-elle par dire évasivement.

Sa réponse le fit sourire.

— Je m'en doute. Ce que je voulais savoir, c'est…

— Ma couleur préférée est le bleu, s'empressa-t-elle d'enchaîner. Et mon plat favori, les fruits de mer.

Elle avait prononcé *les fruits de mer* dans un français parfait, mais tout ce qu'elle savait dans cette langue, elle l'avait appris par cœur sur le menu du *Palumbo*.

— Après l'opéra, poursuivit-elle, ma plus grande passion est…

Elle s'interrompit brutalement, consciente du problème qui se posait à elle. Parce que, après l'opéra, Della Hannan ne nourrissait aucune passion pour quoi que ce soit. Il faut dire qu'elle n'en avait jamais eu l'opportunité. Car une fois embauchée chez Whitworth et Stone, à l'âge de dix-huit ans, elle avait centré sa vie sur son travail, obsédée par l'idée de le conserver, ne rechignant jamais à effectuer des heures supplémentaires pour tenter de gagner plus d'argent.

Le peu de temps qu'il lui restait, elle le consacrait à la lecture de romans empruntés à la bibliothèque. Quand elle le pouvait, elle allait aussi au cinéma ou consultait des magazines récupérés çà et là, tout cela dans l'espoir de devenir une personne raffinée pour qui la mode n'avait pas de secrets.

Le seul véritable plaisir qu'elle s'autorisait était l'opéra, d'abord parce qu'elle aimait vraiment cela et ensuite parce qu'il contribuait à faire d'elle la personne qu'elle voulait devenir.

Mais à part cela, elle n'avait aucune passion.

— Après l'opéra…, reprit Marcus pour l'encourager à poursuivre.

Elle le regarda, refoulant une nouvelle attaque de panique. Pour la première fois depuis la veille, elle se sentit vraiment dans la peau d'un imposteur. Elle se rendait compte qu'elle ne possédait absolument rien du tout. Et pour la première fois aussi, depuis qu'elle avait dû abandonner sa vie à New York, elle réalisa combien sa vie était vide et à quel point elle était seule au monde.

— Après l'opéra…, répéta-t-elle d'une voix tremblante d'émotion, tandis que des larmes commençaient à lui brouiller la vue.

C'était vraiment la dernière chose à faire. Pas ici. Pas maintenant. Et surtout pas devant Marcus. Elle n'avait pas versé une larme depuis son enfance, même pas lorsque sa vie avait volé en éclats à New York et que Geoffrey lui avait ordonné de partir avec lui. Elle n'avait pas non plus pleuré au cours des onze mois qui venaient de s'écouler, même si sa vie se résumait à une seule et même personne. Alors, pourquoi craquer maintenant, devant une personne qui ne comptait en rien pour elle ?

Elle essuya son visage d'un geste furtif, en même temps qu'elle bondissait hors du lit.

— Excuse-moi, je crois bien que j'ai un cil dans l'œil, lança-t-elle hâtivement, en se précipitant vers la salle de bains. Et puisque j'y suis, si cela ne te dérange pas, je vais prendre ma douche la première.

Sans attendre sa réponse, elle verrouilla la porte, avant d'ouvrir à fond les robinets du lavabo. Puis, ayant attrapé une serviette de toilette, elle la pressa contre sa bouche en se laissant glisser sur le sol.

« Je ne vais pas pleurer. Je ne vais pas pleurer. Je ne vais pas pleurer », récita-t-elle comme une litanie.

Et elle ferma les yeux de toutes ses forces pour empêcher les larmes de ruisseler sur ses joues.

Le miracle se produisit. Elle parvint à contenir ses larmes.

*
* *

A la seconde même où Marcus entendit le bruit de l'eau dans la salle de bains, il se dirigea vers le placard où, la veille, il avait vu Della ranger son sac.

Bien que de petite taille, ce dernier contenait en vrac son permis de conduire, un téléphone cellulaire, des billets de banque, un tube de rouge à lèvres, une brosse à cheveux, un porte-clés au bout duquel pendait une clé unique — une clé de maison, et pas une clé de voiture — et, bizarrement, une clé USB. Il remarqua aussitôt l'absence de cartes de crédit et en déduisit que, depuis la veille, elle avait réglé toutes ses dépenses en liquide, ce qui représentait une somme non négligeable.

Sans trop savoir pourquoi, il trouva ce détail intéressant.

Il se concentra d'abord sur le permis de conduire et remarqua qu'il avait été délivré dans l'Etat de New York. Elle lui avait donc dit la vérité en affirmant qu'elle était originaire de la côte Est. Cela étant, elle n'avait pas cherché à le contredire lorsqu'il avait émis l'hypothèse qu'elle venait du Sud. Encore une fois, il pressentit que ce détail pourrait se révéler intéressant.

En étudiant le document de plus près, il vit qu'elle s'appelait Della Louise Hannan et qu'elle avait trente ans. En fait, elle les avait eus la veille. De là à imaginer qu'elle fêtait l'événement lorsqu'il l'avait rencontrée, il n'y avait qu'un pas qu'il ne mit que quelques secondes à franchir. Son cœur se serra plus que de raison à l'idée qu'elle avait fêté toute seule un jour pareil.

Il vérifia aussi son adresse, mais la rue indiquée ne lui était pas familière, ce qui signifiait qu'elle devait être située en dehors de Manhattan. Lui qui connaissait New York comme sa poche, il avait espéré localiser son adresse, quelque part entre la 5e Avenue et Central Park. Il la mémorisa néanmoins, en vue d'une investigation future, remit le permis dans le sac et s'attaqua au téléphone portable, qu'il ouvrit aussitôt.

Malheureusement, il ne s'agissait pas d'un smartphone, mais d'un de ces modèles réduits à l'essentiel et dont l'accès lui était inconnu. Il mit donc un certain temps à trouver ce qu'il cherchait, à savoir les appels reçus et envoyés. A sa grande surprise, il découvrit que les appels ne provenaient que d'une seule et même personne, simplement identifiée sous le nom de Geoffrey.

L'optimisme qui l'avait envahi quelques instants auparavant commença à se dissiper. Certes, Geoffrey pouvait bien être un nom de famille, mais, sans trop savoir pourquoi, il pressentait qu'il s'agissait du prénom masculin. Il fit défiler le menu pour trouver la liste de contacts de Della et les noms de famille commençant par la lettre G. Cela lui prit quelques minutes car, parmi les dizaines de contacts répertoriés, la plupart étaient identifiés par leur prénom suivi d'une simple initiale.

Lorsque, enfin, il trouva le prénommé Geoffrey, il pressa sur la touche qui lui permettait d'accéder à ses coordonnées. Deux numéros apparurent, un professionnel et un portable.

Il reconnut instantanément le code du premier comme étant celui de Chicago. Quant au deuxième, c'était un numéro de banlieue.

Il n'y avait pas grand-chose à tirer de cette information, tant il y avait de gens qui travaillaient en ville et vivaient en banlieue.

Il se plut un moment à imaginer que ce fameux Geoffrey était un frère ou un cousin, ou encore une vieille connaissance de lycée. Rien n'indiquait qu'il était nécessairement un amoureux ou un amant, hormis le fait qu'il était le seul à être actuellement en contact avec Della, malgré les nombreuses personnes qu'elle semblait connaître.

Mais n'était-ce pas ainsi qu'agissaient certains hommes très possessifs qui, insidieusement, isolaient leur femme de ses amis et de sa famille, afin de l'avoir pour eux tout seul ?

Décidément, qui que soit ce Geoffrey, il l'aimait de moins en moins, ce qui n'était pas peu dire vu qu'il s'était mis à le détester avant même d'avoir la confirmation de son existence.

Il s'intéressa ensuite de près aux photographies qu'elle avait stockées. Il y en avait peu, mais suffisamment pour lui donner une image plus précise de Della. Plusieurs des clichés la représentaient en compagnie de trois femmes, qui semblaient du même âge qu'elle. Mais il lui avait fallu un certain temps pour la reconnaître au milieu d'elles, tant elle était différente de la Della d'aujourd'hui, avec ses cheveux noirs comme du jais qu'elle portait courts.

Il se demanda quelle mouche avait bien pu la piquer de masquer ainsi ce joli blond doré qui lui allait si bien.

Un de ces caprices typiquement féminins, sans doute.

A en juger par la longueur de ses cheveux aujourd'hui, les photos dataient d'au moins un an. Sur certaines d'entre elles, Della et les autres femmes posaient en tailleur, probablement leur tenue de travail. Elles étaient assises devant des cocktails, donnant l'impression de s'amuser après une rude journée.

Ainsi donc, Della travaillait et n'était pas la femme oisive qu'il avait imaginée. Ce qui ne voulait pas dire pour autant qu'elle n'aimait pas l'argent facile.

Au bout d'un moment, il finit par trouver ce qu'il cherchait. Des photos d'elle, portant toujours les cheveux noirs et courts, assise sur un banc, en compagnie d'un homme. L'individu, bien que paraissant assez âgé pour être son père, n'en était pas moins séduisant.

Il lui donna l'impression d'être très riche, très puissant et, surtout, très marié.

Car Marcus connaissait bien ce genre de types. Il avait affaire à eux tous les jours et nombre d'entre eux étaient ses amis. Ce devait être le fameux Geoffrey. Forcément.

Il navigua encore un peu sur la liste des appels et constata que Geoffrey n'avait pas appelé Della depuis trois jours, tandis que celle-ci l'avait encore contacté hier matin. Elle l'avait également appelé le jour précédent, ainsi que celui d'avant. En fait, elle appelait Geoffrey tous les matins, week-end compris, à 9 heures précises.

Visiblement, ce Geoffrey semblait contrôler tous ses faits et gestes. Ce coup de fil matinal, c'était une autre façon d'exercer son pouvoir sur elle !

De plus en plus irrité, il poursuivit ses recherches et découvrit que personne, à part ce Geoffrey, n'avait appelé Della depuis plus de trois mois, au moins. Ce qui confirmait bien que cet homme l'avait coupée de son entourage depuis un bon moment.

Etait-ce la raison pour laquelle elle se trouvait à Chicago aujourd'hui ? Pour fuir un amant abusif ? L'explication ne tenait pas, puisqu'elle avait affirmé pouvoir ne passer qu'une seule nuit avec lui tandis que le coup de fil passé à Geoffrey la veille prouvait que cet homme faisait toujours partie de sa vie.

Un coup d'œil à l'horloge digitale qui se trouvait sur la table de nuit lui indiqua qu'il était 8 h 45. Dans quinze minutes, Della devrait se soumettre à son coup de fil quotidien. Pourtant, il y avait fort à parier qu'elle n'appellerait personne tant qu'il se trouverait dans les parages ou, du moins, qu'elle ne serait pas hors de portée de voix.

Bien qu'il ait prévu de prendre sa douche dès qu'elle aurait libéré la salle de bains, il décida de la retarder un peu… jusqu'après 9 heures, pour voir comment ce Geoffrey réagirait au silence de Della. Peut-être se déciderait-il à appeler, et il ne voulait rater ce coup de fil pour rien au monde.

Lorsque le bruit de l'eau cessa, Marcus referma hâtivement le téléphone et le fourra dans le sac qu'il s'empressa d'aller replacer dans le placard, à l'endroit exact où il l'avait trouvé. Puis, saisissant au vol le journal qui avait été apporté avec le petit déjeuner, il retourna s'allonger sur le lit et fit mine de lire tout en buvant son café.

Lorsque Della apparut, enveloppée dans le même peignoir bleu et séchant ses cheveux à l'aide d'une serviette, il avait réussi à refouler la rage qui menaçait de l'envahir à la pensée de l'ignoble Geoffrey.

— La douche est libre, dit-elle en s'approchant du lit.

— Merci, répondit-il sans lever les yeux de son journal.

Du coin de l'œil, il la vit jeter un regard inquiet en direction de l'horloge. Il ne restait que quelques minutes avant 9 heures, mais il garda le regard obstinément baissé sur le quotidien. L'agitation de Della, quand elle reçut sa réponse laconique, devint presque palpable.

— Tu… tu devrais te dépêcher, insista-t-elle. Sans quoi, tu risques de ne plus avoir d'eau chaude.

Lorsqu'il leva enfin les yeux, elle se balançait nerveusement d'un pied sur l'autre.

— Comme tu l'as très justement souligné tout à l'heure, se justifia-t-elle, personne ne va pouvoir partir aujourd'hui, alors, forcément, tout le monde va tirer de l'eau.

Affichant un calme imperturbable, il reporta de nouveau son attention sur le journal.

— Ne t'inquiète pas. Je ne pense pas qu'un hôtel comme l'Ambassadeur puisse être un jour à court d'eau chaude.

— Mais…, dit-elle encore, avant qu'il ne l'interrompe.

— J'aimerais terminer cet article sur…

Qu'était-il censé lire, au juste ? Une chronique intitulée « Mode et Style ».

— … sur le retour des colliers en métal, précisa-t-il tout en réalisant le ridicule de ce qu'il venait de dire. En fait, je suis tombé là-dessus par hasard, en cherchant la rubrique « Affaires ».

Un nouveau regard sur Della lui confirma ce qu'il pressentait : elle était de nouveau prise de panique.

— Et puis, ce n'est pas comme si je devais aller quelque part. J'ai tout mon temps et cela fait un bail que je n'ai pas eu le loisir de m'éterniser sur le *Sunday Tribune*.

— Mais…, protesta-t-elle encore, sans pouvoir terminer sa phrase. Eh bien… je vais… je vais sécher mes cheveux. Je dois avoir une brosse dans mon sac, ajouta-t-elle par-dessus son épaule.

Il acquiesça vaguement, feignant toujours d'être absorbé par sa lecture. Mais quand elle eut le dos tourné, il la regarda fouiller dans son sac pour y prendre sa brosse, mais aussi son téléphone portable, qu'elle fourra dans la poche de son peignoir.

— Tu sais quoi ? dit-elle d'un ton qu'elle voulait dégagé. Je vais aller voir dans le couloir s'il y a une machine à glace. Mon jus d'orange est presque tiède.

C'était bien évidemment un prétexte pour s'isoler et appeler l'homme qui essayait de contrôler sa vie.

— Pourquoi ne demandes-tu pas au service d'étage de t'en rapporter un ? suggéra-t-il sans la regarder.

— Je ne veux pas les déranger pour une broutille

pareille. Ils doivent avoir assez à faire avec tous les petits déjeuners à servir.

Cette fois, il jugea bon d'abaisser son journal.

— Eh bien, je vais y aller pour toi.

— Pas question ! répliqua-t-elle un peu trop vivement, avant de comprendre que sa réaction exagérée pouvait la trahir. En fait, ajouta-t-elle d'une voix radoucie, je commence à devenir un peu claustrophobe dans cette chambre. Un petit tour dans le couloir me fera le plus grand bien.

— En peignoir et pieds nus ? ironisa-t-il.

— Personne ne me verra, rétorqua-t-elle en se dirigeant vers la porte. A cette heure-ci, tout le monde doit encore dormir.

— Sauf ceux qui ont demandé qu'on leur apporte un petit déjeuner ou qui sont en train de prendre une douche, comme tu l'as très justement souligné.

— Oui, bon… Tu comprends ce que je veux dire.

— Nous-mêmes, nous ne dormons pas, que je sache, insista-t-il.

— Non, mais nous…

Elle s'interrompit brusquement, renonçant manifestement à revenir sur la raison pour laquelle ils s'étaient réveillés de bonne heure.

— Je veux dire… même si je croise quelqu'un, quelle importance ? Nous nous trouvons dans un hôtel, nous sommes dimanche matin, l'endroit doit être plein de gens pieds nus et en peignoir.

Pas lorsqu'une tempête de neige fait rage à l'extérieur. Car l'unique raison pour laquelle Della et lui n'étaient pas habillés, c'était qu'ils n'avaient rien pour se changer.

Il renonça néanmoins à essayer de l'empêcher de quitter la chambre, sachant qu'elle trouverait toujours une raison pour le faire. Par ailleurs, s'il insistait trop, elle risquait de se douter de quelque chose et, donc, de se méfier.

— Tu as sans doute raison. N'oublie pas de prendre la clé, tout de même.

— Ne t'inquiète pas, dit-elle en s'emparant de celle qui se trouvait sur la commode. J'y vais, j'en ai pour une minute.

Si elle disait vrai, c'était qu'elle n'avait pas grand-chose à dire à Geoffrey. Celui-ci devait juste vouloir vérifier qu'elle faisait bien comme il lui disait de faire.

Il attendit qu'elle ait refermé la porte derrière elle, puis se précipita pour l'entrouvrir doucement. Della s'éloignait dans le couloir. Déjà, elle avait sorti le téléphone de sa poche et composé le numéro de son interlocuteur. Il attendit fébrilement qu'elle ait tourné à l'angle du couloir avant de lui emboîter le pas sur la pointe des pieds.

Prenant garde à bien garder ses distances, il la vit pousser la porte qui menait à la cage d'escalier. Elle parlait à voix basse, ce qui l'empêcha de comprendre quoi que ce soit. Alors il colla son oreille contre la porte qu'elle avait pris soin de refermer derrière elle.

Malheureusement, comme il n'entendait qu'un murmure incompréhensible, il dut se résoudre à l'entrouvrir.

Lui tournant le dos, Della était assise sur la première marche de l'escalier.

— Vraiment, Geoffrey, je vais bien, entendit-il.

Ce n'est pas la peine que tu te déplaces. En plus, tu risquerais d'être bloqué par la neige.

Avec un certain soulagement, il ne décela dans sa voix aucune trace de peur, ni même de crainte.

— Je te l'accorde, cette neige, c'est vraiment la barbe ! affirma-t-elle, alors qu'il savait qu'elle n'en pensait pas un mot. Mais ce n'est pas comme si tu ne me laissais jamais aller nulle part.

Donc, elle n'était pas censée aller où bon lui semblait. Les soupçons qu'il nourrissait resurgirent de plus belle.

— Je me suis fait livrer des courses cette semaine, poursuivit-elle, et j'ai téléchargé deux ou trois bouquins qui me paraissent intéressants. Au fait, merci de m'avoir inscrite sur ce site de location de DVD. Cela m'aide beaucoup.

C'était bien la dernière chose que ce sale type pouvait faire pour elle, compte tenu du fait qu'il la séquestrait. Un temps contenue, sa colère menaçait de nouveau de le submerger.

— Quoi ? demanda-t-elle avant d'émettre un petit rire clair. Non, surtout pas ! C'est bien la dernière chose dont j'ai besoin. Plutôt des comédies romantiques. J'aimerais quelque chose de léger, qui m'aide à m'évader de mon quotidien.

Elle marqua une pause, puis au bout de quelques secondes, elle se remit à parler.

— J'aimerais bien voir *Le Journal de Bridget Jones, Love Actually* et aussi *Orgueil et Préjugés.*

Elle fit une nouvelle pause avant de rire de nouveau.

— Oui, j'adore Colin Firth, et je te rappelle que ta femme aussi.

Ce n'était pas vraiment le genre de discussion qu'une femme pouvait tenir à un homme marié qui la tyrannisait. Mais cette évidence ne dissipa pas tout à fait les soupçons qu'il avait conçus. Ce qui l'ennuyait par-dessus tout, en fait, c'était qu'elle adoptait avec Geoffrey un ton bien différent de celui qu'elle employait avec lui. Il y avait dans cette conversation une décontraction qu'elle ne manifestait pas à son égard, comme si elle se sentait plus à l'aise avec Geoffrey, comme s'ils partageaient une relation basée sur l'estime et la confiance.

Mais qui était donc ce type ?

— Geoffrey, combien de temps encore vais-je devoir mener cette vie ? Tu m'avais dit que j'en aurais pour six mois et ça fait déjà onze mois. Tu m'avais promis que si je faisais tout ce que tes gars me demandaient, je…

Tes gars ? Geoffrey n'agissait donc pas seul. Cela signifiait-il qu'elle appartenait à un gang ?

Il se demanda un instant s'il n'avait pas rêvé, s'il avait bien entendu ce qu'elle venait de dire.

— … je serai libre, concluait-elle. Pourtant, je suis toujours…

L'homme avait dû l'interrompre, parce qu'elle s'arrêta de parler et l'écouta docilement, sans dire un mot, pendant plusieurs minutes.

Il la vit rejeter ses cheveux en arrière dans un geste qui trahissait une profonde anxiété. Elle marmonna quelques mots presque inaudibles avant de se pencher en avant et de poser le front sur ses genoux.

Finalement, avec une pointe d'abattement, mêlé à ce qu'il prit pour de la crainte, elle reprit :

— Deux semaines ? C'est le temps qui me reste ?

Jusqu'à quoi ? Il n'y comprenait plus rien. Visiblement, cet homme attendait d'elle quelque chose qu'elle répugnait à faire.

— Alors, ça y est. Nous y sommes presque, dit-elle d'un ton résigné. Je vais vraiment devoir y aller.

Il eut envie de hurler. Mais où, pour l'amour du ciel ?

— Non, je comprends. J'irai jusqu'au bout. De toute façon, je n'ai pas vraiment le choix ! fit-elle, s'interrompant un bref instant, avant de reprendre. Je sais, j'ai promis et je tiendrai ma promesse. C'est juste que… je ne pensais pas que les choses se passeraient ainsi, Geoffrey. Du moins, en ce qui me concerne, ajouta-t-elle en baissant un peu plus la voix.

Puis, parce que Geoffrey n'avait pas dû entendre la fin de sa phrase, elle précisa comme pour elle-même, sur un ton teinté de mélancolie :

— De toute façon, ça n'a aucune importance.

A ces mots, il sentit la révolte gronder en lui. Comment pouvait-elle penser que ce qui la concernait était sans importance ? Ce type la tenait-il donc tellement sous sa coupe qu'elle ne se rendait pas compte du déséquilibre de leur relation ?

— Deux semaines, donc, répéta-t-elle. Il me reste deux semaines pour me préparer mentalement.

Il détestait ce qu'une telle phrase pouvait laisser imaginer. Et il détestait encore plus ce que pouvait bien signifier *se préparer mentalement*.

Il l'entendit encore répondre laconiquement à quelques questions de son interlocuteur, puis faire la promesse d'appeler le lendemain matin, à l'heure habituelle.

Il y eut ensuite le bruit de son téléphone, qu'elle refermait d'un geste sec.

Il était sur le point de se précipiter dans leur chambre, lorsqu'il l'entendit étouffer des pleurs.

Quelque chose, qui ressemblait étrangement à de la compassion, s'éveilla en lui. Il n'avait pas l'habitude d'entendre une femme pleurer. En général, il s'assurait toujours que la femme sur laquelle il avait jeté son dévolu était aussi superficielle que lui. Mais Della n'avait rien de superficiel. D'après ce qu'il avait pu entendre, elle avait à cœur d'aller au bout des choses. Simplement, en s'attachant à Geoffrey, elle avait fait le mauvais choix, il n'y avait pas le moindre doute là-dessus.

Refusant d'approfondir pour le moment ce que cette dernière réflexion impliquait, il ouvrit grand la porte et en franchit le seuil. Il avait agi sous le coup d'une impulsion, car la raison aurait voulu qu'il regagne la chambre et feigne de tout ignorer de cette conversation. Il aurait en effet été beaucoup plus simple pour eux deux de passer la fin de ce week-end ensemble, en prétendant ne rien savoir de ce qui se passait en dehors des murs de leur chambre.

Mais lorsqu'il l'avait vue assise sur cette marche, la tête sur les genoux et les épaules secouées de sanglots, il avait compris qu'il ne pourrait pas jouer la comédie de l'ignorance.

Tout à son chagrin, elle laissa échapper son téléphone, qui alla atterrir quelques marches plus bas. Ses pleurs redoublèrent, qu'elle tentait de contenir en pressant sa bouche sur la manche de son peignoir, pour en atténuer le bruit. Elle était si profondément noyée dans son désespoir qu'elle n'avait nullement conscience de sa présence derrière elle.

Il ne savait quoi dire ou faire, ne pouvant que rester là, conscient de son impuissance. L'homme d'action qu'il était s'en voulait de ne pas savoir quelle attitude adopter. Tandis que son instinct lui dictait maintenant de s'enfuir avant qu'elle ne le voie, c'était son cœur qui le poussait à agir pour la réconforter. Il hésita encore un moment avant de céder et de faire un pas vers elle.

Mais au moment où il allait poser une main rassurante sur son épaule, elle tourna brusquement la tête. En le découvrant, elle fut saisie de panique et bondit sur ses pieds si précipitamment qu'elle manqua de perdre l'équilibre.

Il la saisit par un poignet, l'aidant à se rétablir, mais aucun des deux n'ouvrit la bouche. Durant un moment qui lui sembla une éternité, ils se tinrent face à face, sans mot dire. Puis, lorsqu'elle finit par avancer, il la suivit et essuya du bout des doigts les larmes qui mouillaient ses joues.

Il n'avait toujours aucune idée de ce qu'il pourrait dire, lui qui, habituellement, trouvait toujours les mots qu'il fallait. On louait d'ordinaire son sens de la repartie, sa capacité à dénouer les situations les plus tendues ou à rendre légères les circonstances les plus difficiles, mais, là, il ne trouvait pas un mot à dire pour alléger la tension qui régnait entre eux.

Enfin, il n'avait jamais prétendu être un chevalier des temps modernes.

— Ça va ? demanda-t-il d'une voix douce, tout en lui caressant les cheveux.

Elle leva sur lui des yeux immenses, qui semblaient encore plus grands dans son visage dévasté par les larmes. Comme elle avait l'air fragile et vulnérable ! Son animosité envers Geoffrey redoubla.

Elle hocha la tête, sans rien dire, puis s'essuya les yeux et plongea les mains dans les poches de son peignoir.

— Eh bien, on ne dirait pas, objecta-t-il tout en lui caressant tendrement la nuque.

— Si, je t'assure, tout va bien, affirma-t-elle d'une voix qui disait le contraire.

— A qui parlais-tu ? demanda-t-il, choisissant délibérément de ne pas faire semblant d'être arrivé là par hasard.

Elle regarda le téléphone, toujours par terre, avant de lever les yeux vers lui.

— Tu as entendu tout ce que je disais ?

Il fut tenté d'avouer qu'il en avait suffisamment entendu pour savoir qu'elle était liée à quelqu'un qui l'obligeait à faire quelque chose que, visiblement, elle ne voulait pas faire. Mais il y renonça.

— Non, pas grand-chose, mentit-il. Comme tu tardais à revenir, je suis parti à ta recherche.

— Je me suis absentée si longtemps que ça ?

Il lui sourit, et laissa échapper des mots qu'il n'avait pas l'intention de lui dire.

— Quelques secondes, mais c'était déjà trop long, confessa-t-il avant de maudire cet accès de faiblesse. Alors, dis-moi, à qui parlais-tu, Della ?

— A personne, répondit-elle avant de rectifier : Enfin, à personne d'important.

— C'est la personne que tu ne voulais surtout pas rater aujourd'hui, c'est cela ?

Elle hésita un instant, avant d'acquiescer.

— Mais ce n'est pas..., balbutia-t-elle d'une voix irritée.

— Ce n'est pas quoi ? la pressa-t-il.

— Rien.

Sans ajouter un mot, elle s'écarta de lui pour aller ramasser son téléphone puis, au passage, le seau à glace toujours vide.

— Pouvons-nous regagner notre chambre, maintenant, et oublier ce qui s'est passé ? demanda-t-elle en fuyant son regard.

Comme il ne disait rien, elle fronça les sourcils, visiblement agacée.

— S'il te plaît, insista-t-elle.

Il croisa les bras sur sa poitrine, cherchant à se persuader qu'il ne s'agissait pas d'un geste défensif. Marcus Fallon était l'homme le plus offensif de la planète, c'était bien connu.

— Je ne sais pas, Della. Qu'en penses-tu ? C'est possible, selon toi ?

Elle sembla fixer des yeux un point invisible.

— C'est possible, il suffit de le décider.

Ce dont il doutait fortement, car, non content de s'être approprié Della, Geoffrey ne semblait pas homme à lui laisser oublier quoi que ce soit.

Pourtant, en dépit des réflexions qui lui traversaient l'esprit, il obtempéra.

— Très bien. Faisons comme si rien ne s'était passé.

— Tu me le promets ? demanda-t-elle en évitant toujours son regard.

— Je te le promets.

A son grand étonnement, il constata que lorsque, enfin, elle put soutenir son regard sans ciller, toute trace de tristesse avait disparu de son visage. Elle réussit même l'exploit d'afficher un air décontracté.

— Merci. J'apprécie vraiment, dit-elle du même ton désinvolte.

Ce ne fut qu'à cet instant-là, au moment où elle retrouvait son comportement habituel, qu'il réalisa qu'elle s'était montrée avec lui aussi naturelle qu'elle l'avait été avec son interlocuteur. Mais elle venait de retrouver toute sa réserve.

Autrement dit, ils allaient devoir feindre de nouveau, et ce qui aurait dû le soulager lui donna soudain envie de pleurer.

- 6 -

En regagnant la chambre, Della remarqua que la tension qui régnait déjà entre eux s'était encore accentuée, pour devenir presque palpable.

Elle se dirigea aussitôt vers la fenêtre, dont elle écarta les rideaux, et ce qu'elle vit ne fit que confirmer ces craintes. La neige, qui tombait en flocons de plus en plus drus, avait recouvert les rues d'un épais manteau.

Elle ne pourrait pas sortir d'ici aujourd'hui.

Mais après tout, quelle importance ? Rien ne l'attendait au-dehors, sinon une maison insignifiante, remplie de meubles insignifiants, dans une banlieue insignifiante de Chicago.

C'était d'ailleurs la raison pour laquelle ils avaient choisi cet endroit. Pour qu'elle disparaisse dans la masse. Elle vivait là depuis maintenant onze mois et connaissait son environnement par cœur, ainsi que les habitants qui le peuplaient.

C'était le dernier endroit qu'elle aurait choisi pour vivre, mais c'était aussi le dernier endroit où l'on penserait venir la chercher.

Et c'était bien là le plus important.

Ce qui rendait ses conditions de vie insupportables, c'était l'interdiction absolue de contacter qui que ce soit ou de mettre un pied dehors, à moins que cela ne s'avère indispensable. Et même dans ce cas, elle devait, au préalable, demander la permission à Geoffrey. Mais ce dernier restait obstinément sourd à ses arguments, l'obligeant à sortir en cachette, lorsque l'enfermement la rendait à moitié folle.

Même s'il était extrêmement troublant d'être coincée dans cette chambre d'hôtel avec Marcus, et pour une durée indéterminée qui plus est, une partie d'elle-même trouvait cette perspective aussi réjouissante qu'excitante. Il y avait bien longtemps qu'elle ne s'était pas sentie aussi libre avec quelqu'un, au point que, par moments, elle avait du mal à se reconnaître. En effet, jamais encore elle ne s'était sentie aussi proche d'un homme, comme s'ils étaient sur la même longueur d'onde.

Elle s'étonnait encore de s'être donnée à lui si peu de temps après l'avoir rencontré, mais également d'aimer autant faire l'amour avec lui. Elle ne s'était imposé aucune barrière, s'était découvert un côté intrépide qu'elle ne se connaissait pas et s'était autorisé des choses qui, jusque-là, étaient des fantasmes. Mais Marcus avait ce pouvoir sur elle de la libérer de ses inhibitions.

Probablement parce que lui-même ne semblait pas en avoir beaucoup. Elle avait trouvé un amant d'exception, exigeant mais généreux.

Des images de leurs corps moites et mêlés lui traversèrent l'esprit, rallumant en elle un feu et une passion qui ne demandaient qu'à être assouvis.

Mais pour l'heure, Marcus se tenait bien loin d'elle, à l'autre bout de la pièce, et il y avait fort à parier que la brève discussion qu'ils avaient eue dans l'escalier était pour beaucoup dans cet éloignement. Cependant, même à cet instant où elle le sentait si distant, elle aimait se trouver dans la même pièce que lui en sachant qu'il ne pouvait pas lui échapper. En tout cas, pas dans l'immédiat.

En même temps, elle ressentait, sans parvenir à se l'expliquer, le besoin paradoxal de s'enfuir.

Peut-être qu'une partie d'elle-même, consciente que cette histoire allait bientôt s'achever, lui suggérait de ne pas s'éterniser. Car plus ils passeraient de temps ensemble, plus dure serait la séparation.

A l'heure qu'il était, ils auraient déjà dû être loin l'un de l'autre, et ils ne devaient qu'à cette tempête inespérée d'être toujours ensemble.

Ils avaient l'un et l'autre des obligations. Elle était liée à Geoffrey, et Marcus l'était à la femme sans visage pour laquelle, visiblement, il éprouvait encore des sentiments profonds. Car, même s'il n'était plus avec elle, comme il le lui avait dit, il était clair que cette séparation l'affectait profondément. Si profondément qu'elle devait probablement l'empêcher de se lancer dans une nouvelle relation sérieuse. Et à supposer qu'elle-même ait la possibilité de nouer une relation amoureuse, il était exclu que ce soit avec Marcus.

Ni maintenant. Ni jamais.

Ses pensées dérivèrent vers Geoffrey et la conversation qu'ils venaient d'avoir. Qu'avait entendu Marcus au juste ? En le regardant se servir une nouvelle tasse de café, elle essaya de se rappeler si elle avait dit quelque chose qui aurait pu révéler quelque chose de son existence, mais elle préféra penser qu'il ne connaîtrait jamais rien de ses conditions de vie actuelles.

Car la situation paraissait surréaliste, même à ses propres yeux.

Marcus la regarda soudain et leva la cafetière dans sa direction.

— Tu en veux ?

Il avait parlé d'un ton posé, comme si la situation n'avait rien d'inhabituel. Pourtant, derrière l'air impassible qu'il affichait, elle devina une décontraction, probablement due à la promesse qu'ils s'étaient faite, quelques instants plus tôt.

Etait-ce ainsi qu'ils allaient vivre leurs derniers moments ensemble ? Le cœur serré d'angoisse, elle repoussa cette éventualité de toutes ses forces. Elle voulait absolument retrouver la magie de la nuit qu'ils venaient de passer ! Même brièvement, mais surtout ne pas quitter Marcus sur une note sinistre.

— Volontiers, répondit-elle, adoptant elle aussi un ton faussement dégagé, incapable en fait d'avaler quoi que ce soit.

Ce qu'elle voulait, c'était discuter avec lui de sujets légers, qui n'aviveraient pas son anxiété.

Elle s'approcha du chariot, observant les mains de Marcus qui remplissait sa tasse. Des mains magnifiques, aux doigts longs et puissants ; des mains qui ne laissaient pas deviner qu'il travaillait dans une maison de courtage.

— Tu fais du sport ? s'enquit-elle sur une impulsion.

Il afficha un air surpris tandis qu'il lui tendait sa tasse.

— Je croyais que tu ne voulais rien savoir à mon sujet.

En effet, mais elle en savait déjà plus qu'elle n'aurait voulu, alors, un peu plus, un peu moins… Forte de cette logique pour le moins retorse, elle précisa :

— J'ai changé d'avis.

— Je pratique le squash, répondit-il de bonne grâce. Trois fois par semaine. Avec un autre de…

Il s'interrompit et, cette fois, elle eut l'impression que c'était lui qui faisait de la rétention d'information.

— Avec un de mes collaborateurs, reprit-il en rivant son regard au sien. Mais pourquoi tu me poses cette question ?

— A cause de tes mains, lâcha-t-elle. Tu as des mains solides, Marcus. Ce ne sont pas les mains de quelqu'un qui passe ses journées dans un bureau.

Tandis que le regard de Marcus s'assombrissait un peu, elle revit ses doigts la caresser, pincer la pointe dressée de ses seins ou encore descendre vers sa toison humide. Les jambes flageolantes, soudain ivre de désir, elle s'empressa de s'éloigner pour aller s'asseoir sur l'un des deux sièges qui flanquaient une table placée près de la fenêtre.

— Il neige toujours, remarqua-t-elle pour faire diversion. Peut-être même encore plus fort que tout à l'heure.

Marcus s'approcha lui aussi de la fenêtre.

— Nous devrions allumer la télé pour voir un peu ce que prévoit la météo.

— Tu as raison. Nous saurons peut-être combien de temps va encore durer cette tempête.

Pourtant, ils restèrent tous deux immobiles, attendant que l'autre bouge. Sachant parfaitement pourquoi elle restait clouée sur son siège, elle se demanda s'il en allait de même pour Marcus.

Finalement, il se laissa tomber sur l'autre siège et posa sa tasse sur la table, à côté de la sienne. Ayant croisé les jambes avec une décontraction qu'elle devinait feinte, il posa un coude sur le bras du fauteuil.

— Qui est Geoffrey ? demanda-t-il en la regardant droit dans les yeux.

Elle eut l'impression de recevoir un coup de poing en plein ventre. Manifestement, il avait entendu une grande partie de leur conversation, bien plus en tout cas que ce qu'il avait admis. Depuis combien de temps se tenait-il dans la cage d'escalier, lorsqu'elle s'était rendu compte de sa présence ? Pour couronner le tout, elle ignorait totalement ce qu'elle était censée dire du lien qui l'unissait à Geoffrey. Elle ne pouvait éluder la question, mais on lui avait dit et redit de ne strictement rien révéler de sa situation.

Ni la vérité ni une demi-vérité, rien.

Bien sûr, elle pouvait rétorquer à Marcus que cela ne le regardait pas. Après tout, ils étaient convenus de ne pas chercher à entrer dans l'intimité de l'autre. Mais elle avait d'ores et déjà enfreint cette règle en encourageant Marcus à parler de lui.

De plus, contre toute attente, une partie d'elle-même brûlait de tout lui raconter. De lui parler de Geoffrey, mais aussi des circonstances de leur rencontre. En fait, elle brûlait d'envie de s'épancher, de lui parler de cet horrible jour de l'an, point de départ de la pire année de sa vie, de lui confier les craintes et les doutes qui avaient suivi, ainsi que la solitude et la peur dans lesquelles elle vivait depuis maintenant onze mois, terrée dans une planque qu'elle n'avait pas choisie.

Du moins, jusqu'à sa rencontre avec lui au restaurant *Palumbo*. Car, depuis cet instant, elle était miraculeusement parvenue à oublier ces sentiments négatifs qui la tourmentaient à chaque instant. Pour la première fois depuis ces longs mois, peut-être même depuis le début de sa vie, elle s'était sentie incroyablement à l'aise, enfin libérée de cette anxiété qu'elle avait chevillée au corps. Elle avait passé les douze dernières heures dans une bulle, à l'abri de toute souffrance morale. Et elle n'avait même pas le droit de connaître le nom de cet homme qui lui faisait tant de bien !

Mais elle ne lui dirait rien de tout cela.

Elle ne pouvait pas se libérer de son lourd fardeau, car elle avait juré qu'elle garderait le silence sur ce qui s'était passé à New York. On l'avait d'ailleurs prévenue que si elle révélait quoi que ce soit à qui que ce soit, elle risquait de tout compromettre. Et alors, elle aurait vécu ces mois de stress et de profonde solitude pour rien.

Deux semaines. C'était, d'après Geoffrey, le temps qu'il lui restait à attendre. Juste deux petites semaines, au terme desquelles la vérité éclaterait au grand jour. Et elle serait enfin libre. Libre et libérée de Geoffrey, d'Egan Collingwood, de son patron M. Nathanson et de tout le personnel de Whitworth et Stone.

Et même si cette liberté recouvrée signifiait perdre tout ce qu'elle avait acquis jusque-là et recommencer une autre vie ailleurs, même si cela signifiait devenir une nouvelle personne, au moins en aurait-elle fini avec cet interminable cauchemar. Enfin, elle serait en sécurité et pourrait retrouver une vie normale.

Mais pour cela, il lui fallait encore patienter quinze jours.

Elle ouvrit la bouche pour dire à Marcus que Geoffrey n'était pas son problème, avant de se raviser.

— Tu m'avais promis d'oublier l'épisode de l'escalier, lui dit-elle sur un ton de reproche.

— J'ai fait beaucoup de promesses depuis que je t'ai rencontrée, lui rappela-t-il. Et je n'en ai pas tenu beaucoup. Tu devrais le savoir maintenant. C'est l'un de mes plus gros défauts.

Elle acquiesça d'un hochement de tête.

— Je saurai m'en souvenir.

— Pour autant, cela ne fait pas de moi un monstre, précisa-t-il. Au contraire, cela me rend un peu plus humain.

Elle comprit tout d'un coup pourquoi, inconsciemment, elle avait renoncé à se confier à lui. Elle avait peur qu'il fasse d'elle un sujet de conversation, lors d'une soirée mondaine, et qu'il raconte leur rencontre à quelqu'un qui aurait un lien avec la vie qu'elle était si impatiente de fuir. Non par désir de lui nuire, mais juste parce qu'il était un être humain, une espèce dont elle avait appris à se méfier.

— Alors, Della, qui est cet homme ?

Elle hésita, cherchant à se rappeler toutes les

bonnes raisons qu'elle avait de ne pas lui dire la vérité. Au lieu de quoi, elle s'entendit murmurer :

— Geoffrey est un homme qui… en quelque sorte… Geoffrey est un homme qui veille sur moi.

Il eut un hochement de tête qui semblait dire qu'il comprenait parfaitement. Mais c'était impossible, étant donné qu'il y avait des choses qu'elle-même ne comprenait pas.

— Tu veux dire que tu es sa maîtresse, conclut Marcus qui semblait ne pas douter une seconde de ce qu'il avançait. C'est bon, Della, je suis un grand garçon, tu sais. Je peux tout entendre.

Il lui fallut quelques instants pour que ces mots parviennent à son entendement. D'abord, le mot « maîtresse » était désuet, mais surtout il sous-entendait qu'elle couchait avec Geoffrey.

Marcus devait s'imaginer qu'il s'agissait d'un généreux protecteur qui la couvrait d'argent et de cadeaux en échange de faveurs sexuelles. C'était d'autant plus ironique qu'elle avait été la seule fille de son quartier à vouloir se frayer un chemin dans la vie sans s'abaisser à vendre son corps.

Elle aurait pu se sentir insultée par les insinuations de Marcus, mais elle avait en fait surtout envie d'en rire. Parce que, comparées à la réalité de sa situation, ces suppositions, aussi glauques soient-elles, lui paraissaient bien innocentes.

D'ailleurs, si elle avait été la maîtresse de Geoffrey, sa vie aurait été beaucoup plus facile. Mais, premièrement, il était marié. Deuxièmement, il était assez âgé pour être son père. Et troisièmement, elle ne voyait pas bien comment il aurait pu se payer une maîtresse, alors qu'il avait deux enfants à l'université et une fille qui allait se marier dans six mois. Dernier point, les policiers n'étaient pas les fonctionnaires les mieux payés.

Marcus avait dû penser qu'elle se taisait parce qu'elle était vexée, car il s'empressa d'ajouter :

— Ecoute, Della, cela n'a pas d'importance. Je suis bien le dernier à juger quelqu'un sur la façon dont il a choisi de gagner sa vie. Je ne considère pas ta situation comme répugnante, ni condamnable, ou minable, avilissante, embarrassante…

Il interrompit son énumération, semblant réaliser soudain ce qu'elle avait de sordide. Il secoua légèrement la tête comme pour s'éclaircir les idées.

— D'ailleurs, moi-même, dans le passé, je n'ai pas gardé mes maîtresses bien longtemps.

Elle devina qu'il avait conscience de s'empêtrer dans un raisonnement dont il ne savait comment sortir, car il poursuivit, tout aussi maladroitement :

— Ce que j'essaie de dire, c'est que je ne pense aucun mal de toi. Je connais la vie, et je sais que pour survivre dans des conditions difficiles, les gens ont parfois recours à des méthodes… pas très conventionnelles. D'un certain point de vue, cela les rend meilleurs que ceux pour qui tout est facile. Parce que cela fait d'eux des battants, Della. Voilà, c'est exactement ce que tu es, toi aussi : une battante. Tu es si anticonformiste et tu es… tu es…, balbutia-t-il sans, visiblement, savoir comment terminer sa phrase.

— Je ne suis la maîtresse de personne, l'interrompit-elle pour mettre un terme à son calvaire. Ce n'est pas de cette façon que Geoffrey prend soin de moi, Marcus. Nous ne couchons pas ensemble. Et si tu tiens à tout savoir, Geoffrey est son nom de famille. Je ne l'appelle jamais par son prénom.

Il se prénommait en fait Winston, ce qui expliquait sans doute pourquoi il se faisait appeler par son patronyme.

Le soulagement qu'affichait Marcus était presque comique. Sa liaison supposée avec Geoffrey l'avait donc perturbé à ce point ?

Elle ne pouvait lui donner aucun détail sur ce qui s'était passé à New York, ni sur le fait qu'elle était le témoin principal dans une affaire fédérale qui impliquait son ancien employeur, Whitworth et Stone, et son ancien patron, Donald Nathanson. D'autant qu'elle savait maintenant que Marcus travaillait pour la tout aussi illustre société Fallon Brothers.

Il était donc fort probable qu'il connaisse des gens au sein de Whitworth et Stone et qu'ils gravitent dans les mêmes cercles mondains. Il n'y avait pas grand risque qu'il dénonce son cas à qui que ce soit, puisque personne — pas même les huiles de Whitworth et Stone — ne savait ce que les fédéraux mijotaient. Le secret avait été bien gardé, et l'on avait expliqué sa soudaine disparition de l'entreprise par une situation personnelle qui n'aurait pu que nuire à son travail.

Elle se demanda quelle serait la réaction de Marcus s'il apprenait que, cadre supérieur dans l'entreprise, elle avait incidemment découvert une gigantesque affaire de détournement de fonds, qui transitaient par des sociétés basées à l'étranger pour y être blanchis.

Oui, comment réagirait-il s'il savait qu'elle avait constitué un dossier suffisamment convaincant pour que les agents du FBI qu'elle avait contactés la placent immédiatement sous haute protection — autrement dit la fassent quitter New York pour une planque sinistre dans la banlieue de Chicago, où elle attendait de pouvoir témoigner devant le Grand Jury ?

Elle se sentait bien incapable de raconter à Marcus le cauchemar de ces onze mois d'enfermement, pendant lesquels les fédéraux montaient leur dossier.

Elle ne pouvait pas non plus évoquer avec lui un avenir qui se révélait pour le moins incertain. Il y avait en effet de fortes chances pour qu'après sa comparution devant le Grand Jury, elle reste encore quelque temps sous protection rapprochée.

Non qu'elle ait reçu des menaces de mort, mais la délation — même pour une juste cause — faisait de vous, et à jamais, un indésirable. Elle s'attendait donc à ce que toutes les portes des sociétés financières lui soient définitivement fermées et, même si cela n'était pas le cas, il n'était pas exclu qu'elle subisse quand même des représailles. Quelques-uns des groupes pour qui Whitworth et Stone avait détourné des fonds étaient basés dans d'autres parties du monde. Mieux valait donc qu'elle commence une nouvelle vie ailleurs, sous une nouvelle identité.

Un ailleurs où personne ne connaîtrait son véritable nom ni son visage, et où elle n'aurait aucune chance d'être découverte.

Un ailleurs qui excluait donc la vie mondaine que

Marcus semblait tellement apprécier, car elle ne pourrait jamais risquer d'être vue en sa compagnie. Reconnue, elle deviendrait une paria, et l'opprobre rejaillirait sur lui.

Et c'était encore le mieux qui puisse arriver. Le pire…

Elle préféra ne pas envisager le pire.

Mais toutes ces réflexions n'avaient fait que renforcer sa conviction : cette aventure avec Marcus n'excéderait pas le week-end. Car elle ne le voyait pas non plus renoncer à la vie trépidante et fastueuse qu'il aimait pour une femme qui devrait vivre dans l'ombre jusqu'à la fin de ses jours.

— Eh bien, si Geoffrey n'est pas ton… protecteur, insista Marcus, qui est-il ? Un parent ?

Encore une fois, elle rechigna à répondre.

— Pourquoi tiens-tu absolument à le savoir ? Quelle différence cela peut-il faire, puisque, dès que les rues seront praticables, toi et moi ne nous reverrons jamais ?

— Simple curiosité, Della.

— Mais enfin, pourquoi ?

— Je ne sais pas vraiment. Peut-être parce que tes larmes m'ont attendri.

C'était à présent son tour d'être touchée. Elle se rappela pourquoi elle avait pleuré : elle s'était sentie tellement seule. Geoffrey était son unique lien avec le monde extérieur depuis onze mois, tout au moins jusqu'à sa rencontre avec Marcus.

Certes, ils parlaient tous les jours, avec Geoffrey, mais leurs conversations étaient brèves, Geoffrey tenant juste à vérifier que tout allait bien. Il était son unique interlocuteur, et elle aurait aimé instaurer entre eux un vrai dialogue. Mais chaque fois, il raccrochait aussitôt sa vérification effectuée. Il était particulièrement pressé de raccrocher le week-end, quand il était en famille, et il la laissait alors retourner au vide immense de sa vie.

Mais, ce matin, après leur coup de fil, elle avait réalisé qu'elle ne serait pas seule, pour une fois. Ce matin-là, il y avait Marcus. Un homme, en chair et en os, qui allait lui parler, qui allait partager son petit déjeuner et tout simplement être là, avant, peut-être, de lui faire encore l'amour. Or l'intimité qu'ils avaient partagée, aussi brève et superficielle qu'elle ait été, lui avait rendu insupportable l'idée de quitter Marcus. Cette perspective inéluctable l'avait frappée avec une telle acuité qu'elle avait été tout bonnement incapable de retenir ses larmes.

Sentant l'émotion menacer de la submerger de nouveau, elle s'empressa de repousser ces pensées.

— Non, ce n'est pas non plus un parent, répondit-elle avec lassitude.

— Dans ce cas, pourquoi et comment veille-t-il sur toi ? insista Marcus, nullement découragé par ses réticences à lui répondre.

Sentant le piège se refermer, elle soupira.

— J'imagine que tu ne te satisferas pas d'un « C'est compliqué… » ?

Il secoua la tête, un sourire amusé aux lèvres.

— L'assemblage d'une tête nucléaire, c'est compliqué, je te l'accorde, mais la vie, ce n'est pas si sorcier que cela.

Elle réussit à esquisser un petit sourire.

— Eh bien, détrompe-toi, Marcus. Ma vie n'a vraiment rien de simple, tu peux me croire.

— Explique-moi pourquoi, alors.

Elle ne pouvait pas se confier à lui, ni même essayer de lui faire comprendre à demi-mot. Peut-être que s'il n'avait pas occupé le poste qu'il occupait ou s'il n'avait pas été l'homme riche et influent qu'il était… Peut-être encore que s'il n'entendait rien aux arcanes de la finance…

Encore une fois, elle renonça.

— J'ai dû quitter l'endroit d'où je viens, sur la côte Est, parce que je… j'ai connu là-bas quelques problèmes.

— Tu as fait quelque chose d'illégal ? s'enquit Marcus qui affichait un visage impassible.

— Non, s'empressa-t-elle de répondre. Non, je n'ai rien fait d'illégal. Mais je… sans le vouloir, je me suis retrouvée dans une situation pour le moins… difficile. Alors Geoffrey m'a trouvé un endroit où vivre jusqu'à ce que les choses se tassent un peu. Et si je l'appelle tous les jours, c'est pour qu'il sache que je vais bien.

— Cela n'a rien de compliqué, objecta Marcus. En revanche, cela semble dangereux.

Elle allait le contredire, mais elle ne pouvait pas le faire sans mentir. Elle n'était pas vraiment en danger, en fait, et si les fédéraux la cachaient, c'était surtout pour être certains que chez Whitworth et Stone, personne ne soupçonne qu'ils enquêtaient. Et puis ils voulaient aussi s'assurer qu'elle ne leur filerait pas entre les doigts, après leur avoir promis son témoignage.

— Non, la situation n'a rien de vraiment dangereux, assura-t-elle. Ils veulent juste être sûrs.

— Et c'est qui, ça, « ils », au juste ? demanda-t-il. La police ?

Elle secoua la tête, mais sans lui expliquer que ce n'était pas stricto sensu la police qui veillait sur elle.

— C'est qui, alors ?

— Je ne peux pas t'en dire plus, répondit-elle. Et si j'ai accepté de te parler de Geoffrey, c'était juste pour que tu saches que je ne suis pas liée à lui de la façon dont tu le pensais.

Marcus sembla hésiter un moment.

— Et tu es liée à quelqu'un… de cette façon ?

La raison lui soufflait d'acquiescer et de lui laisser penser qu'elle était engagée dans une histoire sérieuse. Comme ça, les choses seraient plus faciles au moment de la séparation. Car si Marcus pensait qu'une fois franchi le seuil de cet hôtel, elle allait rejoindre un autre homme, il la reléguerait sans mal au rang des histoires sans importance.

Oui, ce serait plus facile. Du moins pour lui.

Pourtant, au lieu de mentir, elle s'entendit murmurer :

— Il n'y a personne. Depuis bien longtemps.

C'était sans doute pour cela qu'elle avait cédé aussi facilement à Marcus. Comment aurait-elle pu ne pas être bouleversée par ce premier face-à-face avec un homme depuis des mois ? Il aurait vraiment fallu être de marbre pour résister au bonheur de discuter avec lui, de rire avec lui, de faire l'amour avec lui. Personne ne pouvait vivre dans une solitude totale sans éprouver le besoin d'un contact humain, même éphémère.

Marcus l'observa longuement, sans piper mot.

— Ce problème que tu as évoqué, finit-il par dire, quel genre c'était ?

— Je te le répète, Marcus, je ne peux pas t'en dire plus.

— Pourquoi ?

— Parce que… c'est compliqué, résuma-t-elle pour clore la discussion.

Il déplaça son siège si près d'elle que leurs genoux se touchaient. Puis, dans un geste très tendre, il lui prit les mains.

— Ecoute, il y a de grandes chances que je puisse t'aider. Je connais beaucoup de monde sur la côte Est et, parmi ces gens, certains sont des amis proches, des gens influents en qui j'ai toute confiance. Et il y en a d'autres qui n'attendent que le moment de me renvoyer l'ascenseur, et d'autres encore qui feraient n'importe quoi pour que je ne révèle pas au grand public deux ou trois choses que je sais d'eux.

— Je ne suis pas sûre que ces derniers entrent dans la catégorie des amis, ironisa-t-elle.

— Non, en effet. Mais je sais qu'ils feront ce que je leur demanderai et puis, ils connaissent des gens qui connaissent des gens qui connaissent des gens qui peuvent dénouer les problèmes les plus inextricables.

Elle se garda bien de rétorquer que c'était précisément ce réseau relationnel qui lui faisait peur. Sans le savoir, Marcus pourrait justement faire pression sur l'un de ceux que les fédéraux avaient dans le collimateur. Et, qui sait, peut-être même était-il ami avec l'un d'eux. Après tout, comme lui, ils étaient riches, puissants et menaient un train de vie auquel ils n'avaient pas l'intention de renoncer. Tous travaillaient dans le même secteur, faisaient partie de la même tribu. D'ailleurs, si Marcus savait cela, il y avait fort à parier qu'il renoncerait à lui proposer son aide.

— J'apprécie beaucoup ton offre, Marcus, mais tu ne peux pas m'aider.

— Comment peux-tu en être aussi sûre ?

— Je le sais, c'est tout.

Une nouvelle fois, il la dévisagea attentivement, sans dire un mot.

— C'est parce que tu ne me fais pas confiance, décida-t-il. Je comprends, nous venons juste de nous rencontrer et tu ne sais rien de moi. Mais je t'assure, Della, que…

— Cela n'a rien à voir, le coupa-t-elle.

Elle fut surprise de réaliser que c'était la stricte vérité, qu'elle avait intuitivement confiance en lui. Et, autant le reconnaître, elle en savait plus sur lui après une nuit que sur les New-Yorkais qu'elle avait fréquentés pendant des années. Mais l'argent poussait les gens à en vouloir toujours plus, quitte à commettre des actes répréhensibles.

— Il y a quand même bien quelque chose que je pourrais faire pour toi, Della ! insista-t-il d'une voix presque implorante. J'ai du mal à accepter que tu aies des problèmes…

Incapable de résister, elle se pencha et prit le visage de Marcus dans ses mains.

— Tu es un type bien, Marcus. Et je te suis très reconnaissante de vouloir m'aider, mais il n'y a que moi qui puisse quelque chose pour moi. Les choses vont s'arranger, mais pour l'instant…

Elle s'interrompit, désireuse d'oublier ce qui l'attendait. Pour l'heure, elle avait encore devant elle une journée et une nuit à passer avec lui, bien à l'abri dans cette chambre d'hôtel où rien ne pouvait l'atteindre. Elle ne devait penser à rien d'autre.

Marcus prit l'une de ses mains et en effleura légèrement la paume de ses lèvres. Une douce chaleur se diffusa alors dans tout son corps. C'était si doux, si tendre, si différent de leurs étreintes passionnées de la veille.

— Je suis sûr que je peux faire quelque chose pour toi, insista-t-il de nouveau. Il suffit que tu me dises quoi, Della.

En guise de réponse, elle lui caressa les cheveux, laissant filer entre ses doigts des mèches aussi douces que de la soie. Puis elle fit lentement glisser sa main sur son front, sa mâchoire, sa bouche.

— Fais-moi l'amour, dit-elle dans un souffle. Prends-moi dans tes bras, caresse-moi, murmure à mon oreille des mots tendres et des mots crus, des choses qui ne seront vraies que dans l'intimité de cette chambre. Donne-moi l'impression d'être en sécurité et d'être aimée. Fais-moi oublier qu'il existe un monde hostile. Fais cela pour moi et je…

Elle s'arrêta avant de dire « je t'aimerai pour l'éternité ».

Car s'il était évident qu'il ne verrait dans cette confession qu'une déclaration prononcée dans l'ivresse du moment, elle ne souhaitait pas pour autant être prise à la légère.

Marcus eut un petit rire, mais son regard brûlait d'un désir intense, lorsqu'il l'attira à lui.

— Eh bien, si tu insistes..., dit-il d'un ton faussement désinvolte.

- 7 -

Sans hésiter une seconde, il se pencha vers Della et couvrit ses lèvres des siennes, tandis que ses mains avides se faufilaient dans l'échancrure de son peignoir pour caresser la peau douce et chaude de ses épaules. Il émanait d'elle un délicat parfum de savon, qui se mêla, à mesure qu'il ouvrait un peu plus le vêtement, à l'odeur musquée de son corps.

Ses doigts se firent légers pour suivre la ligne délicate de la clavicule, puis s'attarder sur la nuque gracile avant de se déployer dans la masse soyeuse de ses cheveux. Encore humides, les boucles s'enroulaient, telles des lianes, autour de ses mains, comme pour les retenir prisonnières.

Il savoura l'instant, regrettant qu'il ne puisse durer éternellement et étonné de ne pas se lasser de la toucher, de la caresser.

Semblant lire dans ses pensées, elle dénoua d'une main fébrile la ceinture qui fermait son peignoir.

Encouragé par son invitation tacite, il aventura ses mains plus bas, effleura la peau sensible de sa gorge avant de glisser vers ses seins lourds et tendus. Il l'entendit gémir, tandis qu'il prenait dans sa bouche l'un des tétons à la pointe dressée.

Sa dernière pensée cohérente fut qu'il répondait au

désir de Della de la même façon que la veille, se perdant avec elle, en elle, si intensément qu'il en oubliait tout. A la seconde où ses mains se posaient sur elle, plus rien n'existait que le désir, la volupté et l'excitation qui les liaient et faisaient d'eux des amants d'exception.

Il frissonna au contact des mains de Della qui, se coulant contre lui avec volupté, cherchait fébrilement son corps. Elle écarta les pans de son peignoir, et il crut défaillir d'excitation lorsqu'il la vit s'agenouiller devant lui, une main agrippée à la chair ferme de sa cuisse tandis que l'autre se mettait à aller et venir, le long de son sexe en érection.

Il ferma les yeux pour mieux profiter de la sensation qui lui arracha un soupir de volupté, quand la pression sur sa verge se fit plus forte. Alors il s'abandonna totalement, conscient des battements saccadés de son cœur et du sang qui affluait à ses tempes, au rythme de sa passion.

Mais ce qu'il éprouvait n'était rien en comparaison de la déferlante de plaisir qui menaça de le submerger lorsqu'il sentit la bouche de Della engloutir son sexe tout entier.

— Oh, Della… Della chérie, murmura-t-il, au bord de l'extase.

Elle sembla aussitôt deviner qu'il était près d'atteindre l'orgasme. Alors elle se redressa et le prit par la main pour le conduire jusqu'au lit. S'étant débarrassés de leurs peignoirs respectifs, elle le poussa d'un geste doux et ferme sur le matelas. Elle s'apprêtait à le chevaucher, lorsque enserrant ses poignets, il la fit pivoter et s'agenouiller, les mains plaquées sur ses hanches voluptueuses. Alors, doucement, il la pénétra, et ses mains quittèrent bientôt les hanches pour se saisir de la pointe dressée de ses seins qu'elles s'amusèrent à agacer. Della commença très vite à gémir, de plus en plus fort. Lorsqu'il la sentit au comble de l'excitation, il se retira d'elle, pour la pénétrer de nouveau, avec une énergie redoublée.

La force de son désir était telle que Della, les doigts crispés sur les draps froissés, se mit à crier de plaisir. La jouissance manifeste qu'elle éprouvait attisa son désir, et il redoubla ses assauts, s'enfonçant en elle de plus en plus fort, de plus en plus profondément.

Il découvrait en elle une partenaire torride, érotique et avide à laquelle il ne faisait qu'obéir. Il n'avait encore jamais rencontré de femme qui, comme elle, savait à la fois exiger et se soumettre.

Elle se coucha d'ailleurs sur le dos et enroula les jambes autour de ses hanches, lui intimant silencieusement de la prendre encore. Puis elle le voulut assis, à genoux, debout, et lorsqu'ils furent secoués ensemble par les spasmes d'un orgasme violent, elle était penchée en avant, agrippée au bras du fauteuil où elle s'était assise quelques heures plus tôt, s'offrant sans fausse pudeur à ses assauts passionnés.

Leurs sens enfin assouvis, ils se laissèrent tomber pantelants, serrés l'un contre l'autre.

Ils restèrent un long moment sans rien dire, désireux de faire durer la magie de l'instant. Elle avait posé une main bien à plat sur son torse, et lui, faisant de même, nota avec bonheur que leurs cœurs battaient à l'unisson. Progressivement, leur rythme échevelé se fit plus lent, avant de revenir à la normale.

Du moins pour un temps, car il ne doutait pas qu'une

nouvelle vague de désir les submergerait d'ici peu, et à laquelle, pas plus que les autres fois, ils ne résisteraient.

Troublé, il songea qu'il avait senti frémir quelque chose de différent entre eux. Un sentiment diffus, qu'il ne savait trop expliquer ni nommer, mais dont il devinait intuitivement qu'il avait son importance.

Oui, faire l'amour avec Della était délicieux. Oui, ils avaient cédé à la même passion avide. Et oui, ils avaient dit et fait des choses qu'ils ne s'étaient jamais autorisées jusque-là.

C'était qu'il y avait entre eux quelque chose qu'il n'avait jamais connu avec ses autres partenaires. Pour la première fois, il s'était donné corps et âme, sans crainte, comme si la présence de Della faisait affleurer des sentiments qu'il gardait enfouis en lui depuis très longtemps. Il n'aurait su dire de quoi il s'agissait exactement, mais c'était sans doute dû au fait qu'ils ne se connaissaient que depuis quelques heures.

Tout ce qu'il savait, c'était que Della avait sa place à ses côtés. C'était une évidence, un peu comme s'il n'avait vécu jusque-là qu'une répétition de sa véritable vie. Comme si ses aventures précédentes n'avaient été que des brouillons le préparant à la grande rencontre, celle de sa vie, sa rencontre avec Della.

A la seconde où il ouvrit les yeux, il sut qu'elle était partie. Alors que la pièce était encore plongée dans l'obscurité, que les effluves de son parfum flottaient toujours dans l'air et que le lit était encore tiède de sa présence.

C'était sans doute en refermant la porte derrière elle

qu'elle l'avait réveillé. L'esprit déjà en alerte malgré l'heure matinale, il se dit que s'il se dépêchait, il pourrait la rattraper avant qu'elle ne s'engouffre dans l'ascenseur. Et si, malgré tout, il n'avait pas été assez rapide, il la retrouverait sans doute dans le hall avant qu'elle ne disparaisse à jamais.

Pourtant, en même temps qu'il envisageait ces possibilités, il savait qu'elles étaient irréalistes. Ce n'était rien qu'une tentative pour se convaincre d'une réalité qui ne pouvait être. Car ce qui l'avait réveillé n'était pas le bruit d'une porte, mais la conscience aiguë du départ de Della qui le laissait définitivement seul.

Seul. Ce mot résonna bizarrement à ses oreilles alors que cet état lui était familier. Cela ne l'avait jamais ennuyé de vivre seul, de prendre ses repas seuls ou de travailler seul. Au contraire, il avait même toujours préféré sa propre compagnie à celle des autres. A l'exception, bien sûr, de Charlotte, mais sans doute était-ce parce qu'elle-même était une créature solitaire.

En fait, il s'était toujours senti un peu différent des autres.

S'il avait besoin de compagnie, rien n'était plus facile. Il avait toujours quelqu'un à appeler, un endroit où aller.

Mais le fait était qu'il préférait être seul.

Pourtant, ce matin, sa solitude imposée lui déplut. L'absence de Della était non seulement palpable, mais encore presque insupportable.

Il se leva, enfila hâtivement son peignoir et en noua la ceinture, tandis qu'il s'approchait de la fenêtre. A la lueur de la lune, dont la clarté s'infiltrait à la jointure des rideaux, il aperçut une feuille de papier, posée sur la table entre les deux fauteuils où Della et lui s'étaient blottis l'un contre l'autre, à peine quelques heures plus tôt.

Son cœur se mit à battre à l'idée qu'elle lui avait laissé un mot. Mais il déchanta bien vite, réalisant que c'était le papier sur lequel, la veille, il avait inscrit ses numéros de téléphone à son intention. Le message était clair. En se privant de toute possibilité de le joindre, elle lui signifiait en même temps qu'elle souhaitait couper tout contact avec lui.

Elle lui avait dit avoir connu des problèmes à New York. Bien qu'incapable d'imaginer de quels problèmes il pouvait s'agir, il était certain qu'elle avait dit vrai. Et elle avait affirmé qu'il ne pouvait pas l'aider.

C'était bien là où elle se trompait.

Il froissa le papier et le lança négligemment sur la table, avant d'écarter un pan du rideau et de jeter un coup d'œil au-dehors. Bien qu'encore sombre, le ciel s'éclaircissait à l'horizon, parsemé d'étoiles qui scintillaient comme autant de pierres précieuses.

Indifférent au froid piquant qui régnait à l'extérieur, il ouvrit la fenêtre en grand et se pencha par-dessus la rambarde. L'avenue Michigan était déserte, mis à part les chasse-neige venus déblayer les chaussées, qui ne seraient définitivement praticables qu'après le lever du soleil. Machinalement, il tourna la tête à droite, au moment où une voiture disparaissait à l'angle de la rue, un peu plus haut.

C'était un taxi qui emmenait Della. Il le savait aussi sûrement qu'il s'appelait Fallon.

Il se félicita intérieurement d'avoir dérogé aux règles de politesse qu'il s'était toujours imposées, en fouillant dans le sac de Della. S'il s'était abstenu, il n'aurait jamais su son nom et leur histoire se serait définitivement arrêtée là.

Certes, il aurait gardé à la mémoire le week-end le plus inoubliable qu'il ait jamais passé avec quelqu'un, mais, grâce à son indiscrétion, il s'était donné un autre moyen de ne pas l'oublier. Tout simplement parce qu'il savait où retrouver la trace de Della Hannan. Peut-être pas à Chicago, mais en tout cas à New York. Cette information valait de l'or, d'autant plus qu'il savait à qui s'adresser pour l'aider dans ses recherches.

Lorsqu'il sentit ses joues engourdies de froid, il referma la fenêtre. Saisissant au passage la veste qu'il avait laissée sur le dossier d'une chaise, il en tira son téléphone portable.

En pénétrant dans la chambre, Della et lui avaient éteint leurs téléphones, bien résolus à les ignorer durant le temps qu'ils passeraient ensemble. Désormais, il pouvait rallumer le sien, mais ne prêta pas la moindre attention à la dizaine de messages qui l'attendaient. Il afficha la liste de ses contacts pour aller droit à celui qui l'intéressait. Il s'agissait d'un détective privé à qui il avait fait appel plusieurs fois, toujours dans le cadre professionnel. Cela étant, l'homme avait également une excellente réputation lorsqu'il s'agissait d'investigations privées. Il ne restait plus à espérer que cette réputation ne soit pas usurpée.

L'homme décrocha au bout de trois sonneries, grommelant quelque chose relatif à l'heure qu'il était.

— Damien, c'est Marcus Fallon.

Il laissa s'écouler quelques secondes pour que ces mots fassent leur chemin dans l'esprit encore embrumé du détective.

— Salut, finit par répondre celui-ci, d'une voix enrouée. Qu'est-ce que je peux faire pour vous ?

— J'ai besoin de vos services pour une mission un peu différente de celles que je vous demande habituellement.

— Pas de problème.

— J'ai en ma possession un nom, une description physique et une ancienne adresse à New York. Pensez-vous pouvoir retrouver cette personne à Chicago, à l'aide de ces informations ?

— Ça ne devrait pas être trop compliqué.

— Vous pouvez vous en occuper rapidement ?

— Ça dépend.

— De quoi ?

— De la volonté de la personne en question à ne pas être retrouvée.

— Et si moi, je vous parle de *ma* volonté de retrouver cette personne ?

Il fallut quelques secondes supplémentaires à Damien pour que ses neurones prennent toute la mesure de l'information.

— Combien ? s'enquit-il enfin.

Marcus put enfin se détendre. Amener les gens là où il voulait qu'ils aillent, c'était vraiment un domaine où il excellait. Faire l'amour à Della en était un autre.

Il voulut allumer la lampe de chevet, mais l'idée qu'il ne verrait qu'une chambre vide le fit renoncer.

— Prenons le temps d'en parler.

Della avait été obligée de renoncer à beaucoup de choses dans sa vie. Tout d'abord à sa famille, à ses amis et à sa maison lorsqu'elle avait décidé de s'en aller à dix-huit ans.

Ensuite, elle avait aussi dû faire son deuil de différents postes, bureaux et relations, à mesure qu'elle gravissait des échelons chez Whitworth et Stone et à une époque où elle s'était bâti une nouvelle vie à Manhattan.

Et bientôt, elle devrait laisser derrière elle tout ce qui lui était devenu familier à Chicago.

Pourtant, rien ne lui avait jamais été plus douloureux que de devoir se séparer de la robe en velours écarlate Carolina Herrera, des chaussures Dolce & Gabbana, sans parler des bijoux Bulgari et du manteau de soie noir de chez Valentino. Pas parce qu'ils étaient beaux et luxueux, mais parce qu'ils représentaient les seuls objets liés aux instants passés avec Marcus.

Même si elle les avait appris par cœur, elle s'en voulait terriblement d'avoir laissé derrière elle la feuille sur laquelle il avait noté ses numéros de téléphone. Elle aurait ainsi possédé quelque chose qu'il avait touché, et aurait pu se délecter à loisir en observant les chiffres qu'il avait tracés de sa main.

Elle maudit cet accès de sentimentalisme, dont elle n'était pas coutumière. Jusque-là, elle s'était toujours refusé à sacraliser les objets qui lui rappelaient une personne chère à son cœur. D'ailleurs, elle ne possédait rien d'Egan Collingwood. Ce qui était probablement significatif, mais elle refusa de s'attarder sur le sujet, préférant penser encore à Marcus.

D'ailleurs, ce n'était pas comme si elle n'avait aucun souvenir de lui. Pendant que la gérante de la boutique remplissait consciencieusement son bon de retour, elle savait que les souvenirs qu'elle avait de Marcus la hanteraient jusqu'à son dernier souffle.

Par exemple, elle garderait à jamais gravée dans sa mémoire la façon sensuelle avec laquelle il avait fait tourner son index sur le bord de sa coupe de champagne. Et comment ses yeux se piquetaient d'or lorsqu'il riait. Elle se souviendrait aussi longtemps de la manière dont il avait ôté sa veste pour lui en envelopper les épaules, ainsi que du parfum viril qui émanait du tissu satiné. Elle n'oublierait pas non plus les flocons de neige voletant autour d'eux et qui contrastaient avec sa chevelure sombre, ni sa voix rauque de désir lorsqu'il lui murmurait à l'oreille des promesses érotiques pendant qu'ils faisaient l'amour.

Mais plus que tout, c'était sa dernière image de lui qu'elle garderait à la mémoire.

Profondément endormi, il était allongé sur le côté, tourné vers la place qu'elle avait occupée, un bras en travers du lit. Bras dont elle s'était doucement dégagée pour ne pas le réveiller. Tout son corps dénudé baignait dans la clarté vive de la lune qui entrait à flots dans la pièce.

Ses cheveux emmêlés par leurs ébats répétés auréolaient son visage qui, dans la quiétude d'un sommeil réparateur, révélait pour la première fois toute une gamme de sentiments. Il paraissait… heureux, épanoui, comblé. Comme si, enfin, il détenait la réponse à quelque ancienne question que lui seul pouvait comprendre.

Le cœur serré, elle avait bien songé à lui écrire quelques lignes destinées à lui dévoiler par écrit ce qu'elle avait été incapable de lui dire. Mais elle avait déchiré la feuille en mille morceaux après sa première tentative, et laissé tomber les confettis dans son sac, comme autant de flocons de neige.

A l'heure qu'il était, elle se trouvait ridicule d'avoir été sur le point de livrer à ce quasi-inconnu les sentiments qu'il faisait naître en elle. D'abord, ils ne se connaissaient que depuis vingt-quatre heures ; ensuite, le cœur de Marcus était pris ailleurs, et puis, elle n'était pas femme à pouvoir vraiment tomber amoureuse. L'amour était réservé aux rêveurs, aux doux dingues, et Dieu sait si elle n'était ni l'un ni l'autre !

— Voilà, dit Ava après avoir vérifié qu'il ne manquait rien et que les habits étaient en parfait état. Tout est en ordre. Si vous voulez bien signer, je pourrais vous rendre votre chèque de caution.

— Mais j'ai beaucoup de retard, objecta Della. J'étais censée être ici à l'ouverture dimanche, pas lundi.

Ava balaya ses protestations d'un geste vague de la main.

— Moi aussi, j'étais censée être ici dimanche. Mais Dame Nature en a décidé autrement.

Si seulement celle-ci pouvait se mêler plus souvent du destin des humains !

— En tout cas, sachez que j'apprécie que vous soyez venue si rapidement.

C'était malheureusement bien là ce qui la caractérisait le mieux. Della Hannan était toujours parfaitement ponctuelle. Au péril de son confort. Si elle était arrivée cinq minutes plus tard, le soir du réveillon du nouvel an, elle n'aurait jamais surpris Egan dans les bras d'une femme qui, elle l'apprit plus tard, était son épouse.

Si elle était arrivée dix minutes plus tard au bureau, le premier de l'an, elle n'aurait jamais lu la note de service qui avait tout déclenché. A l'heure actuelle, elle continuerait à mener une existence confortable à New York, séparée d'Egan, certes, dans une autre société de Wall Street, certes, mais elle prendrait toujours son premier café chez Vijay's, elle continuerait à se promener le samedi à Central Park et à profiter des heures d'ouverture gratuites du Metropolitan Museum.

Et jamais son chemin n'aurait croisé celui de Marcus.

Elle n'arrivait pas à décider ce qu'elle devait penser de cette rencontre. Les gens avaient coutume de répéter qu'il valait mieux avoir fait l'expérience de l'amour, au moins une fois dans sa vie. Mais elle était sceptique, dans la mesure où ce que l'on ne connaît pas peut difficilement vous manquer.

De toute façon, elle n'était pas amoureuse de Marcus, non. Et pourtant…

La voix enjouée d'Ava la tira brutalement de ses pensées.

— Avez-vous aimé *La Bohème*, mademoiselle Hannan ? s'enquit-elle.

Ce souvenir merveilleux la fit sourire avec nostalgie.

— C'était tout simplement merveilleux, répondit-elle. Je ne me souviens pas d'avoir jamais passé une aussi bonne soirée.

Elle se garda évidemment d'ajouter que les deux nuits et la journée qui avaient suivi avaient été elles aussi un pur enchantement.

— Je ne suis jamais allée à l'Opéra, avoua Ava. Quel effet cela doit faire de se rendre à des premières, de fouler les tapis rouges ! De côtoyer des gens raffinés, vêtus d'habits somptueux, et de se trouver dans un décor aussi splendide que celui de l'Opéra lyrique.

Venant d'une personne aussi jeune, de tels propos étaient pour le moins surprenants. D'autant qu'Ava était indéniablement raffinée et semblait appartenir à cette classe sociale à laquelle elle semblait vouer une si profonde admiration.

C'était la deuxième fois qu'elles se rencontraient, et Della la trouvait toujours aussi élégante. Elle portait aujourd'hui un tailleur taupe impeccablement coupé, des diamants d'oreilles qui, à eux seuls, devaient coûter une petite fortune. Ses cheveux auburn, rassemblés en un chignon placé bas sur la nuque, faisaient ressortir le gris de ses yeux, qui reflétaient à la fois intelligence et sophistication.

Face à une telle distinction, Della eut soudain l'impression que ses origines modestes refaisaient surface. Dans son pantalon en tweed marron qu'elle avait assorti d'un pull en cashmere beige, elle se sentit plus que jamais dans la peau d'une usurpatrice.

Contrairement à Ava Brenner qui, elle, devait être issue d'un milieu aisé, Della s'était insérée peu à peu dans ce monde qui n'était pas le sien et auquel elle n'appartiendrait jamais vraiment. Et si elle en maîtrisait les codes, c'était seulement parce que les gens comme Ava étaient légion dans la profession qu'elle s'était choisie.

Elle se demanda d'ailleurs pourquoi celle-ci travaillait dans cette boutique. Elle devait pourtant être suffisamment riche pour se passer de travailler et mener la vie oisive dont jouissait la grande majorité des nantis. Et pourtant, elle était là lorsque Della était venue choisir ses vêtements et c'était encore elle qui la recevait ce lundi matin.

Machinalement, Della chercha à son annulaire une

alliance qu'elle ne trouva pas. Il n'y avait pas non plus trace d'une bague de fiançailles. Peut-être Ava faisait-elle partie de ces gens qui avaient aimé et perdu l'être aimé ?

Elle se demanda comment elle avait vécu une telle expérience, avant de renoncer à creuser le sujet. Ava n'avait pas l'air d'une âme éplorée. Elle était belle, élégante, intelligente et dirigeait de main de maître une boutique de luxe qui marchait bien. Comment un homme normalement constitué ne succomberait-il pas à toutes ces qualités pour faire d'Ava le centre de son univers ? En tout cas, elle n'était pas du genre à passer une nuit passionnée avec un homme qu'elle ne reverrait jamais.

— Bien, dit Ava en rendant à Della son chèque de caution. J'espère que vous penserez à moi la prochaine fois que vous voudrez encore être à votre avantage.

La prochaine fois, ce serait lorsqu'elle viendrait témoigner devant le Grand Jury, soit dans quinze jours. Mais l'un de ses vieux tailleurs ferait largement l'affaire.

En revanche, dans la nouvelle vie qu'elle aurait après, peut-être… On pouvait toujours rêver.

Elle coupa court à ses pensées délirantes.

Sa nouvelle vie se déroulerait probablement à mille lieues de Chicago, et il y avait fort à parier que là où elle irait, elle n'aurait pas besoin de robes haute couture, mais plutôt de tailleurs passe-partout.

Elle allait devoir repartir de zéro, redémarrer une nouvelle vie professionnelle et il lui faudrait beaucoup de temps avant de gagner assez d'argent pour renouer avec le confort de sa vie d'avant.

Du temps, il lui en faudrait aussi beaucoup avant

qu'elle ne fasse de nouveau suffisamment confiance à un homme pour se laisser approcher durablement. La trahison d'Egan était encore un souvenir cuisant.

Enfin, elle n'avait pas attendu bien longtemps, avec Marcus. Elle s'était jetée dans ses bras la tête la première.

Certes, mais avec Marcus, c'était différent. Il n'avait été qu'une aventure d'un soir. Elle n'avait pas besoin de décider si elle pouvait lui faire confiance ou non, puisqu'elle n'allait jamais le revoir.

Vraiment ? En fait, elle devait bien l'admettre, elle ne rêvait que d'une chose : le revoir.

Elle se racla la gorge, dérangée par cette réalité qu'elle ne pouvait nier.

Elle était en train de se mentir à elle-même en refusant l'évidence.

— Soyez prudente en sortant, recommanda Ava d'une voix claire, qui la tira brusquement de ses pensées. La neige a cessé de tomber, mais il y a de grosses plaques de verglas sur les trottoirs et dans les caniveaux. Si vous n'y prenez garde, vous pourriez tomber et vous blesser.

— Ne vous inquiétez pas pour moi, répondit Della, touchée par sa sollicitude. Je saurai prendre soin de moi.

Ce n'étaient pas des paroles en l'air. Toute sa vie, elle s'était assumée seule et le fait que Marcus allait disparaître de son horizon n'y changerait rien, car un homme comme lui, elle n'en rencontrerait pas un deuxième.

Dans deux semaines, elle allait s'embarquer pour une vie où elle serait seule, une fois de plus. Car si elle songeait à Egan, elle s'en rendait parfaitement compte maintenant, il n'avait jamais vraiment tenu la place qu'il aurait dû occuper à ses côtés, et pour cause !

Pour une fois qu'elle avait eu l'impression de partager quelque chose avec quelqu'un, c'était malheureusement quelqu'un qu'elle ne reverrait jamais.

- 8 -

Cela faisait près de dix jours qu'elle avait rendu sa tenue à la boutique de luxe d'Ava, mais Della peinait toujours à renouer avec sa routine habituelle. Marcus ne quittait pas ses pensées.

La planque que lui avaient attribuée les fédéraux était des plus banales : ç'aurait pu être la maison de Monsieur Tout-le-monde, avec son mobilier robuste choisi dans des couleurs neutres et des tissus synthétiques, ses murs blancs et des « œuvres d'art » qui auraient pu être achetées dans n'importe quelle grande surface de banlieue.

Le manque de personnalité de son cadre de vie n'avait fait que renforcer son sentiment d'enfermement, mais lui faisait également souffrir toujours plus de la perte de Marcus. Quelques jours à peine s'étaient écoulés depuis leur séparation, et elle avait l'impression d'une éternité.

Et pour couronner le tout, en retrouvant son isolement, elle redoublait d'inquiétude pour ce que l'avenir lui réservait. Elle s'était pourtant préparée à empoigner la vie toute seule, mais sa rencontre avec Marcus lui avait fait entrevoir d'autres perspectives. La vie avec lui devait être merveilleuse, parce que c'était un homme hors du commun. De son point de vue en tout cas, aucun homme ne pouvait rivaliser avec lui.

En proie à des regrets poignants, elle laissa échapper un profond soupir. Une fois de plus, et malgré elle, Marcus se retrouvait au centre de ses pensées. Et une fois de plus, elle voulut se convaincre que si elle le trouvait si exceptionnel, c'était tout simplement parce qu'elle ne connaissait pratiquement rien de sa vie.

En effet, n'importe qui pouvait sembler extraordinaire pendant trente-six heures et dans l'intimité d'une chambre, sans regard extérieur pour nuancer l'effet produit. Le temps passé avec Marcus et Marcus lui-même n'étaient que des fantasmes. Tous les paramètres avaient été réunis pour faire de cette rencontre quelque chose d'unique et de parfait. Mais il y avait fort à parier qu'une fois sorti de cette chambre, Marcus ne valait pas mieux qu'un Egan Collingwood.

Après tout, comment savoir s'il ne lui avait pas menti sur toute la ligne ? Il lui avait affirmé que la femme qu'il attendait ne faisait plus partie de sa vie, mais cela pouvait fort bien n'avoir été là qu'une manœuvre destinée à la séduire. Comment croire qu'il ait pu se montrer ouvert et honnête quand elle-même ne l'avait pas été ?

Elle se promit qu'une fois libérée, elle en apprendrait plus sur lui, elle découvrirait quel genre d'homme il était vraiment, et…

Ces spéculations étaient ridicules. A quoi bon raisonner là-dessus, alors qu'elle ne le reverrait jamais ? Elle ne connaissait même pas son nom de famille. Marcus resterait à jamais un fantasme pour elle et, au fil du temps, elle ne ferait que l'idéaliser un peu plus, faisant de lui un amant légendaire et un homme exceptionnel qui lui interdirait à jamais de tomber amou… Le mot interdit avait failli jaillir dans son esprit, mais elle se reprit et formula sa pensée autrement. Marcus lui interdirait à jamais d'apprécier la compagnie d'un autre homme.

Soudain, elle eut une idée. Une idée pour échapper à cette perspective effrayante, qui la conduisit aussitôt à son ordinateur.

Si elle ignorait le nom de famille de Marcus, en revanche, elle connaissait le nom de la société qui l'employait : Fallon Brothers. L'entreprise devait employer des milliers de personnes venues de tous les États d'Amérique, mais, Marcus n'étant pas un prénom très répandu, elle pourrait, dans un premier temps, limiter ses recherches à la ville de Chicago.

Il lui avait dit aussi qu'il avait fait la une de nombreux sites Web, si bien qu'en réunissant son prénom, le nom de l'entreprise pour laquelle il travaillait et la ville de Chicago, elle devrait trouver des indices significatifs.

Son enthousiasme retomba brusquement à l'idée qu'elle pourrait le voir au bras de superbes créatures et dans des situations compromettantes. Mais au moins serait-elle fixée. Elle saurait s'il était le genre d'homme dont elle avait besoin ou s'il était à écarter définitivement de ses pensées.

Sans parvenir, une fois de plus, à résoudre les contradictions qui l'habitaient, elle se demanda comment un homme qu'elle ne reverrait jamais pourrait la blesser. Lui-même serait bien incapable de la retrouver, si tant est qu'il essaie. Car, dans quelques jours, elle serait engloutie par les rouages du système judiciaire, dotée d'un nouveau nom, d'une nouvelle adresse et d'un nouveau numéro de Sécurité sociale.

Ce qui la rendrait à jamais introuvable.

Pourtant, confortablement installée sur son lit, son ordinateur portable sur les genoux, elle sentait son cœur battre à tout rompre à l'idée d'en savoir plus sur Marcus. Elle ne savait ce qui la bouleversait le plus, de la perspective d'en savoir enfin davantage sur son compte ou de revoir son visage, même s'il ne s'agissait que d'une photo.

Dans la barre de recherche de la page Google, elle tapa le prénom de Marcus, auquel elle adjoignit le mot *Chicago* puis *Fallon Brothers.* En un clin d'œil, le site lui dénombra des milliers de pages.

Marcus figurait partout, parfois seul mais le plus souvent accompagné de femmes, toutes souriantes, toutes magnifiques, toutes agrippées à son bras avec un air triomphant.

Elle s'aperçut que son doigt tremblait. En fait, tout son être tremblait comme une feuille, sans qu'elle sache trop pourquoi. Peut-être parce que revoir Marcus lui prouvait qu'il existait bel et bien. Ce week-end n'était donc pas une création de son imagination et, aussi ténu soit-il, Marcus et elle avaient réellement établi un lien tangible.

Peut-être aussi que son extrême émotion était due au fait que, désormais, d'un simple clic, elle pourrait le retrouver chaque fois qu'elle le désirerait.

Elle aurait à sa disposition des photographies pour accompagner les images qu'elle ressuscitait encore mais qui n'auraient pas manqué de s'estomper au fil du temps. Contrairement à ce qu'elle avait redouté, Marcus allait perdre son côté éphémère. Il serait toujours avec elle, même si la réciproque n'était pas vraie.

Elle serra le poing, pour tenter de calmer ses tremblements, et s'attarda sur une photo où Marcus figurait seul. C'était un cliché officiel, qui avait dû être pris dans le cadre professionnel. Il provenait d'ailleurs du site Web de l'entreprise.

A l'aide du curseur, elle agrandit l'image et découvrit les quelques mots de présentation : Marcus Fallon, directeur financier, Fallon Brothers Chicago.

Son tremblement devint convulsif et elle sentit son estomac se nouer.

Marcus Fallon.

Il était non seulement l'un des membres de cette famille illustre, mais, en plus, il occupait l'un des postes les plus importants au sein de l'entreprise familiale. Elle avait bien compris qu'il connaissait le monde des affaires et qu'il ne devait pas seulement à son argent d'être membre du très sélect Windsor Club.

Mais ce qu'elle venait d'apprendre dépassait largement tout ce qu'elle aurait pu imaginer.

Elle avait rencontré l'un des descendants de celui qui avait radicalement bouleversé le monde des affaires et de la finance. Les ancêtres de Marcus étaient un peu la famille royale de la société capitaliste. Et Marcus en était le prince.

Ainsi donc, Cendrillon avait vraiment rencontré un prince charmant. Et elle… Eh bien, cela ne la rendait qu'un peu plus misérable.

Lorsqu'elle se rappela qu'il lui avait parlé d'amis capables de l'aider sur la côte Est, son malaise ne fit que s'accroître. Car il était bien évident que ces mêmes amis devaient être liés, d'une façon ou d'une autre, au monde des affaires de New York. Il se pourrait même que certains d'entre eux soient employés chez Withworth et Stone.

Et cela ne la surprendrait pas davantage d'apprendre qu'ils se retrouvent derrière les barreaux, suite à son témoignage. En apprenant quelle était l'origine de son problème, il y a fort à parier que Marcus n'aurait plus eu la moindre velléité de l'aider. Au contraire, il aurait sauté sur son téléphone afin de prévenir chacun du risque qu'il courait !

Tous ses espoirs, même les plus infimes, s'envolèrent d'un coup. Non seulement elle n'avait aucune chance de renouer avec Marcus, mais une fois qu'elle aurait livré son témoignage devant le Grand Jury, elle serait définitivement bannie du monde de la finance.

Son témoignage mettrait en lumière des activités illégales qui allaient être punies. Et, sachant comment fonctionnait ce milieu, elle ne s'attendait pas à ce que quiconque sur Wall Street applaudisse son courage — ou son inconscience. Elle savait au contraire que toutes les portes lui seraient désormais fermées. Les gens comme Marcus, et Marcus lui-même, ne voudraient plus entendre parler d'elle, parce qu'elle allait faire tomber des têtes et qu'on n'appréciait pas cela dans le monde de la finance. D'autant moins lorsque la responsable d'un tel séisme n'était qu'une femme modeste, issue d'un milieu défavorisé.

Incapable pourtant de s'en empêcher, elle cliqua sur un autre lien et continua à chercher avidement des renseignements sur Marcus.

Il était l'aîné d'un des arrière-petits-fils du principal membre fondateur de Fallon Brothers et allait devenir, d'ici peu de temps, P-DG à la place de son père. Elle apprit également quels étaient ses passe-temps favoris en dehors de l'opéra : il aimait jouer au squash, boire du porto — ce dont il lui avait effectivement parlé —, et il pratiquait également la voile et le polo. Comme elle le savait déjà aussi, il avait fréquenté les écoles les plus chic du pays. En fait, tout ce qu'elle put lire ne fit que confirmer ce qu'elle savait déjà, et elle resta un peu sur sa faim.

Un nouveau clic la ramena sur des photographies qu'elle avait déjà survolées à la hâte. Sur l'une d'elles, prise au cours du dernier réveillon du jour de l'an, Marcus était accompagné d'une ex-Miss Illinois. C'était à ce moment-là, exactement, que son monde à elle avait commencé à s'écrouler, alors que sur le cliché, Marcus affichait l'air serein et un brin hautain de ceux que la vie avait épargnés.

Une autre photo le montrait à une vente de charité, en compagnie d'une rousse généreusement dotée par la nature. Sur un autre cliché, on le voyait sur une terrasse somptueuse surplombant le lac Michigan, cette fois avec une blonde assise sur ses genoux et lovée contre lui. Le dernier cliché qu'elle s'autorisa à contempler le montrait à une soirée mondaine, accompagné d'une starlette d'Hollywood connue pour se montrer en public sans sous-vêtements.

C'était de ce Marcus-là qu'elle devait se souvenir : du séducteur invétéré qui s'affichait, à chacune de ses apparitions, avec une bimbo différente. Il fallait qu'elle cesse de penser à lui comme au prince charmant qu'il n'était pas, mais qu'elle le voie comme il était vraiment, c'est-à-dire comme un play-boy fortuné qui s'arrogeait tous les droits qu'il imaginait dus à son rang et à son niveau social. Un coureur de jupons imperméable aux sentiments, qui ne voyait dans les femmes qu'un moyen de jouir un peu plus de la vie.

Il était fort probable qu'il avait cessé de penser à elle à la seconde où il s'était rendu compte de son départ.

Non, il n'était pas le prince charmant d'un quelconque royaume enchanté. Plus vite elle l'oublierait, et mieux ce serait.

Elle se fit les mêmes réflexions à chacune des nouvelles photographies qu'elle découvrait, mais les souvenirs qu'elle gardait de lui rendaient ses admonestations totalement inefficaces.

Elle se rappelait avec émotion son sourire, ses caresses et le voile de tristesse qui avait assombri son regard lorsqu'il lui avait parlé de la femme qui n'était pas avec lui ce soir-là.

Elle sentit alors, au plus profond de son cœur, qu'il s'agissait là du véritable Marcus Fallon. Peut-être pas un prince charmant, mais pas non plus un crapaud répugnant.

Et elle conçut l'espoir fou que, où qu'il soit, il se souvienne toujours d'elle avec tendresse.

Marcus était assis à son bureau, dans son loft de Lakeshore Drive. La pièce était dans les tons ambrés, depuis le tissu cuivré qui recouvrait les chaises jusqu'aux bruns et or du tapis de soie, en passant par le blond doré des lambris de bois d'érable. En face de lui, des étagères supportaient même toute une collection de bronzes sculptés.

Vêtu d'une robe de chambre de soie noire ouverte sur un pantalon de pyjama assorti, il sirotait un verre de porto tout en feuilletant le dossier de renseignements qui lui était parvenu dans l'après-midi.

Par la large baie vitrée qui se trouvait à sa droite, il apercevait les eaux bleu encre du lac Michigan, que ponctuaient, ici et là, les lumières des bateaux, tout aussi scintillantes que les étoiles qui perçaient la toile sombre du ciel.

Pourtant, bien carré dans un fauteuil club qu'une lampe sur pied baignait d'une lumière tamisée, il ne s'attarda pas une seconde sur cette vue qui, d'ordinaire, le stupéfiait par sa beauté.

D'habitude, les teintes chaudes de la pièce avaient sur lui un pouvoir lénifiant. Mais pas aujourd'hui.

Car ce soir, il se sentait les nerfs à vif. Le dossier contenant les renseignements que le détective avait pu réunir sur Della Louise Hannan, résidant à New York, était plutôt décevant : il n'avait rien appris qu'il n'aurait pu découvrir lui-même.

Un point cependant avait attiré son attention. Elle avait travaillé chez Whitworth et Stone, l'un des bureaux financiers les plus importants, sinon *le* plus important de Wall Street.

Il avait de nombreuses connaissances dans cette société. Et comme Della occupait le poste élevé de cadre directorial, il avait une petite chance de connaître là-bas quelqu'un qui aurait pu la rencontrer.

Demain, à l'heure où les bureaux ouvriraient leurs portes, il passerait quelques coups de fil.

Mais il doutait de l'efficacité d'une telle démarche, car glaner des informations sur Della à l'époque où elle travaillait là-bas ne lui serait pas d'une grande utilité, puisqu'elle avait quitté cette maison depuis un peu plus d'un an.

En fait, Della Hannan avait été purement et simplement rayée de la carte depuis la mi-janvier de cette année, date à partir de laquelle plus personne ne l'avait revue ni même n'avait entendu parler d'elle.

L'appartement où elle vivait alors était aujourd'hui occupé par un couple marié qui avait emménagé en mars, trop content d'avoir trouvé un logement déjà meublé, car Della avait laissé derrière elle tout ce qui lui appartenait. Elle était partie sans payer son mois de location en cours et avait quitté son emploi brusquement, disparaissant du jour au lendemain.

Plus troublant encore, en dépit de cette soudaine disparition, personne ne s'était soucié de son sort. Pas un ami, pas un voisin, pas un amant, ni même son employeur, n'avait cherché à savoir ce qu'elle était devenue. Dans le dossier ne figuraient aucun rapport de police, aucune plainte de son ancien propriétaire, rien non plus dans son fichier personnel à Whitworth et Stone sur les raisons qui l'avaient poussée à abandonner son travail après plus de dix ans de bons et loyaux services.

Il apparaissait cependant que, selon les bruits qui circulaient dans son service, elle était sortie avec l'un de ses collègues, jusqu'à ce qu'elle découvre qu'il était marié. L'histoire ne disait pas si elle en avait voulu à son amant de ne pas avoir décidé de quitter sa femme ou si elle l'avait plaqué une fois qu'elle avait découvert la vérité. Quoi qu'il en soit, cette liaison adultérine semblait être la raison pour laquelle elle avait déserté l'entreprise.

L'explication tenait la route et collait bien avec le fait qu'elle ait fui New York.

Sauf qu'elle était native de cette ville et que, pourtant, elle n'y avait ni famille ni amis vers qui elle aurait pu se tourner, pas plus que dans un autre État du pays, d'ailleurs. Sauf qu'elle n'avait pas redémarré de vie professionnelle ailleurs. Et que personne n'avait entendu dire qu'elle avait resurgi quelque part, après ce fameux 16 janvier.

Elle n'avait entrepris aucune démarche administrative, ne s'était pas fait délivrer de nouveau permis de conduire, n'avait pas consulté ses relevés bancaires ni utilisé ses cartes de crédit. L'abonnement de son téléphone portable avait été résilié, faute de paiement, en dépit d'un petit compte épargne auquel elle n'avait pas touché.

Il eut comme une illumination : son téléphone portable !

Il se revit dans la chambre d'hôtel, en train de

fouiller parmi ses photos et ses contacts, gardés encore alors qu'elle ne les appelait jamais. Manifestement, elle utilisait aujourd'hui un numéro différent de celui qu'elle avait précédemment, lorsque sa ligne avait été suspendue. Dans ce cas, pourquoi n'y avait-il alors aucune trace de sa demande de changement de numéro ? Même si elle avait exigé d'être sur liste rouge, Damien aurait été capable de la retrouver malgré tout. Or cela lui avait échappé.

Et pourquoi avait-elle transféré tous les contacts enregistrés dans son ancien téléphone vers le nouveau, alors qu'elle n'allait pas les utiliser ?

Il regretta vivement de ne pas avoir noté son numéro lorsqu'il en avait eu la possibilité.

Il reporta son attention sur le rapport de Damien. S'il n'avait pas eu en main les clichés qui accompagnaient le dossier, il aurait été en droit de se demander si la femme qu'il avait rencontrée était bien Della Hannan. Mais la photo qui figurait sur son badge professionnel en témoignait, tout comme les photocopies de son carnet scolaire et de son premier permis de conduire.

Il n'y avait pas de doute, la femme qu'il avait rencontrée et celle des photos étaient bien la même, à la différence près que sur certains clichés, elle avait les cheveux plus courts et plus foncés.

Curieusement, elle avait changé son apparence, mais pas son nom. Probablement le fameux Geoffrey n'avait-il pas jugé la transformation nécessaire. Au vu de toutes ces données, il y avait peu de chances qu'elle soit un escroc : le peu qu'elle lui avait révélé de sa vie était exact.

Le dossier comportait également des informations sur l'enfance et l'adolescence de Della, qui corroboraient ce qu'elle lui avait raconté. Elle avait bien deux frères, un plus vieux, un plus jeune, mais ce qu'elle avait omis de mentionner, sans doute pour mieux brouiller les pistes, c'était qu'elle était issue d'un quartier extrêmement mal famé et pas d'un milieu aisé, comme tout en elle le laissait supposer.

Au bas du dossier figurait une note écrite de la main de Damien. C'était court, mais avait au moins le mérite d'être explicite.

Lorsqu'une personne disparaît de cette façon de la surface du globe, c'est qu'il est entre les mains des fédéraux ou, au contraire, qu'il veut leur échapper. Je connais quelqu'un qui bosse au gouvernement et qui me doit une faveur. Je vous tiendrai informé de ce qu'il a trouvé.

Marcus porta son verre à ses lèvres. Mais cette fois le vin doux et sucré ne parvint pas à calmer les pensées tumultueuses qui agitaient son esprit. Della se trouvait donc mêlée à une affaire criminelle. Restait à savoir quel rôle elle y jouait. Aidait-elle les autorités ou cherchait-elle à leur échapper ?

Une fois encore, il se demanda qui était vraiment Della. Par certains côtés, il avait l'impression d'avoir affaire à une parfaite étrangère, mais, par d'autres, elle lui semblait aussi proche que s'il l'avait toujours connue.

Il ne put s'empêcher de se demander pourquoi elle s'était évaporée dans la nature, pas seulement une fois, mais deux. Parce qu'elle avait bel et bien disparu de nouveau. Même Damien n'avait pas été capable de trouver un seul indice indiquant qu'elle vivait vraiment à Chicago, ni depuis combien de temps elle s'y trouvait et si elle avait prévu de quitter la ville. Quoi qu'il en soit, que Della aide les fédéraux ou qu'elle les fuie, l'affaire devait être des plus sérieuses pour qu'elle en arrive à devenir invisible.

Il referma le dossier, et le repoussa en bout de table, avant de se lever. Il avait traversé la moitié de la pièce lorsqu'il se ravisa et rouvrit le dossier.

Il s'empara de la photo de Della, celle qui figurait sur son badge à Whitworth et Stone. C'était une Della au visage grave, un brin sévère, et qui n'avait pas grand-chose à voir avec la jeune femme belle, légère et drôle, qu'il avait connue, celle qui, en dépit des impondérables, avait su garder sa joie de vivre. A ce moment-là, elle lui avait même donné l'impression d'être heureuse.

Tout comme il l'était aussi.

Il comprit alors tout d'un coup pourquoi il tenait tant à la retrouver. Ce n'était pas parce que cette mystérieuse femme en rouge hantait ses pensées jour et nuit, mais parce que les heures qu'il avait passées avec elle l'avaient, en quelque sorte, mis sur le chemin du bonheur.

Oui, ce soir-là, il avait été véritablement heureux.

Tout comme lorsque Charlotte était entrée dans sa vie et qu'elle l'avait aidé, adolescent, à faire la paix avec lui-même. Cette nuit-là, Della avait conduit l'adulte qu'il était sur la voie de la félicité.

Avec elle, il avait trouvé ce qui lui avait manqué

jusque-là : la joie et la satisfaction de partager. Avant elle, il avait souffert de la disparition de Charlotte et du vide béant que cette absence avait laissé en lui. Mais grâce à Della, la plaie avait commencé à cicatriser et des sentiments à affleurer.

Il s'apprêtait à remettre la photo en place, mais renonça. Il voulait la placer sur la commode de sa chambre, bien en évidence sous la lumière d'une lampe.

Et même si le physique de cette Della d'un temps révolu était bien loin de celui dont il se souvenait, il adorait l'idée d'avoir en permanence son image chez lui.

Oui, vraiment, cette idée lui plaisait beaucoup.

- 9 -

Deux jours après les découvertes qu'elle avait faites sur Internet, Della se sentait toujours aussi perdue.

La frénésie médiatique qu'elle avait tant redoutée et qui devait suivre l'annonce des arrestations chez Withworth et Stone s'était finalement avérée plus que modérée.

D'après Geoffrey, cela n'avait rien de surprenant dans la mesure où, grâce à leurs bataillons d'avocats, les personnalités influentes pouvaient aisément ne laisser filtrer que de maigres informations.

Ce ne serait qu'après la lecture de l'acte d'accusation présenté par le Grand Jury et une fois les preuves réunies en vue d'étayer cette accusation que la tempête médiatique se déchaînerait, entraînant probablement tout sur son passage.

Geoffrey lui avait également assuré qu'au moment où cela se produirait, elle serait confortablement installée dans sa nouvelle vie, bien à l'abri de toutes les répercussions qui s'ensuivraient.

Cachée de tous.

Mais pour l'heure, elle préférait ne pas y penser.

On était vendredi soir, soit à la veille de son dernier week-end à Chicago. Lundi, elle retournerait à New York ; mardi, elle ferait sa première apparition devant le Grand Jury ; et, dans une semaine, elle quitterait cette vie pour en entamer une autre.

Une semaine. Après cela…

Cette perspective angoissante lui donna le vertige.

Seigneur ! Elle avait besoin d'un verre de vin. Et vite !

Ayant passé son pyjama, elle se servit un verre de pinot noir, avant d'aller chercher un livre qu'elle avait trouvé le matin même dans sa boîte aux lettres.

Elle était confortablement installée dans un fauteuil du salon lorsque la sonnette de l'entrée retentit, la faisant sursauter si violemment que le contenu de son verre se répandit sur son livre et sur la veste de son pyjama.

Personne, jamais, n'était venu sonner à cette porte.

Même pas Geoffrey, les rares fois où il était passé lui rendre visite. Il l'appelait toujours d'abord, pour prévenir qu'il arrivait et dire à quelle heure ; puis, une fois sur place, il donnait de petits coups secs à la porte avant de l'appeler à voix basse.

Aussi n'avait-elle aucune idée de la personne qui pouvait bien se trouver derrière sa porte. Peut-être était-ce un autre policier que Geoffrey, ou un agent du FBI, ou un membre de l'Autorité des marchés financiers qui avait pour mission de la briefer avant son témoignage devant le Grand Jury.

Mais elle repoussa bien vite cette éventualité : Geoffrey l'aurait prévenue. Le cœur battant à tout rompre, elle songea qu'en outre, il ne lui aurait jamais envoyé personne à une heure aussi tardive, un vendredi soir.

Elle hésita entre rester sans bouger dans son fauteuil, pour laisser croire que la maison était vide, ou aller passer un coup de fil à Geoffrey depuis son portable.

Mais il se trouvait dans sa chambre, et le moindre mouvement pouvait être perçu de l'extérieur et alerter la personne qui avait sonné. Tremblante de peur, elle essaya de se persuader que ce pouvait être un livreur de pizza qui s'était trompé d'adresse, ou un plaisantin du quartier qui trouvait drôle de faire une blague à la voisine bizarre qui ne sortait jamais de chez elle.

Elle pouvait tout imaginer, et c'était bien cela qui l'inquiétait.

Aussi silencieusement que possible, elle referma son livre et le posa, avec son verre vide, sur la table basse, avant de se lever, la respiration bloquée.

Un nouveau coup de sonnette fit déferler une nouvelle vague de panique.

Sans plus réfléchir à rien, elle se rua vers son téléphone pour composer fébrilement le numéro de Geoffrey. Mais renonça à la dernière seconde.

Et s'il s'agissait vraiment d'un livreur de pizza qui s'était trompé d'adresse ? Elle dérangerait Geoffrey pour rien.

Alors qu'elle approchait du salon, la sonnerie retentit pour la troisième fois, mais fut suivie, cette fois-ci, de quelques coups discrets. Elle avait tiré les rideaux, comme tous les soirs, si bien que son visiteur n'avait aucune chance d'apercevoir quoi que ce soit de l'extérieur.

Elle s'arma donc de courage et, une main crispée

sur son téléphone, vint se planter derrière la porte d'entrée. D'un geste soudain, elle appuya sur l'un des interrupteurs qui commandaient les lumières du porche. L'ampoule défaillante qui venait de s'allumer devrait lui permettre d'apercevoir l'intrus par le judas.

Le cœur battant, elle vit se dessiner une silhouette qui pouvait être celle de n'importe qui. Autant dire que ses efforts avaient été vains.

L'ombre, quant à elle, réagit aussitôt, et alors qu'elle s'écartait de l'œilleton, elle entendit une voix l'appeler par son prénom.

— Della ? Tu es là ? Laisse-moi entrer. Il faut qu'on parle.

Marcus !? Stupéfaite, elle sentit son téléphone lui glisser des doigts et tomber par terre avec fracas, tandis que son cœur semblait vouloir bondir hors de sa poitrine et que de son esprit en ébullition jaillissaient mille questions préoccupantes.

Comment l'avait-il retrouvée ? Pourquoi était-il ici ? S'il savait qu'elle était cachée là, il se pouvait que quelqu'un d'autre le sache aussi. Est-ce que sa présence ici allait tout compromettre ? Et si les fédéraux lui mettaient la main dessus, lui imposeraient-ils la même vie recluse qu'à elle ?

Elle n'avait pas la moindre idée de la conduite à tenir.

— Della ? appela-t-il de nouveau. Tu es là ?

Les mêmes questions tournèrent une nouvelle fois dans sa tête.

Mon Dieu, que faire ?

Soudain, succédant à la panique, un calme étrange

l'envahit, en dépit de toutes les questions qu'elle se posait, et malgré sa confusion, ses craintes et ses doutes.

Car, si elle ne savait pas ce qu'elle *devait* faire, elle savait, en revanche, ce qu'elle *voulait* faire.

Obéissant à son instinct, et sans ramasser son téléphone, elle ôta les trois verrous principaux et entrouvrit la porte. La faible lumière du porche l'empêchait de distinguer nettement les traits de Marcus, mais, loin de l'inquiéter, cela la soulagea. Car si elle ne pouvait pas vraiment le voir, il ne pouvait pas vraiment la voir, lui non plus.

Peu lui importait qu'il la surprenne dans un pyjama taché de vin, sans maquillage et les cheveux attachés en queue-de-cheval, mais elle savait que Marcus ne reconnaîtrait pas en elle la Della qu'il avait connue. Or il s'attendait certainement à retrouver la femme à la fois légère et mystérieuse qu'elle avait été pour lui ce soir-là.

— Della ? dit-il encore, avec une pointe de perplexité laissant penser qu'il n'était pas sûr de l'avoir vraiment retrouvée.

Aussi troublée que lui, elle peina à trouver quoi répondre.

— Salut, Marcus, finit-elle par articuler laconiquement.

Elle crut voir ses épaules s'affaisser et son corps se détendre, comme sous le coup d'un intense soulagement.

— C'est vraiment toi, dit-il dans un souffle.

Jugeant que sa remarque n'appelait pas de réponse, elle resta silencieuse. En fait, elle ne savait pas quoi dire. Si Marcus savait qu'elle était ici, il devait aussi en connaître les raisons. Les fédéraux la gardaient cachée depuis onze mois sans problème et voilà qu'en moins de deux semaines, il s'était débrouillé pour la retrouver, alors qu'il ne connaissait que son prénom. Il devait donc tout savoir de ce qui s'était passé.

Ils restèrent face à face, sans dire un mot, sans esquisser le moindre geste. Le vent froid qui s'était mis à souffler rabattait violemment les pans du manteau de Marcus sur ses jambes et des mèches de cheveux lui barraient le front.

Elle ne pouvait que deviner son visage dans l'obscurité, mais, même sans le voir, elle redessinait sans mal ses traits racés, la mâchoire volontaire, le nez aristocratique, les pommettes saillantes…

Et le vent lui apportait par vagues des effluves de son parfum épicé, ravivant des souvenirs qu'elle ne connaissait que trop bien. Le désir violent de faire l'amour avec lui la submergea d'un seul coup.

Elle n'aurait jamais dû ouvrir cette porte et ne devait surtout pas prendre le risque de l'accueillir dans sa maison, dans sa vie, en elle. Elle n'était pas la femme qu'il pensait, de même qu'il y avait de fortes chances pour qu'il ne soit pas l'homme qu'elle croyait. Et même s'ils ne s'étaient pas trompés l'un sur l'autre, sa vie à elle prendrait, dans quelques jours, un tournant qui exclurait définitivement Marcus.

Sa nouvelle vie, elle la voulait différente de celle qu'elle avait vécue jusque-là. Elle la voulait paisible, discrète mais heureuse. Une vie dont ne voudrait pas un Marcus habitué au luxe et aux soirées mondaines. Deux existences parallèles qui ne pourraient jamais se rejoindre.

— Tu veux bien me laisser entrer ? demanda-t-il d'une voix douce.

— Non, s'empressa-t-elle de répondre, pour se protéger autant que pour le protéger, lui.

— Della, s'il te plaît. Il faut que nous parlions.

— Nous sommes *déjà* en train de parler.

— Nous ne parlons pas, nous nous sommes juste dit bonjour.

— Eh bien, vas-y, je t'écoute, dis-moi ce que tu as à me dire.

Il grommela quelques mots, teintés d'une pointe d'impatience.

— Il fait froid, Della, insista-t-il. Laisse-moi entrer.

Comment ne pas céder à cette supplique, quand elle-même sentait ses doigts de pied se recroqueviller de froid dans ses chaussettes ?

Sans compter qu'elle avait ouvert avant d'avoir songé à enfiler une robe de chambre.

Et puis, si elle était honnête avec elle-même, elle devait bien reconnaître qu'elle mourait d'envie de le voir en pleine lumière, de pouvoir le toucher, de sentir sa chaleur et de se griser de son odeur. Et il y avait derrière tout cela l'envie de croire encore, même pour quelques heures seulement, qu'elle était une personne normale, menant une vie normale !

Incapable de résister plus longtemps, elle referma la porte pour pouvoir ôter la chaîne de sécurité, puis elle ouvrit en grand. Bizarrement, Marcus ne se précipita pas à l'intérieur, mais demeura sur le seuil, semblant attendre une autorisation de sa part.

— Qu'attends-tu ? Une invitation formelle ? plaisanta-t-elle pour alléger un peu l'atmosphère pesante.

Il hésita encore un instant.

— J'aimerais juste que tu m'invites à entrer.

Elle se souvint alors de leur rencontre au Windsor Club et de la désinvolture avec laquelle il s'était assis à sa table, sans attendre d'y être invité, et comment, ensuite, il avait tout dirigé à sa guise.

Deux semaines plus tard, il la surprenait par ses hésitations, ce qui lui ôtait ses dernières certitudes.

— Entre, je t'en prie, dit-elle d'un ton neutre.

Sur un hochement de tête, il fit quelques pas en avant. Et comme elle s'effaçait pour lui laisser le passage, son pied heurta le téléphone qui était toujours par terre, l'envoyant voler de l'autre côté de l'entrée. Ce fut alors Marcus qui referma la porte derrière lui, pendant qu'elle allait le ramasser.

Elle profita de la semi-obscurité pour retirer prestement l'élastique qui enserrait ses cheveux et, du bout des doigts, tenta de leur redonner du volume. Et comme elle ne pouvait rien faire pour cacher la tache qui maculait sa veste de pyjama, elle se contenta de croiser les bras sur sa poitrine. D'un geste de la tête, elle lui indiqua le canapé.

— Assieds-toi, je t'en prie, dit-elle, tandis qu'elle-même prenait place sur une chaise qui se trouvait en face.

Mais Marcus ne s'assit pas. Il resta face à elle,

immobile, les mains dans les poches de son manteau, le regard rivé sur elle.

Et elle sut instantanément qu'elle lui succomberait de nouveau, car même si elle le trouvait différent de la dernière fois, quelque chose en lui n'avait pas changé.

Elle se rappela, un brin amusée, que lors de leur rencontre, il était passé d'un smoking à un peignoir, autant dire d'un extrême à un autre. Aujourd'hui, il semblait avoir recherché un compromis, en revêtant un pantalon gris anthracite décontracté qu'il avait assorti d'un pull noir. Ajoutée à son manteau sombre et à ses cheveux noirs de jais, ainsi qu'à la façon dont il avait surgi de l'ombre, cette tenue faisait de lui un homme encore plus séduisant que lors de leur première rencontre.

Mais à l'observer plus attentivement, elle remarqua le voile d'anxiété qui assombrissait son regard, de même que la barbe de quelques jours qui bleuissait ses joues. Il avait l'air à la fois tendu et fatigué. Bref, il semblait très inquiet. Restait à savoir pourquoi.

Comme il ne bougeait toujours pas, elle se releva pour s'approcher de lui.

— Un peu de vin ? proposa-t-elle, avant de poursuivre sur un ton léger : Je viens juste d'ouvrir une bouteille de pinot noir. C'est vraiment la boisson idéale par un temps pareil. Je vais te chercher un verre.

Sans lui laisser le temps de répliquer, elle s'empara du sien et se dirigea vers la cuisine, totalement désemparée.

Pourquoi l'avait-elle laissé entrer ? Pourquoi

n'avait-elle pas appelé Geoffrey à la seconde où elle avait entendu frapper à la porte ? Et si son visiteur n'avait pas été Marcus ?

Lorsqu'elle pivota pour retourner dans le salon, elle vit que la silhouette de Marcus s'encadrait dans la porte de la cuisine. Il avait retiré son manteau et, tout en gardant les yeux braqués sur elle, tentait de discipliner ses cheveux que le vent avait ébouriffés.

Incapable de soutenir son regard, elle se détourna après avoir posé les deux verres sur le comptoir, puis elle se glissa sur l'une des chaises qui entouraient la table. Sans attendre, Marcus prit cette fois la chaise voisine et s'installa si près d'elle que leurs cuisses se touchaient presque. Ils restèrent silencieux quelques minutes, sans se regarder ni bouger.

Mais incapable de subir plus longtemps une telle pression, elle se décida enfin à prendre la parole.

— Comment m'as-tu retrouvée ?

Il ne répondit pas tout de suite, se contentant, les yeux baissés sur la table, de suivre du bout des doigts les veines apparentes du bois.

— J'ai des relations, finit-il par dire.

— Ne me raconte pas d'histoire, Marcus. Personne n'a jamais su où j'étais. Et toi, avec juste mon prénom, tu t'es débrouillé pour me trouver moins de deux semaines après que nous…

Elle s'interrompit en remarquant que ses joues s'empourpraient légèrement. Visiblement, ce qu'elle venait de dire le mettait mal à l'aise.

— Cesse de louvoyer, Marcus. Comment as-tu pu me retrouver, alors que tu ne connaissais de moi que mon prénom ? insista-t-elle.

— Je… euh… balbutia-t-il, le regard toujours fuyant. En fait, j'en savais un peu plus sur toi. Disons que j'ai pris la liberté de fouiller dans ton sac pendant que tu prenais ta douche et que j'ai trouvé, sur ton permis de conduire, ton nom et ton adresse à New York.

Elle ferma les yeux. Comment avait-elle pu se montrer aussi négligente ? Elle ne sortait jamais de cette maison sans son permis pour le cas où elle aurait un accident, car l'idée de mourir sans que l'on sache son identité lui était aussi insupportable que de mourir sans amis.

Cette précaution ne servait donc, dans son esprit, qu'à permettre à un urgentiste ou à un représentant de la loi de l'identifier, puisque l'usage des cartes de crédit lui était interdit et qu'il était impossible de remonter jusqu'à elle via le téléphone que lui avait fourni Geoffrey. Quant à ses papiers personnels…

Le fait qu'elle n'ait pas imaginé une seconde l'indiscrétion de Marcus était bien la preuve de la confiance, malheureusement mal placée, qu'elle lui portait.

— J'avais donc d'autres infos à donner à mon… contact, continua-t-il, contrit.

— L'adresse qui figure sur mon permis n'est plus la bonne, répliqua-t-elle. Cela fait plus d'un an que je n'y vis plus.

— Je sais. Mais ces deux maigres renseignements ont quand même été suffisants pour que mon contact retrouve ta trace.

Elle médita quelques instants ce qu'impliquait cette dernière phrase.

Ainsi donc, pour quiconque voulait s'en donner la peine, il était facile de la débusquer. Dieu merci, personne jusque-là ne s'en était soucié, mais cela lui permettait de prendre toute la mesure de l'insécurité dans laquelle elle vivait. Geoffrey lui avait dit que durant leur interrogatoire, les suspects avaient été informés qu'un témoin placé en lieu sûr avait l'intention de témoigner contre eux, et que ce témoin avait eu en sa possession des documents corroborant les charges pesant contre eux.

Une fois la procédure engagée, elle n'avait plus dormi ni mangé pendant des jours. Elle avait longtemps redouté que quelqu'un de chez Withworth et Stone n'essaie de mettre un nom sur ce fameux témoin et ne cherche à savoir quel genre de documents il détenait. Mais surtout, ce qu'elle avait craint plus que tout, c'était que quelqu'un ne fasse le rapprochement entre sa disparition de l'entreprise et le début de l'enquête.

Mais personne n'avait tenté quoi que ce soit. En tout cas, personne n'avait réussi à la localiser. Jusqu'à Marcus. Elle se rappela soudain qu'il faisait partie de cette fourmilière dans laquelle elle avait donné un grand coup de pied. Qui sait s'il n'était pas ici pour les raisons qu'elle redoutait depuis si longtemps ?

Non. C'était impossible. En dépit de tout, et malgré les apparences, elle ne pouvait s'empêcher de lui garder toute sa confiance. Et en dépit de tout, il faisait encore battre son cœur.

Elle attendit de pouvoir s'exprimer d'une voix posée pour lui demander :

— Tu as engagé quelqu'un ?

— Oui, répondit-il avec une franchise désarmante.

— Pourquoi ?

Cette fois, ce fut lui qui marqua un temps d'hésitation.

— Parce que je ne supportais pas l'idée de ne plus te revoir, lâcha-t-il d'un trait.

A ces mots, le nœud qui lui nouait l'estomac depuis si longtemps se relâcha, la libérant sur-le-champ d'un poids trop lourd pour elle. Du moins jusqu'à ce qu'elle se rappelle que la nouvelle vie qui l'attendait ne pouvait se vivre avec Marcus.

L'interrompant d'un geste de la main, elle l'empêcha de préciser sa pensée.

— Que sais-tu de ma situation ? s'enquit-elle d'un ton qu'elle voulait neutre. Parce que si la personne que tu as embauchée a fini par me trouver, elle a dû découvrir un tas d'autres renseignements sur moi.

Marcus parut déçu qu'elle ait changé de sujet, mais il répondit néanmoins de bonne grâce.

— Je sais que tu es entre les mains des fédéraux, et que tu vas être citée comme témoin principal dans une affaire de détournement de fonds et de blanchiment d'argent. Mais ce qui m'intéressait surtout, c'était de connaître l'endroit où tu vivais.

Elle secoua la tête, encore sceptique.

— Je n'arrive pas à croire que tu aies pu me trouver aussi facilement. Enfin, tout de même, le système mis en place par les fédéraux ne peut pas être aussi faillible !

— Mais tu sais, ça n'a pas été si facile, riposta-t-il. D'habitude, le détective privé auquel je fais appel me fournit un dossier dans les quarante-huit heures. Là, il lui a fallu quinze jours.

— Même lorsqu'il a affaire à quelqu'un qui bénéficie de la protection des fédéraux ?

— Il se trouve que ce type était haut fonctionnaire, avant de se mettre à son compte. Et s'il réussit là où d'autres échouent, c'est parce qu'il bénéficie d'un nombre impressionnant de contacts haut placés. Tant au niveau fédéral que national. Alors, crois-moi, il a le bras long !

— Cela a dû te coûter une fortune, grommela-t-elle.

— Je mentirais si je te disais le contraire.

L'espace de quelques secondes, elle fut flattée de l'importance qu'il lui accordait, mais redescendit bien vite sur terre, lorsqu'elle réalisa l'impact potentiel de cette découverte.

— Mais comme il n'a pas pu se montrer aussi zélé que d'habitude, poursuivait Marcus, il manque encore quelques pièces à ton dossier. Certains détails que je tiens à connaître.

Ne désirant pas s'aventurer sur un terrain qu'elle savait miné, elle décida de rester aussi évasive que possible. Pas question de compromettre son prochain témoignage. Car l'idée qu'elle ait pu endurer onze mois d'enfermement pour rien lui était tout bonnement insupportable.

Pourtant, si elle y réfléchissait bien, sans ces derniers onze mois, elle n'aurait jamais rencontré Marcus ni passé le week-end le plus merveilleux de sa vie. En dépit de ce qui l'attendait, ces mois aussi interminables qu'angoissants n'auraient pas été vécus en pure perte.

— Ecoute, Marcus, expliqua-t-elle, je ne peux te donner aucun détail sur cette affaire. Je ne suis même pas sûre que ta présence ici ne remette pas tout en question. La seule chose que je peux te dire, c'est qu'avant, j'avais un boulot, une vie à peu près normale, et que, du jour au lendemain, j'ai découvert quelque chose qui a fait de ma vie un enfer. Car, dès que les autorités fédérales ont été mises au courant, on m'a prévenue que je devrais faire une croix sur mon travail et que j'allais être « placée » — ils se sont bien gardés de me dire « enfermée » — dans un lieu inconnu de tous, durant le temps de l'enquête. On m'avait dit que cela prendrait deux mois et cela en fait onze que je suis terrée ici et que je vis comme une recluse.

— Et pour justifier ta disparition subite, enchaîna Marcus, ils ont monté de toutes pièces cette histoire de liaison avec un homme marié ?

Elle se sentit rougir à son tour, incapable de soutenir plus longtemps son regard.

— Ils n'ont rien inventé, confessa-t-elle dans un souffle. J'imagine que si tu sais cela aussi, tu dois connaître tout le reste.

L'expression de Marcus devint pensive. Il garda le silence pendant quelques instants, avant d'afficher un air préoccupé.

— Ton employeur, c'était bien Whitworth et Stone ? dit-il.

— Oui, acquiesça-t-elle sans chercher à se dérober.

Il ouvrit la bouche, s'apprêtant à ajouter quelque

chose, mais il l'observa encore quelques instants en silence, avant de se lancer :

— J'ai lu dans le *Wall Street journal* ainsi que dans d'autres journaux financiers des articles au sujet de ces arrestations. C'était à cause de toi ?

Elle sentit de nouveau son estomac se nouer, mais secoua la tête avec véhémence.

— Je ne peux rien révéler.

— Ce n'est pas la peine, dit-il. Toutes les pièces du puzzle s'emboîtent maintenant. En fait, les médias sont restés très discrets sur cette affaire. Au point que nous pensions tous que ces accusations étaient bidons et que c'était juste une manœuvre du gouvernement, destinée à maintenir Wall Street en place, ou encore qu'il s'agissait d'infractions mineures qui ne méritaient pas qu'on s'y attarde. J'avoue que je n'ai jamais pensé une seconde qu'il s'agissait en fait d'une affaire fédérale.

Elle ne pouvait à présent détacher son regard de celui de Marcus. Il avait tout compris, et ce n'était pas très étonnant. Un homme comme lui, avec la place de premier plan qu'il occupait dans le monde de la finance, évaluerait sans mal les intérêts en jeu dans cette affaire et dans quelle mesure une entreprise comme Whitworth et Stone en subirait les conséquences.

Un homme comme lui ne pouvait ignorer l'importance du rôle qu'elle avait joué dans cette affaire ni l'impact dévastateur que son témoignage allait avoir.

— Mais la raison pour laquelle les médias n'ont pas fait de tapage, enchaîna-t-il, c'était précisément parce qu'ils avaient conscience qu'ils avaient ferré un gros poisson. Et des types aussi haut placés que ces as de la finance, ayant à leur disposition tout l'argent et tous les moyens qu'ils veulent, sans parler de ce qu'ils auraient à perdre, le cas échéant, peuvent se payer les meilleurs avocats de la planète pour calmer les choses, du moins pendant un certain temps.

Elle ne disait toujours rien, mais gardait le regard rivé sur lui.

— Jusqu'à maintenant, je n'avais jamais fait le rapprochement entre ces arrestations et ta disparition, ajouta-t-il. Il est vrai que cette histoire d'amour avec un homme marié tenait sacrément bien la route !

— J'ignorais qu'il était marié, avoua-t-elle, finalement soulagée qu'il aborde un sujet plus personnel. J'étais censée le retrouver au réveillon du nouvel an, après minuit, parce qu'il avait prétendu devoir assister à un dîner professionnel. Je suis arrivée avec un peu d'avance, juste au moment où il embrassait une autre femme avant de la conduire à un taxi qui l'attendait dehors. Lorsque je lui ai demandé des explications, il n'a pas cherché à mentir, il m'a tout simplement dit que c'était sa femme. Et il n'avait pas l'intention de la quitter, moins à cause de leurs trois enfants d'ailleurs qu'en raison de l'argent et du réseau relationnel dont il bénéficiait grâce à ses beaux-parents.

Tandis qu'elle parlait, Marcus semblait réfléchir intensément.

— Tu as disparu mi-janvier, ce qui veut dire que tu as découvert ces méfaits juste avant.

— Le 1er janvier, dit-elle sans réfléchir.

Cela ne pouvait pas être un élément compromettant, après tout.

Marcus hocha plusieurs fois la tête, comme pour signifier que tous les éléments s'étaient définitivement mis en place.

— Tu as donc découvert, le soir du réveillon du nouvel an, que l'homme que tu fréquentais était marié et puis, quelques heures plus tard, que ton employeur était impliqué dans des affaires menaçant la sécurité nationale.

— C'est assez bien résumé, en effet.

— Sale façon de commencer la nouvelle année, commenta-t-il d'une voix dénuée de tout sarcasme.

Incapable de rire à ce qu'elle considérait pourtant comme un trait d'humour, elle se demanda si elle retrouverait un jour son sens de la dérision.

— Tu peux le dire.

— En tout cas, n'importe qui d'autre aurait été dévasté par l'une ou l'autre de ces découvertes, mais toi, tu as eu la présence d'esprit, et le courage, il faut le dire, de faire ton devoir.

— J'ai fait ce que n'importe qui d'autre aurait fait, à ma place.

— Tu te trompes, affirma-t-il, catégorique. J'en connais plus d'un qui aurait fermé les yeux et se serait apitoyé sur son sort. Ou qui se serait tu par peur de perdre son travail ou de chambouler sa vie.

— Peut-être…

— Toi, au contraire, tu as tout risqué pour que justice soit faite.

Il tendit la main pour prendre la sienne, tout

doucement, comme pour ne pas l'effaroucher. Mais semblant craindre sa réaction, il la laissa retomber sur la table.

— J'imagine que maintenant, tu vas me demander pourquoi je suis venu te voir.

Elle sentit de nouveau le nœud de son estomac se relâcher, mais elle choisit de feindre encore l'indifférence.

— Tu n'aurais pas dû venir, Marcus.

— Pourquoi ?

— Parce que je dois quitter Chicago dans trois jours et que je ne reviendrai pas.

— Ça, c'était avant, mais maintenant…

— Maintenant, le plan est toujours d'actualité, rétorqua-t-elle d'une voix qu'elle voulait ferme. Je ne peux pas rester ici, Marcus, ajouta-t-elle avec plus de douceur.

— Pourquoi ?

Comment pourrait-elle le lui expliquer sans paraître sombrer dans le mélodrame ou la paranoïa ? Elle décida alors de lui raconter tout simplement les choses telles qu'elles étaient.

— Une fois que j'aurai témoigné devant le Grand Jury, je serai devenue l'une des personnalités les plus haïes de Wall Street. Les portes de la finance me seront définitivement fermées, car les gens que je vais faire inculper ont des contacts partout, non seulement dans les maisons de courtage, mais aussi dans les banques et dans toutes les sociétés d'affaires que compte la nation. Plus personne ne voudra de moi parce que, si les balances inspirent aux réalisateurs de grands personnages de films, dans la réalité leur vie est définitivement fichue. Elles ne peuvent plus travailler et donc ne peuvent plus subvenir aux besoins de leur famille. Dans la réalité, répéta-t-elle, elles ont tout à perdre et perdent tout.

Il la regarda d'un air dubitatif. Elle décida donc de développer encore un peu.

— Lorsque toute cette affaire sera terminée, le gouvernement va me délivrer une nouvelle identité. J'aurai un nouveau nom, un nouveau numéro de Sécurité sociale, une nouvelle histoire. Ils vont me trouver un endroit où personne ne me connaîtra, où je n'aurai aucune chance d'être reconnue et où je pourrai redémarrer une autre vie. Peut-être même que je pourrai trouver un travail intéressant, dans lequel je m'épanouirai et où je saurai me montrer compétente. Mais dans tous les cas, Della Hannan n'existera plus.

Marcus se renfonça sur son siège et se mit à l'observer ouvertement.

— Et tu seras qui ? Tu iras où ?

— Je l'ignore, dit-elle, mais plus ici, en tout cas.

— Pourquoi pas ? Ce ne sera pas plus difficile de recommencer une nouvelle vie à Chicago que n'importe où ailleurs. Où est-ce que tu pourrais trouver, mieux qu'ici, une opportunité de travail dans les milieux qui t'intéressent ? De toute façon, tu pourras bien changer d'endroit, de nom et d'histoire, tu resteras toujours Della, la femme que j'ai rencontrée au *Palumbo*, et avec qui j'ai passé le plus merveilleux week-end de ma vie. Tu seras toujours la femme que je…

Il s'interrompit, probablement en la voyant secouer la tête de désespoir.

— Si je reste ici, Marcus, je vais vouloir être avec toi.

Il la regarda sans comprendre.

— Et c'est un problème pour toi ?

— Oui ! s'écria-t-elle. Parce que tu es si… (elle se rappela l'adjectif qu'il avait lui-même utilisé pour se définir) … connu. Tu figures dans toutes les pages *people* des magazines et sur des quantités de sites Web, tu l'as dit toi-même.

Il l'écoutait parler, bouche bée, semblant enfin comprendre ce qu'elle voulait pointer du doigt.

— Tu mènes une vie mondaine, Marcus, et c'est la vie qui te rend heureux. Tu es comme ça, tu aimes ta notoriété. Je ne te blâme pas, s'empressa-t-elle d'ajouter. Cette vie te va bien, tu es fait pour vivre dans la lumière. Mais pas moi. Et aujourd'hui, plus que jamais, j'ai besoin de me rendre invisible. C'est la seule façon pour moi de reconstruire ma vie, de *me* reconstruire. Le seul moyen pour moi de retrouver tout ce que j'ai perdu.

— Si je te suis bien, tu ne veux pas être vue en ma compagnie.

— Ce n'est pas que je ne *veux* pas, c'est que je ne *peux* pas, corrigea-t-elle. Tu imagines, si quelqu'un me reconnaissait à ton bras ? Et si, alors que je commence à sortir la tête hors de l'eau, quelqu'un réalisait qui j'étais vraiment et ce que j'ai fait ? Cela signifierait que, de nouveau, je devrais tout recommencer à zéro.

Elle marqua une pause, tandis qu'elle sentait une vague d'angoisse menacer de la submerger.

— Sans compter que tu pourrais en subir les conséquences toi aussi. Tu te rends compte de ce que cela signifierait d'être vu en compagnie de la femme qui a fait chuter Whitworth et Stone ? Tu perdrais la confiance de tout le monde et, à ton tour, tu serais mis au ban de la société. Et ça, Marcus, c'est hors de question. Je ne veux pas être responsable d'une situation pareille.

— Cela n'a aucune importance pour moi, affirma-t-il d'un ton péremptoire.

— Mais pour moi, ce serait une source d'inquiétude permanente. Ça ne marchera jamais entre nous, Marcus et je ferai une grossière erreur si je choisissais de rester. De toute façon, c'est décidé, lundi, je serai partie.

Il se pencha vers elle et prit ses deux mains entre les siennes.

— Non, Della, tu ne peux pas faire ça. Il faut que nous en parlions et que…

Ils furent interrompus par un énorme fracas en provenance du salon. C'était le bruit d'une porte que l'on enfonçait, bientôt suivi du hurlement de Geoffrey.

— Della ? Tout va bien ?

Et puis, comme dans un mauvais film, il n'y eut plus que le chaos.

- 10 -

Marcus cherchait à comprendre à quel moment exactement sa vie avait pris des allures de cauchemar.

L'instant d'avant, il était tranquillement installé dans la cuisine avec Della, sur le point de lui expliquer ce qu'il ressentait pour elle, et l'instant d'après, il se retrouvait face contre terre, le genou d'un type si profondément enfoncé dans son dos qu'il en avait le souffle coupé.

Si l'on ajoutait à cela les hurlements de ce type, qui lui criait de garder les mains en l'air, il avait l'impression d'évoluer dans l'un des films ultra-violents de Quentin Tarantino.

Et encore devait-il s'estimer heureux que l'homme, désigné par Della comme étant le policier affecté à sa protection, ait accepté de lui retirer ses menottes, après l'avoir poussé sans ménagement vers le sofa.

Il frotta ses poignets endoloris en se dirigeant docilement vers le canapé, et tendit le cou pour tenter d'apercevoir Della derrière le dos massif du bonhomme.

— Geoffrey, tout va bien, je t'assure, répétait-elle pour la énième fois.

Marcus avait compris, d'après leur échange, que Della avait composé le numéro du policier avant d'aller répondre à la porte, mais qu'elle avait renoncé à presser le bouton d'appel. En tombant, le téléphone avait actionné cette fonction et, bien évidemment, en voyant s'afficher le nom de Della, Geoffrey avait répondu.

Bien que sa conversation avec un inconnu ne lui ait pas paru menaçante et même s'il n'avait pas perçu la moindre crainte dans sa voix, il avait sauté dans sa voiture pour se rendre chez Della, car elle était censée ne communiquer avec personne de l'extérieur. Et lorsque son regard était tombé sur la tache de vin qui maculait sa veste, son sang n'avait fait qu'un tour.

Et c'était à ce moment-là que son genou était venu s'enfoncer dans la colonne vertébrale de Marcus.

Maintenant que le malentendu était dissipé, les choses s'apaisaient un peu, mais il devait encore subir le regard mauvais du policier qui n'avait pas jugé bon de rengainer son arme de service. Enfin, au moins n'était-elle plus braquée sur lui !

— Expliquez-moi encore une fois, lui ordonna Geoffrey. Qu'est-ce que vous êtes venu fabriquer ici ?

Même si cela faisait déjà deux fois que Marcus lui racontait son histoire, Geoffrey ne semblait toujours pas satisfait. Peut-être parce qu'il avait senti que ce n'était pas toute la vérité. Mais il n'allait tout de même pas déballer à un parfait inconnu les sentiments qu'il éprouvait pour Della quand la principale intéressée n'était pas encore au courant !

— C'est un ami, répéta Della.

Il tenta de lire sur les traits de Geoffrey si cette

réponse avait fini par le convaincre. Visiblement, la réponse était non.

— Je croyais que vous n'aviez aucun ami à Chicago, rétorqua Geoffrey, le regard toujours braqué sur Marcus.

Devant le silence obstiné de Della, le policier tourna rapidement le regard vers elle, avant de revenir sur lui. Visiblement embarrassée par la position difficile dans laquelle il se trouvait, elle vint le rejoindre sur le canapé, mais s'installa aussi loin de lui que possible, ce qui, sans être forcément alarmant, n'était pas non plus vraiment encourageant. Elle baissa les yeux, comme une enfant de douze ans surprise en train de fumer sa première cigarette.

— Je l'ai rencontré il y a quinze jours, confessa-t-elle timidement.

Les yeux de Geoffrey se plissèrent dangereusement.

— Comment pourrais-tu l'avoir rencontré il y a deux semaines alors que tu es censée ne pas avoir quitté cette maison ?

Elle se mordit nerveusement les lèvres, sans répondre.

— Della ? la pressa Geoffrey.

— Eh bien… balbutia-t-elle avant de se lancer dans une explication aussi longue que tortueuse.

Et elle lui avoua en vrac être sortie en douce de temps en temps pour échapper à des angoisses qu'elle assimilait à de la claustrophobie. Elle évoqua ensuite la promesse qu'elle s'était faite lorsqu'elle était enfant, puis s'étendit longuement sur son amour de l'opéra en général et de *La Bohème* en particulier. Elle enchaîna alors sur une petite boutique de haute couture située sur l'avenue Michigan, puis sur le restaurant *Palumbo*, puis sur Marcus…

A ce stade du récit, elle s'interrompit brutalement. Il allait de soi qu'elle n'allait pas raconter à Geoffrey leur nuit à l'hôtel Ambassadeur.

L'homme avait beau sembler prompt aux coups de sang, il s'exprima pourtant d'une voix dénuée de toute émotion.

— Je ne le crois pas ! Tu es sortie régulièrement de cette maison sans me laisser savoir au préalable où tu te rendais !?

— Ça ne s'est produit qu'une ou deux fois, protesta-t-elle. Bon, six fois en tout. Mais pas une de plus, je te le promets. Et si je ne t'ai rien dit, c'est parce que je savais très bien que tu m'aurais interdit de sortir. Mais tu peux me croire, j'ai toujours été très prudente.

Geoffrey passa un long moment à la sermonner, sans toutefois se montrer offensant.

— Ça suffit, Geoffrey, l'interrompit néanmoins Marcus. C'est quand même aussi la faute des fédéraux, qui la tiennent enfermée là-dedans depuis plus de onze mois.

— Ne rends pas les choses plus difficiles qu'elles ne le sont déjà, intervint Della à sa grande surprise. Geoffrey a raison. Je n'aurais pas dû sortir de la maison. Je n'aurais dû sortir sous aucun prétexte.

Quelque chose dans sa façon de parler lui fit penser qu'elle regrettait moins d'avoir enfreint les règles que les conséquences de ses actes. Il espéra juste, du fond du cœur, qu'elle ne regrettait pas de l'avoir rencontré ni d'avoir passé ces deux jours avec lui.

Il aurait voulu lui dire que le week-end qu'ils avaient passé ensemble était la plus belle chose qui lui soit arrivée, mais Geoffrey lui agita les menottes sous le nez, et il renonça à intervenir.

— Continuez comme ça, Fallon, renchérit-il, et vous aussi vous allez vous retrouver aux mains des fédéraux. Mais, croyez-moi, ce n'est pas dans une planque qu'ils vous logeront.

Bien que connaissant ses droits, Marcus se garda de riposter.

— Je voulais juste dire…

— Je me fiche de ce que vous vouliez dire, le coupa Geoffrey d'une voix tranchante. Et ne me poussez pas à bout, ou je me verrai dans l'obligation de mettre mes menaces à exécution, du moins jusqu'à ce que Della quitte la ville.

— Mais…

— Mais puisque Della se porte garante pour vous, le coupa-t-il encore tout aussi brusquement, et puisque, comme elle l'affirme, vous êtes un expert dans votre domaine et, qui plus est, le descendant des fondateurs de cette nation — Marcus perçut une pointe de sarcasme dans la façon dont Geoffrey avait prononcé la fin de sa phrase —, je vais vous laisser partir.

Il refoula l'indignation qui le submergeait, préférant se montrer raisonnable.

— Merci, grommela-t-il.

— Et sachez que je ne veux plus vous voir rôder dans les parages, renchérit Geoffrey

— Quoi ? Mais vous venez juste de dire que

Della se portait garante. Dans ce cas, quel mal y a-t-il à…

— Je n'ai pas à vous l'expliquer. Ni à Della ni à vous, ajouta-t-il pour enfoncer le clou. Même si la menace physique envers Della est minime, il se trouve qu'elle va subir une grosse pression la semaine prochaine et que nous ne pouvons pas nous permettre de tout gâcher juste parce qu'elle ne supporte pas d'être enfermée quelque temps.

Outrés, ils ouvrirent la bouche en même temps pour protester, mais, d'un geste autoritaire, Geoffrey leur intima de se taire. Pourtant, cette fois-ci, il dut élever la voix pour se faire entendre.

— Voici comment nous allons procéder. Vous, Fallon, vous allez rentrer tranquillement chez vous et oublier que vous avez connu Della Hannan, ici, à Chicago.

— Certainement pas ! rétorqua Marcus, qui n'avait pas l'intention de se laisser impressionner.

— Pourtant, c'est exactement ce que vous allez faire. Quant à vous, Della, poursuivit Geoffrey sans leur laisser une chance de protester de nouveau, vous allez faire vos bagages. Je vous attends.

— Quoi ? Mais pourquoi ? s'étonna Della, visiblement peu réjouie par cette perspective.

— Parce que vous quittez cette maison, ce soir même. Elle n'est plus sûre, vous ne pouvez plus y rester.

— Mais Marcus est la seule personne à la connaître !

— Cette planque n'est plus sûre, vous ne pouvez pas y rester, s'obstina Geoffrey. Maintenant, faites ce que je vous dis. Nous trouverons un autre endroit où vous cacher pour les deux nuits à venir, mais je vous préviens, jeune fille, je vous ai à l'œil. Grâce à vous, je vais rater la bar-mitsva de mon neveu préféré, dimanche, et lundi, comme prévu, vous vous envolerez pour New York.

L'espace d'un instant, Marcus crut que Della allait se rebiffer contre cette crise d'autoritarisme. Elle redressa le dos, les yeux lançant des éclairs, tandis qu'elle serrait les poings de rage. Mais, tout aussi vite, elle reprit une posture de soumission et ses épaules s'affaissèrent.

— Très bien, concéda-t-elle docilement. J'imagine qu'on ne peut pas faire autrement.

— Autre chose, Della, précisa Geoffrey. Il va falloir que vous me rendiez le téléphone que je vous ai donné. Je ne veux pas prendre le risque que vous entriez en contact avec qui que ce soit avant l'audience de lundi. Ah ! et une fois que vous serez à New York, un agent sera chargé de veiller sur vous vingt-quatre heures sur vingt-quatre. Non, en fait, *deux* agents, rectifia-t-il à la hâte. Jusqu'à ce que les autorités nous donnent le signal du démarrage du programme.

— Le programme ? s'enquit Marcus sans parvenir à dissimuler son inquiétude. Quel programme ?

— Le programme de sécurité des témoins, répondit Geoffrey. Avec toutes vos relations haut placées, vous devriez savoir de quoi il s'agit, ajouta-t-il avec un sarcasme non dissimulé.

Marcus regarda Della qui gardait les yeux rivés au sol.

— C'est vrai ?

— Oui, répondit-elle dans un filet de voix.

— Tu as accepté de vivre à travers ce programme ?

— Je ne t'ai jamais menti, Marcus. Je t'ai prévenu que je devais redémarrer une nouvelle vie quelque part, là où personne ne pourrait retrouver ma trace. Je t'ai même dit que je devrais prendre une nouvelle identité.

— Je sais, mais je pensais…

Cette fois, elle releva la tête et le regarda droit dans les yeux.

— Tu pensais quoi ?

Surpris par la dureté de son ton, il balbutia :

— Eh bien, je pensais… je croyais… enfin, après ce qui s'est passé entre nous…

Il marqua une pause, le temps de prendre une profonde inspiration.

— Bénéficier d'une telle protection, dit-il d'une voix plus assurée, cela signifie couper définitivement les ponts avec tes anciennes relations. Cela signifie aussi, ajouta-t-il avec plus de gravité, que je n'aurai plus aucun moyen de te retrouver. Même pas avec l'aide du type qui est remonté jusqu'à toi.

— De quel type parlez-vous ? demanda Geoffrey, de nouveau sur le qui-vive.

Marcus l'ignora, attendant en vain un commentaire de la part de Della.

— Della, je t'en prie, ne fais pas ça.

— De quel type parlez-vous ? répéta Geoffrey qui commençait à perdre patience. S'il a déjoué tous les pièges des fédéraux, il faut que nous sachions qui est cet homme.

— Vous n'aurez qu'à m'interroger plus tard, chez moi, répondit Marcus, sans même daigner tourner la tête vers lui.

— Oh, ça, nous n'y manquerons pas, monsieur Fallon, vous pouvez me faire confiance ! Nous n'y manquerons pas.

Il eut la nette impression que l'intérêt que Geoffrey portait à Della dépassait largement le cadre de ses fonctions. A la seconde où il avait fait une entrée pour le moins fracassante dans cette maison, Marcus avait compris qu'il la considérait un peu comme sa fille et qu'il veillait sur elle comme un père veille sur ses enfants.

— Della, insista-t-il. S'il te plaît, nous ne pouvons pas nous quitter comme ça. Nous devons parler, toi et moi.

— Je crains que ce ne soit pas pour ce soir, intervint Geoffrey avec fermeté. Della, il est temps d'aller faire vos bagages à présent. Pendant ce temps, je vais passer quelques coups de fil, histoire de vous trouver une nouvelle planque. Un endroit sûr, ajouta-t-il en adressant à Marcus un regard lourd de sous-entendus.

Lorsque Della posa enfin son regard sur lui, ses yeux étaient embués de larmes.

— Je… je… suis désolée, bredouilla-t-elle. C'est juste que je… je ne peux pas.

Elle secoua la tête, incapable de poursuivre.

— Au revoir, Marcus, dit-elle dans un souffle, avant de quitter précipitamment la pièce.

Sans réfléchir, Marcus se leva pour la suivre, mais une main solide s'abattit sur son épaule.

— La sortie est par là, lui dit Geoffrey en désignant la porte.

Il n'avait d'autre choix que d'obéir. Il fit deux pas dans la direction indiquée, mais s'arrêta au milieu du couloir, attiré par la silhouette de Della qui se découpait dans la lumière d'une chambre. C'était tout ce qu'elle allait être pour lui désormais. Une silhouette. Il ne lui restait plus qu'à retourner à sa solitude mondaine, comme avant.

Non !

Ce n'était pas du tout comme avant, parce que, avant, il ne savait pas encore ce qui pouvait lui manquer. Ou plutôt *qui* pouvait lui manquer.

Avant, il n'avait pas vraiment conscience de la vacuité de sa vie, car il la remplissait en multipliant les sorties mondaines et des maîtresses tout aussi creuses les unes que les autres.

Avant, il était capable de se convaincre qu'il avait tout ce qu'il voulait et qu'il ne manquait de rien.

Avant, il feignait de croire qu'il était heureux.

Mais aujourd'hui…

Aujourd'hui, il savait ce qu'était le bonheur, parce qu'il l'avait touché du doigt avec Della. Il savait comment rendre sa vie plus belle, plus riche, plus intéressante : en partageant tout avec l'être aimé. Et il prit soudain conscience qu'aimer quelqu'un, ce n'était pas faire quelque chose, c'était un état. Il aimait Della, et cela seul faisait de lui un homme accompli.

L'amour vous apportait une joie et une sérénité qu'il ne pouvait même pas imaginer jusque-là.

Della partie, il l'aimerait encore. Il l'aimerait toujours.

Même si une partie de lui-même s'en allait avec elle. Une partie de lui-même dont il serait amputé à jamais, à moins qu'il ne retrouve un jour l'objet de son amour.

Cela étant, il ne se faisait guère d'illusions. Les fédéraux sauraient faire en sorte qu'elle reste introuvable.

Les auditions devant le Grand Jury ne durèrent qu'une semaine, mais elles parurent à Della plus interminables et fastidieuses que les onze mois passés dans sa planque de Chicago.

Parce qu'elle était l'unique témoin dont disposaient les procureurs et que son témoignage était d'une importance capitale, elle dut parler pendant des heures, chaque jour, au point qu'à plusieurs reprises, elle crut perdre à la fois la voix et les mots pour s'exprimer.

Au terme des auditions, elle n'aspirait qu'à sa nouvelle vie, cette vie où elle serait enfin seule.

Jusqu'au moment où, invariablement, elle réalisait ce que cela impliquait que d'être seul. En fait, elle aurait bien voulu être seule, mais avec Marcus !

Ce qui, bien sûr, était impossible. Et la situation lui était rendue encore plus difficile par le fait que la fin des auditions ne coïnciderait pas avec la fin de son calvaire. Elle devrait retourner à New York répéter ce qu'elle avait déjà dit des centaines de fois, mais, cette fois-ci, devant un tribunal, puisque l'affaire allait bel et bien être jugée, en raison de la quantité de preuves accumulées contre les accusés. Un procès qui allait faire une nouvelle fois appel au même témoin clé, à savoir elle-même.

Et ce ne serait qu'une fois l'affaire jugée qu'elle pourrait retourner à l'anonymat. Pour toujours.

Elle ne sut pourquoi, mais ce fut ce *pour toujours* qui la ramena vers Marcus. Il était vrai que tout la ramenait en permanence vers lui, à chaque instant, à travers les gestes les plus anodins de la vie.

Ainsi, lorsqu'on lui apportait une tasse de café, elle le revoyait en train de lui en tendre une à l'hôtel. Lorsqu'on lui servait un repas, c'était encore Marcus qu'elle voyait commander pour eux un petit déjeuner pantagruélique. Lorsque son regard se portait sur tous les hommes importants qu'elle côtoyait quotidiennement, elle pensait à lui, et aussi dans les rues de New York, en croisant des hommes habillés avec élégance de longs manteaux noirs.

Et pour comble d'ironie, ce vendredi-là, alors qu'elle venait de quitter la salle d'audience emmitouflée d'un manteau camel, d'une écharpe rouge, portant mitaines et chapeau, et flanquée de ses deux gardes du corps, la neige s'était mise à tomber. Pas aussi violemment que la nuit où elle avait rencontré Marcus, mais cela avait suffi à lui rappeler l'amour qu'ils avaient fait sur la terrasse du Windsor Club, l'expérience sexuelle la plus incroyable qu'elle ait jamais vécue.

Ce qu'ils avaient vécu avait été si intense qu'elle avait appris beaucoup de choses sur lui durant le peu de temps qu'ils avaient passé ensemble. Beaucoup plus qu'elle ne l'avait réalisé à ce moment-là.

Depuis, elle avait compris qu'elle le connaissait mieux qu'elle ne le croyait, mais, surtout, elle avait compris ce qu'elle ressentait pour lui.

Elle ignorait au juste à quel moment le déclic s'était produit, peut-être quand il avait essuyé d'un geste tendre les larmes qui coulaient sur ses joues ou lorsqu'il avait suivi du bout des doigts la ligne de son épaule, mais elle était tombée amoureuse de lui. En quelques heures à peine, ce qui avait débuté comme une aventure purement sexuelle s'était transformé en un amour dont la profondeur ne laissait pas de la surprendre. Si seulement elle en avait eu conscience plus tôt, au moment où elle avait encore la possibilité de le lui dire !

Elle aimait Marcus, même si elle avait longtemps refusé de l'admettre. Sans doute ses résistances étaient-elles dues au fait que ce sentiment était nouveau pour elle et qu'elle n'avait pas su, ou voulu, le reconnaître. Et paradoxalement, c'était cette même ignorance qui lui avait fait prendre conscience de cet amour.

Pour la première fois de sa vie, elle s'était sentie une femme accomplie. Lorsqu'elle était avec lui, elle se sentait investie d'une force nouvelle, capable de lui faire soulever des montagnes. Tout ce qui, jusque-là, l'inquiétait ou l'angoissait ne comptait plus. Avec Marcus, elle avait été heureuse, elle avait découvert le sens du mot « bonheur ». Mais depuis qu'elle l'avait repoussé…

Depuis qu'elle l'avait repoussé, tout avait perdu

de sa saveur. Même la neige n'avait plus cette magie de la nuit passée en compagnie de Marcus.

— Attendez, ordonna-t-elle brusquement à ses gardes, alors qu'ils descendaient les marches du tribunal.

L'homme à sa droite, qui répondait au nom de Willoughby, obéit instantanément, mais la femme, de l'autre côté, descendit encore deux marches tout en scrutant les environs d'un regard attentif.

— Qu'y a-t-il ? demanda-t-elle, après s'être assurée que Della ne courait aucun danger.

— Rien. C'est juste que… il neige, répondit-elle comme si cela suffisait à tout expliquer.

— Oui. Et alors ?

— Alors, je veux rester là quelques minutes, pour en profiter un peu.

Ou du moins, essayer.

Elle entendit Willoughby pousser un soupir d'exaspération tandis que Carson — la femme — levait les yeux au ciel. Mais elle se fichait de leur agacement. Elle méritait bien cette faveur, elle qui, durant toute la semaine, avait tant fait pour son pays, elle qui avait sacrifié une année entière de sa vie. Son pays pouvait donc faire en sorte qu'elle profite quelques minutes de ce merveilleux spectacle.

Elle ferma les yeux et renversa la tête en arrière pour offrir son visage aux flocons duveteux. Ce doux contact amena sur ses lèvres un sourire apaisé. Elle entendit le klaxon d'un chauffeur de taxi impatient, ressentit un mouvement de foule autour d'elle, inspira les gaz d'échappement d'un bus qui passait par là. Et son sourire s'élargit. Comme elle aimait cette ville ! Ses bruits, sa foule, ses embouteillages, tout ce qui la rendait si vibrante de vie.

C'était ici qu'elle avait grandi, New York faisait partie d'elle et, même si sa vie n'y avait pas été toujours heureuse, elle ne pouvait s'imaginer vivre ailleurs. Elle espéra de tout cœur qu'on ne choisirait pas de lui faire démarrer sa nouvelle vie à la campagne, car la foule anonyme d'une métropole l'aiderait au moins à supporter sa solitude.

— Della.

Elle battit des cils au son de cette voix qu'elle aurait reconnue entre mille. Mais ce qu'elle vit d'abord, ce ne fut que le dos de Carson, puis la main de Willoughby qui se glissait dans son manteau pour y prendre ce qu'elle savait être son arme de service.

Ce fut seulement ensuite qu'elle vit Marcus.

Et elle eut l'impression de rêver : il était tellement proche du Marcus qu'elle avait rencontré la première fois ! Ce même air sombre et mystérieux, cette même puissance de séduction que lorsqu'il l'avait rejointe sous la neige. Il avait juste troqué son smoking pour un costume noir, et il paraissait effroyablement triste et perdu.

— Marcus, murmura-t-elle, au comble de l'émotion.

Elle posa une main sur l'épaule de Carson et l'autre sur le bras de Willoughby.

— C'est bon, dit-elle. Je le connais, c'est un… ami.

— Mais les ordres, mademoiselle Hannan, objecta Carson, les yeux toujours braqués sur Marcus. Les ordres sont de…

— Je prends sur moi l'entière responsabilité de cette rencontre, insista Della.

— Ce n'est pas le problème. Le problème, c'est que…

Mais elle ne lui laissa pas le temps d'achever sa phrase. Laissant les deux agents plantés là, elle descendit deux marches supplémentaires pour se retrouver face à Marcus. Elle s'aperçut alors qu'il tenait un bagage à la main, ce qui laissait supposer qu'il arrivait directement de l'aéroport. Probablement avait-il appris que le procès se terminait aujourd'hui même.

— Bonjour, dit-il tout doucement.

— Bonjour, répondit-elle sur le même ton.

Ils restèrent silencieux un moment, pendant lequel Marcus posa sa valise à ses pieds et plongea les mains dans les poches de son manteau. Ce fut donc elle qui prit l'initiative de s'approcher un peu de lui et de couvrir ses lèvres des siennes.

Après tout, elle n'avait jamais eu l'occasion de lui dire au revoir correctement. Ni à l'hôtel ni dans la maison qui lui tenait lieu de planque.

Pourtant, dès que leurs lèvres se touchèrent, elle eut le sentiment que ce n'était pas un baiser d'adieu. Sans doute à cause des bras de Marcus, qui l'avaient enveloppée et la tenaient étroitement serrée contre lui.

Malgré le froid polaire, elle sentit son corps s'embraser. Toutes les pensées affreuses qui l'avaient torturée cette dernière semaine se dissipèrent d'un coup, remplacées par une impression de plénitude. Oui, c'étaient bien les bras de Marcus qu'elle sentait autour de sa taille, et elle ne rêvait pas non plus le doux frottement de sa barbe naissante contre ses joues.

Pourtant, malgré les preuves tangibles de sa présence, elle ne pouvait croire qu'il était vraiment là.

A ce propos, pourquoi était-il ici ?

Elle recula un peu, mais Marcus, qui ne l'entendait visiblement pas de cette oreille, l'attira de nouveau à lui pour l'embrasser encore. Il plaqua encore une fois ses mains sur ses hanches et resserra son étreinte, tandis qu'il approfondissait son baiser. Elle s'abandonna alors totalement à ces merveilleuses sensations qu'elle croyait ne plus jamais retrouver, jusqu'à ce qu'elle entende derrière elle deux raclements de gorge discrets.

C'était le signal qu'ils devaient se séparer. Pourtant, comme s'il craignait que ses anges gardiens ne l'entraînent loin de lui, Marcus lui passa un bras possessif autour des épaules et la maintint serrée contre lui.

Contre toute attente et malgré ses craintes, aucun des deux gardes n'esquissa le moindre geste pour les séparer. Ils affichèrent même tous deux un sourire indulgent.

— Il semble que ce soit plus qu'un simple ami, remarqua Carson.

— C'est vrai, approuva Willoughby. Moi, par exemple, je n'embrasse pas mes amis comme ça. D'ailleurs, ça m'étonnerait que ma femme apprécie.

Elle sentit Marcus se détendre à son côté. Mais il ne la lâcha pas pour autant, ce qui la réjouit intérieurement.

— Si cela ne vous dérange pas, dit-elle à ses gardiens, j'aimerais discuter quelques minutes en tête à tête avec mon… ami.

Carson et Willoughby échangèrent un regard perplexe, avant de se tourner d'un même mouvement dans sa direction.

— Je suis désolée, mademoiselle Hannan, dit Carson, un témoin fédéral n'a jamais vraiment d'intimité. Par ailleurs, vous êtes encore sous notre garde et donc, si vous tenez vraiment à parler à votre… ami, ce sera en notre présence.

— C'est bon, Della, dit Marcus.

Après un dernier regard implorant en direction de son garde qui, manifestement désolé, secoua néanmoins la tête, elle se tourna vers Marcus. D'un doigt délicat, il suivit le contour de son visage, redessinant ses pommettes, son nez, sa bouche. Aucun des deux ne semblait plus gêné par la présence des fédéraux, tant ils étaient heureux de se retrouver.

— Il va bien falloir que je m'habitue à ce genre de présence tôt ou tard, de toute façon, dit Marcus. Alors, autant que ce soit tout de suite.

Cette remarque inattendue la troubla.

— Pourquoi devrais-tu t'habituer à une chose pareille ?

Il inspira profondément, avant de serrer sa main dans la sienne.

— Il faut que je m'y habitue, expliqua-t-il, parce que je vais vivre avec toi.

Interloquée, elle le regarda un long moment.

— De quoi parles-tu ?

— Je viens de te le dire. Je vais vivre avec toi.

La bouche toujours ouverte, elle secoua la tête.

— Marcus, c'est de la folie. Tu ne sais pas ce que tu dis.

— Je sais *exactement* ce que je dis.

Il lui prit la main et la porta à sa bouche, effleurant sa paume tout en répétant pour la troisième fois :

— Je vais vivre avec toi.

— Mais tu ne peux pas, insista-t-elle. Ta vie est à Chicago, une vie frénétique et vibrante, à mille lieues de celle que je vais mener. Et puis, tu manquerais à trop de gens si tu disparaissais d'un coup de la circulation.

— Personne n'est aussi important que toi, dans ma vie, rétorqua-t-il.

— Mais tes amis…

— … ne sont pas des amis proches, la coupa-t-il. Ils comptent beaucoup moins que toi.

— Mais ta famille ?…

— C'est plus une entité qu'une famille, assura-t-il. J'ai passé les trois quarts de ma vie à me rebeller contre elle et le dernier quart restant à profiter de sa fortune. D'ailleurs, je ne suis pas plus proche d'elle que de mes amis, et elle non plus ne compte pas vraiment. En tout cas pas autant que toi.

— Mais tes affaires, ton travail…

— En toute honnêteté, je ne fais que de la figuration au sein de Fallon Brothers, confessa-t-il en accentuant sa pression sur les doigts de Della. Et si je restais une fois P-DG de la boîte, j'en ferais encore moins tout en étant payé plus, conclut-il non sans ironie.

A court d'arguments, elle saisit cette dernière remarque au vol.

— Mais enfin, tout cet argent, Marcus, tu vas le regretter, un jour. C'est…

— C'est juste de l'argent, dit-il. Rien de plus.

— Rien de plus ? répéta-t-elle, incrédule. Des millions de dollars ?

En réponse, il lui adressa un sourire tranquille et lui embrassa de nouveau tendrement la main.

— Des milliards, en fait, corrigea-t-il d'une voix dénuée d'émotion.

Elle ne put que répondre d'un petit rire étranglé, ce qui fit sourire Marcus.

— J'aimerais tellement que toi, surtout toi, tu comprennes à quel point l'argent peut être une source de problèmes dans la vie personnelle de quelqu'un. Et que sachant ce que je sais, je n'aurai aucune difficulté à quitter ce monde qui était le mien.

— Bien sûr, rétorqua-t-elle avec un brin de cynisme. C'est facile à dire pour quelqu'un qui n'a jamais manqué d'argent.

— Eh bien, j'estime qu'il n'y a pas que l'argent qui soit important. Pour moi, les plaisirs les plus simples sont souvent les plus précieux et les meilleurs. Contrairement à ce que l'on croit, l'argent peut même conduire en enfer.

Elle secoua la tête tout en esquissant un petit sourire face aux perspectives nouvelles qui se dessinaient tout doucement à l'horizon.

— Et depuis quand tu te fais le porte-parole de telles platitudes ? le taquina-t-elle.

Il se pencha plus près, pour pouvoir murmurer à son oreille.

— Depuis que je sais que la femme avec qui je vais passer le reste de ma vie n'aura de cesse de rebâtir sa carrière professionnelle. Folle de moi comme elle l'est, elle ne verra aucun mal à m'entretenir.

La chaleur diffuse qui s'était peu à peu insinuée en elle déferla comme une rivière en crue. Incapable de résister, elle laissa aller sa tête contre l'épaule de Marcus, qui referma ses bras autour de sa taille.

— Dis-moi que je ne me trompe pas, reprit-il avec gravité. Tu m'aimes, n'est-ce pas ?

Elle fut touchée à l'extrême par le doute qui avait pointé dans sa voix.

— Oui, murmura-t-elle en retour.

Alors, il l'aimait aussi. Grisée de bonheur, elle se répétait cette phrase. Il l'aimait aussi.

C'était comme une incantation magique, destinée à briser l'enfer de son ancienne vie et à lui ouvrir de nouvelles perspectives.

Il l'aimait aussi. Il l'aimait aussi.

— Mais Marcus, répliqua-t-elle, assaillie de nouveaux doutes. Il y a tant de choses que tu dois prendre en considération, avant de…

— Della, je dois prendre une seule chose en considération : toi. J'ai eu suffisamment de temps pour réfléchir à nous deux, et tu sais ce que j'ai compris ?

Toujours pressée contre lui, elle secoua la tête.

— Ce que j'ai compris, c'est que ce genre de choses, on le sait très vite. Et ce que je ressens pour toi, Della…

Comme il ne terminait pas sa phrase, elle leva les yeux sur lui. Il souriait, mais elle vit dans ce sourire quelque chose qu'elle n'avait jamais vu auparavant, qui ressemblait à de la plénitude, de la satisfaction, du bonheur. Le bonheur, enfin ! Elle le reconnaissait d'autant mieux qu'elle-même éprouvait la même chose.

— Ce que je ressens pour toi, reprit-il enfin, je ne l'ai jamais ressenti avant. Et j'adore cela, Della. Vraiment. Ce que je ressens, je voudrais le ressentir toute ma vie.

Il marqua une pause pour l'embrasser de nouveau.

— Et c'est parce que j'ai compris cela que je viens vivre avec toi.

Refusant de croire à son bonheur, elle objecta encore :

— Mais si jamais…

Il coupa court à ses protestations en lui posant un doigt sur la bouche.

— Quels que soient les obstacles que nous aurons à surmonter, nous serons ensemble et c'est tout ce qui compte.

— Mais…

— Chut, dit-il sur un ton qui entendait mettre un terme à la discussion.

Il ôta son doigt et lui donna un nouveau baiser, destiné à dissiper ses dernières inquiétudes.

Il avait raison, en fait. Peu importait ce que l'avenir leur réservait du moment qu'ils étaient ensemble. Elle s'était sortie de tant de situations critiques qu'elle ne pouvait que vivre le meilleur, maintenant. Un meilleur qui commençait à ce moment précis avec, à son côté, la personne qu'elle aimait le plus au monde. Et cela seul rendait tolérables les perspectives les plus noires.

D'un geste infiniment tendre, il coinça une mèche rebelle derrière son oreille et l'embrassa avec douceur, avant de lui murmurer à l'oreille, si doucement qu'elle seule pouvait l'entendre :

— Trente pour cent de ma fortune sont bien au chaud sur un compte en Suisse, parfaitement accessible. Ne t'inquiète donc pas, ma chérie, nous ne mourrons pas de faim.

Elle songea avec amusement qu'elle n'aurait plus à louer de vêtements haute couture. Ce qui lui rappela la valise qui se trouvait aux pieds de Marcus. C'était un bagage de cabine, qui ne pouvait pas contenir grand-chose.

— C'est tout ce que tu emportes avec toi, pour entamer ta nouvelle vie ? demanda-t-elle en riant.

Le regard de Marcus se posa sur la valise avant de remonter vers elle.

— C'est largement suffisant. Tout ce dont j'ai besoin se trouve ici.

Et pour mieux appuyer son propos, il l'embrassa encore, si longtemps que Carson et Willoughby vinrent se rappeler à leur souvenir.

Della rayonnait. Elle avait accompli ce pourquoi elle était venue à New York et l'heure était venue d'ouvrir un nouveau chapitre dans sa vie.

— Carson et Willoughby, dites à votre patron qu'il y aura un léger changement de programme.

Elle s'interrompit pour passer amoureusement son bras sous celui de Marcus.

— Dites-lui que je vais avoir un bagage en plus, annonça-t-elle en partant d'un éclat de rire joyeux.

Passions

Le 1er avril

Passions n°319

La promesse d'un amant - Barbara Dunlop

Alors que les lèvres de Mitch Hayward se posent enfin sur les siennes, Jenny sent son cœur se serrer de bonheur. C'est elle que Mitch a choisie. Parmi toutes les séduisantes jeunes femmes présentes au gala de charité du Texas Cattleman's Club, c'est vers elle qu'il s'est dirigé, le regard brillant d'un désir sauvage. Jamais pourtant, même dans ses rêves les plus fous, elle n'aurait imaginé pouvoir attirer l'attention de cet homme d'affaires. Mais alors qu'elle s'abandonne à l'étreinte passionnée de Mitch, une douloureuse certitude la frappe : aussi intense que soit son bonheur, il n'est, hélas, qu'éphémère. Demain, elle redeviendra une simple petite assistante, et Mitch, le célibataire le plus riche et le plus convoité de toute la ville...

Un secret entre nous - Karen Rose Smith

Même si d'ordinaire elle se méfie un peu de ce genre d'homme, bien trop ténébreux et séducteur à son goût, Jean est incapable de nier l'attirance que Zane Gunther éveille en elle. Tout chez lui la fascine : son regard sombre et si sexy, son allure à la fois virile et élégante, sa générosité un peu brusque... Le désir qui brûle entre eux est si puissant qu'elle n'hésite pas un instant à y succomber. Pourtant, très vite, elle prend conscience que quelque chose ne va pas et qu'elle commet sans doute une erreur en s'attachant à Zane. Car en dépit de l'intensité de leurs étreintes, Zane se montre parfois étrangement distant. Comme s'il lui cachait un secret...

Passions n°320

La femme d'un Westmoreland - Brenda Jackson

C'est avec soulagement que Bella accepte l'aide que lui propose son voisin, Jason Westmoreland. Car depuis qu'elle a décidé de s'installer dans le Colorado afin de reprendre le haras de son oncle, c'est la seule personne à ne pas lui avoir manifesté de l'hostilité et du mépris. Mais c'est surtout l'homme le plus beau et le plus séduisant qu'elle ait jamais rencontré et, très vite, leur relation de bon voisinage se transforme en une liaison aussi torride que troublante. Mais alors qu'elle s'apprête à accepter la demande en mariage de Jason, Bella fait une terrible et humiliante découverte : Jason ne l'a séduite que pour mettre la main sur sa propriété...

Un sentiment inoubliable - Heidi Betts

Lorsqu'elle découvre que l'homme d'affaires censé sauver son entreprise de la faillite n'est autre que Marcus Keller, son ex- mari, Vanessa sent une immense panique l'envahir. Jamais, même dans ses pires cauchemars, elle n'aurait imaginé le revoir. Mais ce qu'elle craint le plus, en réalité, ce n'est pas tant de se retrouver face à cet homme qu'elle aimait plus que tout et qui n'a pas hésité à lui briser le cœur. Non, ce qu'elle redoute, c'est que Marcus ne découvre le secret qu'elle a emporté avec elle lorsqu'ils se sont séparés près de deux ans plus tôt...

Passions n°321

Une scandaleuse héritière - Day Leclaire

En dépit de tous ses efforts, Emma n'a jamais vraiment oublié le troublant inconnu dans les bras duquel elle a passé une nuit merveilleuse, quelques semaines plus tôt. Elle est donc d'abord persuadée que c'est son imagination qui lui joue des tours lorsqu'elle croit le reconnaître parmi la foule des invités qui se pressent à la garden party donnée par son père. Mais, hélas, lorsque l'homme s'approche d'elle et se présente, Emma comprend qu'elle ne rêve pas. Mais ce qu'elle comprend surtout, c'est l'ampleur du scandale qui ne va pas tarder à éclater. Car son amant d'une nuit n'est autre que Chase Larson, le pire ennemi de son père, celui qui a juré de ruiner sa famille...

La fiancée d'un autre - Jennifer LaBrecque

Colton Sawyer revient à Savannah... Sous le choc, Andi tente de se persuader que son trouble n'est dû qu'à la stupéfaction d'apprendre le retour de cet homme qu'elle a follement aimé, jadis, et qu'elle n'a pas revu depuis des années. Pourtant, à mesure que la date de l'arrivée de Sawyer approche, elle doit se rendre à l'évidence : son trouble va bien au-delà de la simple surprise, et les sentiments qu'elle éprouvait pour Colton n'ont pas totalement disparu. Une découverte qui la bouleverse, mais contre laquelle elle va devoir lutter de toutes ses forces. N'est-elle pas sur le point d'en épouser un autre ?

Passions n°322

Un petit jeu si tentant - Sandra Hyatt

Riche, arrogant et bien trop sûr de lui, Logan Buchanan est bien le dernier homme dont Rebecca aurait souhaité devenir la femme. Si elle accepte sa demande en mariage, c'est uniquement parce qu'il s'agit d'un arrangement pratique : elle lui apporte le carnet d'adresse de son illustre père et il lui offre en échange la possibilité de se libérer du joug de son envahissante famille. Un plan idéal, sans le moindre risque. C'est du moins ce qu'elle croyait. Car alors que la date du mariage approche, elle doit bien se rendre à l'évidence : Logan, cet homme qu'elle prétendait détester, est en réalité incroyablement prévenant et surtout dangereusement sexy...

La maîtresse de Damien Medici - Leanne Banks

Afin de prouver la mauvaise réputation du célèbre homme d'affaires Damien Medici, Emma est prête à tout. Même à jouer de ses charmes et à tenter de le séduire. N'est-ce pas la solution idéale pour entrer dans l'intimité de cet homme aussi séduisant qu'arrogant, et de collecter ainsi toutes les preuves de sa culpabilité ? Sûre d'elle et de sa réussite, elle ne tarde pourtant pas à s'apercevoir qu'elle est sans doute en train de commettre une terrible erreur. Car, non seulement, elle ne trouve pas le moindre indice permettant d'affirmer que Damien est un chef d'entreprise corrompu, mais, surtout, elle est de plus en plus troublée par son charme mystérieux et viril...

Troublant corps à corps - Kathy Lyons

Quand, la cabine de l'ascenseur s'arrêtant brutalement, Amber se retrouve projetée contre la poitrine de l'homme terriblement sexy qui lui fait face, elle n'ose croire à ce formidable coup du destin. Elle qui cherche depuis des semaines à se rapprocher de Roger Martel, l'un des deux patrons de l'entreprise où elle effectue un remplacement, la voilà servie. Car si cet homme d'affaires a sans doute les moyens de l'aider dans son projet professionnel, il est surtout l'incarnation parfaite de son idéal masculin. Alors, se retrouver coincée dans un espace exigu avec lui représente sans doute une chance unique de réaliser ses rêves, y compris les plus audacieux...

Un défi délicieux - Lisa Renee Jones

En acceptant de sauter en parachute pour prouver à sa meilleure amie qu'elle est capable de lâcher prise, Sabrina n'imaginait pas que le véritable défi tiendrait moins au fait de sauter dans le vide depuis un avion en vol que de résister à l'affolant désir qu'elle éprouve dès le premier instant pour son instructeur, le bien trop sexy Ryan Walker. Un homme terriblement viril, manifestement conscient du pouvoir qu'il a de lui faire perdre tous ses moyens... et à l'évidence décidé à en jouer.

Best-Sellers n°502 • suspense

Je ne t'ai pas oublié - Karen Harper

Deux ans ont passé depuis que Tara Kinsale, détective privée, est sortie de longs mois de coma. De ces mois d'inconscience, elle n'a conservé que le souvenir vague d'un voile blanc. Et au réveil, ce terrible choc : pendant ce temps, son mari avait obtenu le divorce. Alors qu'elle reprend à peine le fil de sa vie, elle se retrouve de nouveau en état de choc quand un médecin lui annonce qu'elle a mis au monde un bébé pendant son coma. Un enfant ? Impossible. Et pourtant, le doute s'insinue dans son esprit. Pourquoi ses proches refusent-t-ils de répondre à ses questions s'il n'y a rien à cacher ? De son chalet perdu au cœur de la luxuriante vallée de Shadow Mountain, épaulée par Nick MacMahon, un homme qu'elle connait depuis peu mais en qui elle a spontanément eu confiance, Tara se lance dans une enquête sur ce long coma au cours duquel l'impensable s'est produit.

Best-Sellers n°503 • suspense

Le cercle brisé - Nora Roberts

Emma a trois ans quand elle est arrachée par son père, riche et célèbre musicien de rock vivant à Los Angeles, aux bas-fonds de Londres ainsi qu'aux mauvais traitements d'une mère alcoolique et droguée. Alors que la vie paraît enfin sourire à la petite Emma, c'est le drame : elle assiste, impuissante, au meurtre de Darren, son demi-frère de deux ans. Sous le choc, Emma enfouit au plus profond de sa mémoire le souvenir du visage du ravisseur, tandis que grandit en elle un terrible sentiment de culpabilité : elle n'a pas su protéger son petit frère adoré. D'autant que, malgré une longue enquête, le meurtrier n'a jamais été retrouvé. Adulte, Emma devient une photographe célèbre. Mais la petite fille en elle n'a jamais oublié le drame. L'image imprécise du meurtrier hante ses cauchemars. Pour vivre enfin en paix, Emma va devoir le démasquer. Mais pour y parvenir, il lui faudra provoquer un scandale retentissant, et mettre en danger sa propre vie…

Best-Sellers n°504 • suspense

L'île du mystère - Heather Graham

En décidant de racheter le musée Beckett de l'île de Key West, en Floride, pour le restaurer et le rouvrir au public, Katie O'Hara s'apprête à réaliser l'un de ses souhaits les plus chers, dans ce lieu auquel elle reste profondément attachée. Un attachement que le crime commis là dix ans plus tôt ne peut en rien diminuer. Mais rapidement, un obstacle inattendu se dresse devant elle : le propriétaire, le photographe David Beckett, décide soudainement de s'opposer à la vente, et de revenir s'installer à Key West. Malgré le choc que lui cause cette nouvelle, Katie décide de convaincre le séduisant David du bien-fondé de son projet. Jusqu'à ce qu'elle apprenne qu'il a lui-même été soupçonné du meurtre dix ans plus tôt…

Best-Sellers n°505 • féminin

L'enfant du scandale - Barbara Delinsky

Hugh et Dana forment un couple harmonieux malgré leurs différences. Si Dana vient d'un milieu modeste et n'a jamais connu son père, Hugh, issu de la bourgeoisie bostonienne, a dû lutter pour faire accepter son épouse dans sa famille. Alors que l'arrivée d'un enfant semble apaiser les passions, c'est un véritable scandale que déclenche la naissance de la petite fille. Car, alors que rien ne le laissait prévoir, la fillette a la peau noire. Abasourdis, déchirés entre la joie et la soif de réponses, les jeunes parents décident d'explorer leurs racines… au risque de déterrer les secrets du passé…

Best-Sellers n°506 • féminin

Jusqu'au bout du rêve - Sherryl Woods

Bouleversée par sa rupture douloureuse avec Connor O'Brien, Heather Donovan quitte Baltimore pour s'installer à Chesapeake Shores avec Mick, leur petit garçon de un an. En choisissant de vivre dans ce petit paradis en bordure de mer, elle espère se reconstruire, et surtout, permettre à son fils de s'épanouir au grand air. Mais rien ne se déroule comme Heather l'avait prévu. Car Connor, qui a toujours refusé avec entêtement de se marier avec elle, lui préférant sa brillante carrière d'avocat, cherche désormais à la reconquérir. Déstabilisée par cette attitude, mais déterminée à se tenir aussi loin que possible de celui en qui elle n'a plus confiance, Heather se consacre entièrement à son fils et à la petite boutique qu'elle vient d'ouvrir. Jusqu'à ce qu'un choc violent et inattendu vienne à nouveau bouleverser sa vie…

Best-Sellers n°507 • suspense

La mémoire volée - Beverly Barton

Quels secrets se cachent entre les murs de l'imposante demeure de la plus ancienne famille du Mississippi ? Missionné par G.W Wesbrook, le patriarche du clan, pour retrouver sa petite fille Leslie Anne qui vient de fuguer, Dante Moran a la sensation gênante de faire intrusion dans une affaire de famille complexe, douloureuse. Une histoire à laquelle il se sent complètement étranger, jusqu'au jour où il rencontre Tessa, la mère de Leslie Anne. Troublé d'abord par la beauté fragile de Tessa, Dante reçoit un choc lorsqu'elle plonge ses yeux dans les siens. Car ce regard réveille en lui l'éclat d'un autre regard, le souvenir d'une autre femme, perdue il y a longtemps…

Best-Sellers n°508 • historique

La princesse celte - Helen Kirkman

Angleterre, Royaume de Northumbrie, 716

Après avoir échappé au mariage que son père, le roi des celtes, voulait lui imposer, Alina s'est réfugiée dans un couvent isolé où elle mène une existence simple, au mépris de son titre de princesse. Mais sa vie est bouleversée lorsqu'un matin, un sombre guerrier fait irruption dans le couvent, l'épée à la main et l'éclat de la vengeance dans les yeux. Car cet homme, cet être d'ombre et de lumière, n'est autre qu'Athelbrand le saxon avec lequel elle s'est enfuie la veille de son mariage et qu'elle a ensuite quitté sans explications, le condamnant au déshonneur et à l'exil. Brand, qu'elle a aimé de tout son cœur et de toute son âme mais qu'elle a trahi malgré elle…

Best-Sellers n°509 • historique

Le secret de lady Scarlet - Nicola Cornick

Fortune Folly, Yorkshire, 1810

Pour empêcher Nat Waterhouse, son ami d'enfance, de faire un mariage d'intérêt avec une riche héritière, lady Elizabeth Scarlet est prête à tout. Y compris à élaborer un plan aussi audacieux que scandaleux pour y parvenir : kidnapper et enfermer Nat dans un manoir désert la veille de la cérémonie.

Et tout se déroule comme prévu jusqu'au moment où Nat comprend qu'il a été piégé. Furieux, il l'accuse de se comporter en petite fille gâtée et capricieuse. Pis encore ! il sous-entend qu'elle est amoureuse de lui depuis toujours et qu'elle jalouse sa fiancée. Blessée dans son orgueil, profondément gênée par les insinuations de Nat, Lizzie décide de lui prouver qu'elle ne le laisse pas aussi indifférent qu'il veut le faire croire…

Composé et édité par les
éditions HARLEQUIN

Achevé d'imprimer en France (Malesherbes)
par Maury-Imprimeur
en février 2012

Dépôt légal en mars 2012
N° d'imprimeur : 170131